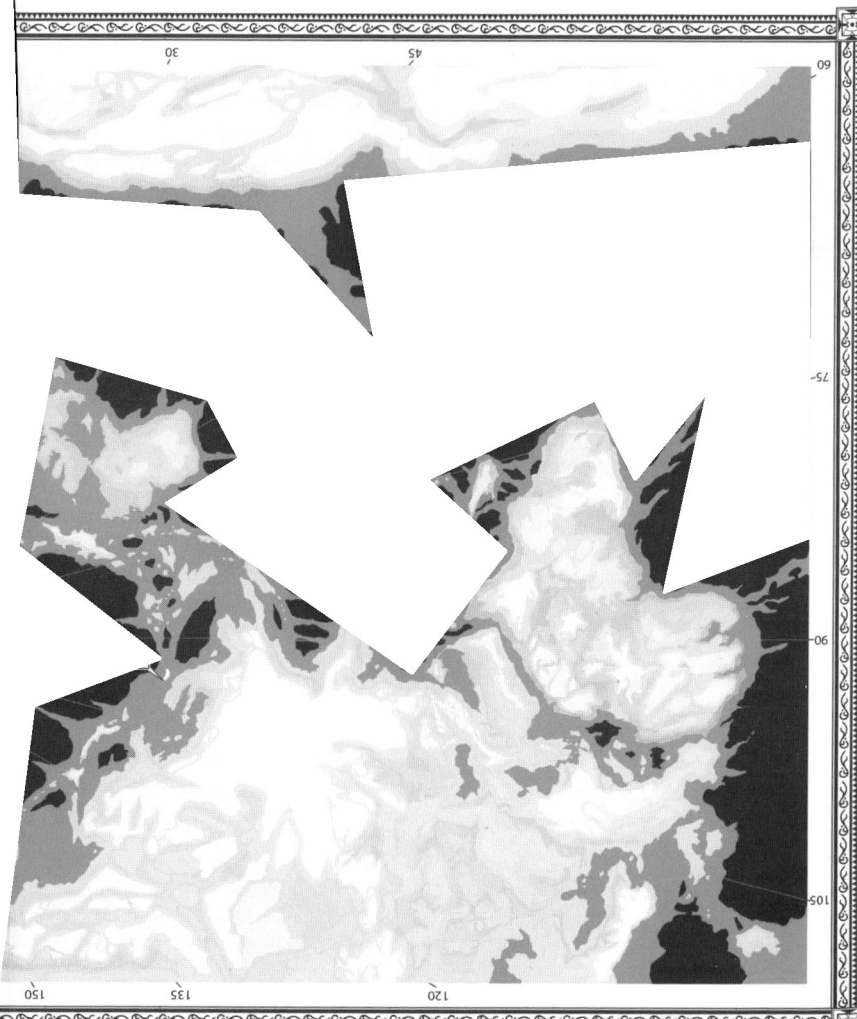

地底洞穴

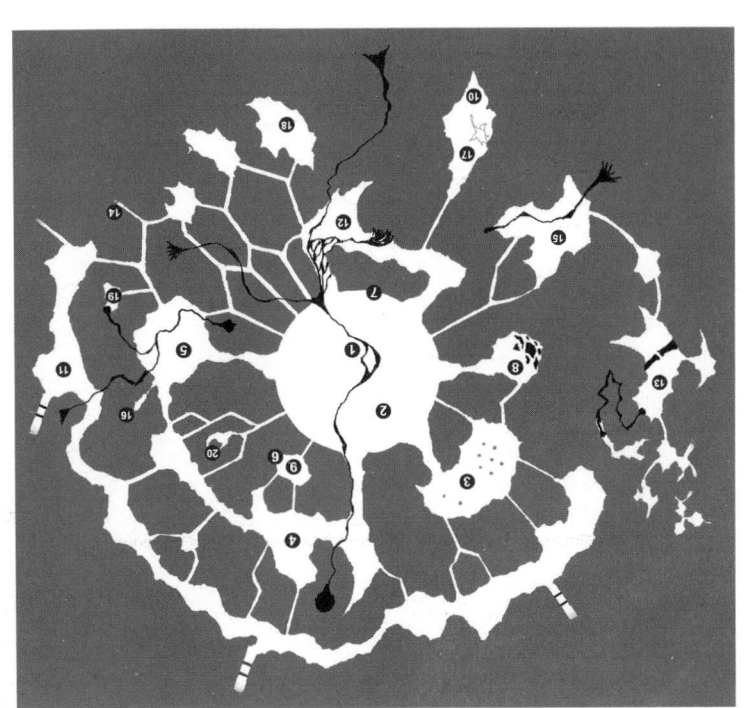

1. 天石广场
2. 熊族庇护所
3. 工匠洞穴
4. 长老洞穴
5. 智者之洞
6. 内有储藏库
7. 阳光腧泉
8. 公共澡堂
9. 喇叭洞
10. 协会之门
11. 北开大厅
12. 水狗洞穴
13. 祭坛
14. 猎手族的通道
15. 边渐田
16. 伏兵厅
17. 长春洞穴
18. 经上洞穴
19. 猫民居地
20. 研究区

———— 想象，比知识更重要

幻象文库

白凛 恒光

SUNLIGHT

I

世纪

余卓轩 著

新星出版社　NEW STAR PRESS

序　言

　　老友卓轩又出新书，嘱我作序，感慨余兄精力旺盛之余，赫然发现竟是一部既经典又颇具新意的奇幻小说，不禁更添激动。

　　认识卓轩已十年有余，最初的机缘便是因为奇幻。后来大陆奇幻坎坷蛰伏，但卓轩因为活跃于科幻、漫画和游戏，一直多有联系交流。这些年来，他创作科幻小说，做架空世界设定，策划出版漫画，甚至涉及企业管理等诸多方面，我每每为其涉猎广博却又于每一行业都颇为专精而震惊，并有过多次合作，但这部《白凛世纪》，实实在在让我惊喜——这本书让我仿若回到二十年前初遇奇幻的时光，而正是那些时光，让我最终走上了幻想文学编辑的道路。

　　卓轩获得《权力的游戏》原著作者乔治·R.R.马丁创办的首届《地球人奖》，获得向其取经的宝贵经验，从《白凛世纪》三部曲便可看出经典奇幻的轮廓与内核——

宏大世界观加上细腻的地图，从开篇便说明这是一部冒险史诗，并用多视角、多主线的方法，让叙事线之间相互牵引，环环相扣，编织出宏大立体有血有肉的故事。

此外，今天提到中国的奇幻文学，往往会提到两个来源：西方史诗奇幻和中国神话传说。但在这二者之外，还有一个重要来源，即诞生于世纪之交的网络奇幻小说。这类小说后来深刻影响了海峡两岸的奇幻风格，《白凛世纪》竟也颇有这种"本格"之风的经典气息，特别是那些完整、独特又自成一体的架空设定，能让我这种"设定党"立刻感受到找到组织的兴奋！

幻想史诗的世界逻辑，蒸汽朋克的齿轮元素，西式奇幻的残酷描述，甚至网络游戏常见的力量体系……应有尽有。

究竟这是一部严肃奇幻文学，还是东方视角的创新神话，还是经典网络奇幻？我想不同的读者会获得不同的答案，这也是卓轩这系列的魅力所在——他萃取各类型的优势，糅合成属于自己的独特风格。

《白凛世纪》不仅仅是复古，传统韵味之外更多新意，最显著的便是故事背景设定在了极具科幻色彩的"未来"。这其实正是奇幻文学的有趣之处——和很多人直觉的不同，奇幻小说的"空间"非常广阔，故事背景既可以是虚构的，也可以是现实的，故事发生的时代也可以是过去、现在和未来,也正是因为这个原因,在奇幻和科幻界一直有人推动"大幻想"文学创作。遗憾的是,随着奇幻的式微,干流消失,这类支流更是罕见,所以看到《白凛世纪》这样一部"未来奇幻",如何不叫人热血沸腾、摩拳擦掌?更难能可贵的是它的未来背景自然地融入了环保主题,因此本系列虽然是一部奇幻文学,却超脱了奇幻小说往往更关注个体的局限,具有了对人类整体的观照。

翻开本书踏入卓轩创造的世界,希望这部《白凛世纪》,带给你一段清冷凛冽又血脉偾张的阅读时光!

目录

1	序 章

PART I　居民大会

19	芬 澜
28	御 风
40	拂 羽
52	离 焱
60	芬 澜
74	御 风
82	拂 羽
98	离 焱
105	御 风
114	芬 澜
126	拂 羽
136	御 风
145	离 焱
152	拂 羽

PART II　远征任务

161	芬 澜
173	御 风
184	芬 澜
200	御 风
213	拂 羽
222	芬 澜

目录

242	御　风
258	离　焱
266	芬　澜
279	御　风
289	拂　羽
295	芬　澜
313	御　风
321	芬　澜

PART III　希望回归

329	拂　羽
333	离　焱
343	拂　羽
347	离　焱
350	御　风
358	拂　羽
364	离　焱
370	拂　羽
372	御　风
383	离　焱
391	拂　羽
399	御　风
412	终　幕

登场人物

瓦伊特蒙关键人物
亚煌(奔灵者的总队长)
艾伊思塔(出生在所罗门的碧发女孩)
雨寒(黑允长老女儿)
凡尔萨(父亲是知名奔灵者的"叛逃者")
帆梦(首席学者)
陀文莎(缚灵师)
亚阎

居民
乔安(烛匠)
贝琪(菜园管理)
蓝恩大妈(净水场管理)
汤比(牧园管理)
布闵(银匠)
骆可菲尔(灵板工匠)

远征队支部

黑允（长老）

路凯（雪灵形态为雄狮）

戈剌图（能在雪地画出光轨圆阵）

黎音（雪灵形态为猎豹）

尤里西恩（以速度闻名）

"冰眼"额尔巴（眼中镶着冰晶的独眼老将）

"红狐"费奇努兹（资深的狙击战士）

探寻者支部

桑柯夫（长老）

俊

埃欧朗（物理影响力超群的狙击手）

茄尔莫（以速度闻名，桑柯夫亲信）

帕尔米斯（可以数箭齐放的狙击手）

蒙勒

守护使支部

恩格烈沙（长老）

攸吕（雪灵形态为巨蟒）

茉朗（雨寒的导师）

序　幕

　　只有在高空的这一刻，路凯才感觉到自己有那么一丝可能性，能突破世界的限制。

　　因为整片天空，在他脚下。

　　时间仿似静止。漫天的厚重云层覆盖了整片视野。稀薄的空气像只无形的手，抚过脸颊的感触轻柔，流入肺中却仿佛猛然化为冻冰。

　　路凯抽了口气。地心引力扯动宁静的瞬间，他终于感觉身体被往后拉，远离铅灰色的云层。

　　他坠落，速度越来越快，地面急速扑来。路凯张开双臂迎向即将到来的撞击。

　　落地前一刻他放松紧绷的膝盖，调整脚下长板，泰然落入白色大地。大摊雪花迸开，炸开雾白一片，此时路凯已安然冲出，朝坡下滑去。

　　空气冰冷，风声呼啸，但他听见由身后逼近的声响。

　　两位和他一样乘着栖灵板的人影追了上来，滑行在他的右方。

"别胡乱消耗体力。"一名男子露出微笑。他的斗篷在风中飘摆,双边的腰间都挂着长剑,还背着一个长桶状的容器。"这片大地随时可能出状况,还是得保持警戒。"

"亚煌大哥!"路凯掩饰不住脸上的兴奋,紧握手中的双刃长枪。"长老们定会很惊讶的!"他们已出任务整整两个月,没人料到他们会带回来这样的宝物。

亚煌戴着黑色手套的手掌轻放在桶状容器上,点头微笑。

"路凯,别兴奋过头,我们离家还有两天的行程。"另一名同行的年轻女子黎音贴近他说。她放任深灰色发束在风中,脚下的栖灵板刮出一道飘扬的雪沫。

天空一如既往,是整片永恒的阴灰。厚重的云层以扭曲的形状无声无息地堆积,将世界完全密封。云底下,绵柔白雪绵延到地平线彼端,却仿佛某种压迫大地的存在,迫使世界沉睡着。苍白的地表只有三个渺小身影在雪地划出轨迹。即使裹着斗篷,冰风仍像细针般钻入衣物间的缝隙,刺痛皮肤,令他们拉紧披风。

路凯看见远方一座无名的城市静静躺在雪丘之间,已被时间给遗忘。随着他们的行进,那座旧世界的遗迹慢慢消失在视野彼端。

每一座遗迹都藏着多少我们不知道的东西?路凯心

想。他们的原定计划是探索更多遗迹，寻找银器，然而当务之急是将容器里的东西带回人类居处，因此亚煌决定不再偏航。

"黎音，怎么了？"路凯提高音量，试图让声音压过风声。女孩不知为何直愣愣地望向后方，灰色发束在脸旁纷飞，过了好一阵子才回过头来。

"你真的相信'阳光'存在吗？"她忽然问。

路凯皱了皱眉，然后下意识地将目光上移，看向头上那片封闭的天空。

从他出生至今世界的景象就是如此，从未改变过。无论身处何处，地平线从此端到彼端，永远是绵延的云层。据说这情况已延续了数个世纪，终年降雪的云层始终不曾散去。旧世界的蔚蓝色苍穹，以及迎接灵魂的阳光，只存在于传说之中。

"我不晓得。"路凯说，"但既然长老们说存在，应该就是存在的吧。怎么突然问起这个？"

"只是忽然想到，万一……"黎音犹豫了片刻，然后说，"万一我们找到的东西……跟谣言毫无区别，不过就是个无法印证的东西，那该怎么办？到时人们只会更加失望。"

一旁的亚煌也侧目过来。

路凯低头凝望从板子两旁掀起的雪花。半晌过后，他微笑着以坚定的口吻说道："别多想，届时看看长老们的决定吧。我们身为'奔灵者'自有肩负的职责。那些没有答案的问题，就丢给研究旧世界的学者去烦恼好了。"

黎音点头。亚煌也露出笑容。

亚煌说："我相信研究院也会感到震惊的。这次任务的成果非比寻常。"

在这人类无法轻易生存的时代，只有特殊的一小群人——这些能驾驭栖灵板的"奔灵者"——才得以离开地底居处的庇护，进入死亡如影随形的皑白世界。

而这一次任务比较特殊的地方是由亚煌亲自带队。他比路凯年长许多，远征经验丰富，也是少数擅使双剑的奔灵者。近年来亚煌亲自训练了许多年青一辈的战士，受他们敬重，这次只带两名奔灵者远行算是难能可贵的例子，因此对于路凯而言是至高无上的荣耀。

路凯期盼有一天，自己也能成为像亚煌一样能独当一面的奔灵者，带领自己的小队远征。

"风开始沉寂了。"亚煌扫视前方的地貌。

"代表我们方向无误。"路凯明白亚煌大哥的意思。这一带的逆行风逐渐消散，是因为本来由温差和空气密度差异形成的风会被逐渐平衡掉——气温因脱离洋流的调节而剧降，空气密度则相应地升高，一切回归静止状态。这代表他们切切实实在远离肉眼看不见的海岸线，正朝着冰冻陆地的核心挺进。

"我们先越过前方的谷地,到了彼端可以休息一会儿。"亚煌说完,他三人跃下一片宽广的雪坡。

* * *

他们找到的旧世界遗物,是一张奇特的地图。

它被某种透明薄膜所包覆,被路凯小心翼翼地捧在戴着黑色皮革手套的手里。这张图最特殊的地方,是它涵盖了许多路凯从未去过的大陆,而且所有陆地都是白色的。就连亚煌也确信,在他们的居处瓦伊特蒙没人见过这样的东西。

"人们看见定会非常吃惊。"雪沫被风掀动,飘过路凯的视线令他眯起眼。他们在谷地边缘一片较平缓的坡道上歇息。

黎音也凑过来,干咳了两声。"不单这张地图,我们找到的另一个文献更加震撼。长老们很可能会——"她忽然止住话。

"怎么了?"路凯抬头,发现黎音的表情不太对。

亚煌的眼神也已转变。也是,他正望向斜坡顶端,对应着灰色天空的白色山脊线。

"啊!"路凯也意识到了。上头的雪花不规则地纷飞,他们知道这代表着什么——在那顶端,吹着不寻常的风。

"这一带以往都很安全……"黎音抱着不确定的口吻如是说。

"有雪的地方,就永远存在危险。"亚煌从路凯手中接过地图,迅速将它卷起并封进桶状容器。接着他抽出腰际的两柄剑。

黎音正从背上卸下自己的长枪,路凯已做好准备,打开手中的兵器。他们俩都使用双刃长枪——极长的木棍表面可见银色纹理,两头嵌入刀刃。路凯和她相望了一眼,眼眸里都透露着不安。

风雪朝着他们吹来,空气的冰凉在此刻更加明显。亚煌下达指示,他们围成三角阵形继续朝上滑行。

顶端的风令人睁不开眼。每吸进一口气,喉头仿如刀割。三人拉紧斗篷,越过昏晦的山脊,滑入一片雪雾中。

"跟紧我!"亚煌逆风喊道,摆动脚下的栖灵板加速行驶。

雪雾模糊了能见度,强风拉扯他们的身体,像只企图打乱所有平衡的手。然而三名奔灵者稳住手中的武器,稳稳踏着栖灵板,刮出雪浪不断前行。

"来了。"亚煌把长剑指向右前方。

白茫茫的雪幕中,果然出现几个更为苍白的身影。它们正迅速包围过来。

"'狩'竟然会出现在这儿!"路凯的眼神也变得锐利

起来。

黎音的栖灵板率先散发出微小的光波。紧接着，她的长枪也泛出淡淡的彩光。三人的武器陆续发出虹光，成为白色风雪中唯一的色彩。

前方传来骇人的嘶吼。

一头魔物扑进众人视线。它的体色一片惨白，仿佛是以硬雪块凝聚而成的不规则的肌理，身高足足有成年人的两倍，宽大的背上有好几道脊骨似的突出物。

它张开庞大的爪子往下一挥——亚煌急停片刻，翻转闪避，同时双剑上扬，斩断魔物的手臂。

路凯、黎音由两侧滑过，一同扬起长枪，把魔物的躯干斩为两截。它下一刻爆开，化为雪花消散。

"更多的过来了！"亚煌大喊。

好几头魔物扑了上来。它们无头也无颈，只有一道怪异的大口撕裂于胸前，里头露出冰蓝色的獠牙。背上煞白的突起物逆风矗立，巨大的前肢末端有六只爪子，同样散放着骇人的冰蓝光。

路凯护住亚煌左后方，镇守自己所负责的三分之一圆周。他随着滑行的节奏挥舞长枪，挡下数道魔物的攻势。亚煌则像一个锋利的箭头，带领着他们笔直刺入敌阵中央。

奔灵者狠狠劈开魔物的身躯，其中几只化为四散的雪沫。

"不妙!"亚煌发现他们正滑向一个碗状谷地的中央,数不清的魔物正从四面八方包围过来。待他提剑示意,黎音立刻来到他正后方,路凯也移向殿后的位置——三人形成一线直刺敌阵。

斗篷的兜帽被风吹开,亚煌露出一头乌黑的长发。他借以惯性旋转,持双剑劈开眼前的敌人。黎音划伤魔物后,后方的路凯再补一击。他们开始朝坡上迈进,设法杀出这片狭窄的空间。然而情势发展似乎不从所愿,魔物已由两旁集中过来,像是正在收缩的扇形,上方敌人越来越多。

某处传来惨烈的嘶吼,路凯已分不清那是风声还是魔物的叫声。他似乎听见亚煌的喊叫,看见雪幕中的双剑划出炫目轨迹,留下虹光残影。

终于三人突破包围,越过又一道山脊急速往下滑。魔物在后方发出怒号,震慑所有人。但他们加速将魔物远远甩开。

* * *

"亚煌大哥!怎么会——"

当三人抵达坡底,路凯和黎音才发现他们的身后有一条长长的血迹。

亚煌负伤了，右大腿被两根冰柱贯穿，鲜血不规律地涌出。他脚下的栖灵板一片绯红。亚煌将冰柱拔起时，跪地发出痛苦的哀号。

"亚煌大哥！"路凯紧张地来到他身旁。这每根冰柱都是魔物的爪子，有人类的手臂一般粗。

"这……这怎么办……"黎音整个人都慌了，直盯着亚煌已经变了形的大腿，仿佛里头的血肉被硬生生扯出，黏稠且混着血泡。周围的地面融出一圈深红色雪泥。狂风依然朝着他们的方向吹来。

亚煌凝望自己的伤势几秒，便改变了先行包扎的决定。他的第一个动作，是解开腰间的桶形容器递给路凯。

"拿好，这是我们的希望。"亚煌说完，双眼紧盯着路凯。

路凯难掩讶异。"你……你在说什——"他迅速蹲下扯开衣服，不顾冷风袭身，迅速翻找衣服内袋。"我、我们在训练时……做过这种处理，没问题的——"他拉出两条布巾。

但显然他没有太多时间能按部就班地来了。后方山脊上，魔物的身影再度出现。黎音咬着牙说："路凯，动作快！我先去前方探路！"她立刻动身。

路凯紧紧绑住亚煌的大腿。"大哥……是你带我们突破那些包围……"他语无伦次,惶恐地看着瞬间转红的布巾。

"别慌。"亚煌说。

路凯深吸一口气,再绑了第二层布巾上去。他虽年轻,经历过的战斗却不算少,受过的伤更不计其数,也曾眼见伙伴在面前死去。所以,他的慌张并非出于亚煌的伤口,而是亚煌的反应——路凯明白亚煌选择先交出容器,这代表什么。

一旦亚煌的伤势恶化,路凯要不计一切代价,把这旧世界遗物带回瓦伊特蒙。

路凯脑中霎时一片空白,他无法想象亚煌大哥可能会离开他们,就在离居处不远的地方。

黎音在远方朝他们呐喊,而另一边,敌人开始逼近。

"亚……亚煌大哥,你撑得住吗?"路凯赶紧起身。

"走吧。"亚煌轻拍他的肩头,两人朝黎音滑去。

* * *

"从这个方向去——"探路的黎音归来,指着前方,提高自己的音量。后方的魔物发出震天巨响,估计不出几分钟就会来到他们所站之处,这是一座被白雪覆盖、极度陡峭的岩峰。"——那儿有道断崖,说不定能借以摆脱它们。"

亚煌点头："跟着我。"

同样由他带头，三人沿着陡坡向下滑。路凯担忧地看着亚煌的情况，所幸伤口的影响似乎没有他想象中严重。亚煌的速度丝毫未减，令路凯稍微松了口气。

后方整群惨白的巨影俯冲而下，伴随着震耳欲聋的咆吼，宛若雪崩急速扑来。

就在三名奔灵者的前方，地面中断了。那是黎音所说的悬崖。两旁也有缓坡通往底下，但要绕远路，极可能被来势汹汹的魔物追上。他们必须冒险跃下悬崖，方能甩开敌人。

"准备好！"亚煌下了决断，放低身子准备跳跃。路凯和黎音也做好腾空的准备，打算借冲力飞下崖底。

悬崖的边缘急速迎向三人，他们起身——

亚煌身体一转，脚下刮起整片白雪。

"亚——"路凯和黎音发出惊叫从亚煌身旁飞过，脸颊扫过他的长发。

亚煌受了伤的大腿，因急刹而迸出整滩鲜血。

其余两人在半空睁大双眼，回望矗立于崖边的亚煌背影。当呼喊声被魔物的嘶吼声吞没，两人渐远的身影已往崖底落去。

亚煌握紧双剑，眼看魔物来袭。他知道自己的腿已经不行了，稍微一个小动作都会带来难耐的剧痛。现在他只能设法保持平衡，让栖灵板自行带动下肢，而他仅需挥动手中的剑，完成身为奔灵者的最后使命。

敌人扑来前，这短暂的一刻，他让自己闭上双眼。

虽然他将无法亲眼见证……但亚煌的心底深处相信，这次所找到的东西将为人类世界带来天翻地覆的改变。

唯有看得见希望，人们才有继续活下去的勇气。人类，正在与整个世界对抗。亚煌从不打算放弃，不，他已将东西交给下个世代的奔灵者，他知道路凯足以胜任。某一天，路凯也会成为优秀的领导者。

现在，亚煌只需要在死前带着数十倍的敌人陪葬。

睁开眼的一瞬，感知重回亚煌体内。嘶吼声来到耳际，无数魔物围困过来，冰色利爪、獠牙毕露锋芒——亚煌的双剑霍然挥动，扬起耀眼的虹光。

他像道炸裂的旋风，让双剑横扫于魔物之间。剑影带着柔丝般的微光，闪烁在暗白的包围里。剑刃切开魔物的大口，洒开整排冰蓝獠牙。

数道寒光利爪扫过，划开亚煌的皮肤。鲜血四溅，但他并未停止攻势。时间感已从体内消失，他只知道全身的痛楚超过极限，鲜红的身躯早已麻痹。

一只魔物从身后扑来，亚煌挥剑后刺，划开它的身躯，拉出一堆冰色碎片。另一只魔物的爪子陷进亚煌腹部，以惊人的力道将他抛得老远。

他滚了不知多少圈，在雪地漫开整片血红。几个高大的躯体围近，遮住他的视线。它们发出低鸣，仿佛嘲笑他的失败。亚煌趴着喘气，口中满是冰雪。身体早已不听使唤，颤抖的双腿连稳住栖灵板都有困难。

他勉强用长剑将身体支撑起来。

"来吧……"亚煌知道这是自己生命的最后一刻。他打算在倒下前，释放生命能量给敌人最终一击。

虹光开始酝酿，从栖灵板的正中央浮现。

巨爪倏地重击亚煌的头部。他往旁滚了数圈，脸埋入雪，闷住了呻吟。

"你们……这些……"他再次起身，意识逐渐模糊。眼前只见缥缈的风雪，与流入眼中的血红。"我会让你们……"他倒了下来，连站上栖灵板的气力都已消失。"让……"在闭上眼睛之际，亚煌放松了意志。

魔物给予他致命的一击——

"开什么玩笑。"一双肩膀撑起了亚煌，强劲的手臂拦住他的腰。

亚煌惊愕地睁开眼，看见路凯的面孔。

女奔灵者滑过他们两人身边，朝着敌人而去。"路凯，带他走！"黎音像道风似的掠过，抡起长枪刺入前方魔物的口中。

路凯扶紧亚煌并将两人的栖灵板靠拢，平行朝一旁的缓波滑去。"翔影，我们一起带你的主人回瓦伊特蒙。"路凯对着亚煌的栖灵板说道。

亚煌露出不可思议的表情，吃力地开口："危……我说过……危险……"

"大哥，别说话。"路凯只轻声回应，神情坚定。他们朝坡下而去。

"敌人太多了，"黎音跟了上来，她的胸口多出几道血痕，"我们得想想办法！"

"前面！"路凯看见前方不远处，洁白的地表有一处庞大而不自然的凹陷，延伸到视线两端。他们知道那是大地的裂缝，终年的落雪松弛地覆盖着表面，随时可能崩塌。

奔灵者全速前进。路凯搀扶着亚煌，迅速通过那段凹地。

"这里交给我，你们先走！"抵达彼端后黎音立即拐了个大弯，横向沿着凹陷区域的边缘滑行。

魔物一路奔来，其中几只已然进入凹地。此时黎音的栖灵板表面浮现一层微光，色彩斑斓不断酝酿。她猛然转身——栖灵板从地面刮起一片雪尘，同时炫目的光波奔腾而出——无数彩带状的虹光凝聚成跃动的形貌，给人一头猎豹的错觉。

光束打穿苍白地表，轰出一个漆黑的大洞。紧接着，整片凹地崩裂，带着松散的崩坍声，逐渐露出一条深邃的鸿沟。有魔物发出震天号叫声跟着雪块一同坠落，但它们绝大部分则止步于悬崖另一端。

* * *

"暂时是牵制住了，"黎音追上路凯时说道，"但我们还是要快，不晓得它们会不会绕道过来。"

路凯看着依靠在他肩上的亚煌大哥。

"东西……"亚煌虚弱地开口。

"放心。"路凯将容器拉近他的视线，明白亚煌即使遍体鳞伤，也依然不会忘记使命。"我们会把它安全带回去，交到长老们手里。"

亚煌闭起眼睛，失去了意识。路凯紧紧撑住他，让并行的栖灵板自行引导路径。黎音从旁绕来，与路凯对望。

路凯给了她一个微笑。女奔灵者对亚煌的担忧毫不保留地表现在脸上，然而她颔首示意，未理会自己胸前的伤口，加速往前方探路。

纷飞的雪花在身边扬起，天空依旧被厚重的云层占据。

路凯的视线从封闭的天空转向怀中之物。

他盯着那长桶状的容器良久。

他知道里头装的两样东西都是非比寻常的线索，是来自旧世界的遗物。或许,它们是人类信仰的回应,足以推翻历史上的种种猜测。

他是一名奔灵者,为人类背负特殊的天命。在瓦伊特蒙还有更多同伴,将要接受命令进入苍茫无垠的白雪大地执行任务。

路凯紧握住长桶,轻声告诉自己:"这一次,我们会一起掀开世界的样貌。"

相传在旧世界的二十一世纪,有颗陨石毫无预警地闯入地球大气层,坠落于太平洋中央。

冲击力使地壳板块与海洋水位发生了巨大变化。数年之间,厚重的云层凝聚天空,永恒降雪,逐渐将地球密封。全世界平均温度降至零下,文明相继灭亡,生命逐一消逝。

从此,世界进入"冰雪世纪",地球俨然变为一颗白色星球。昼夜依旧,但白天的一切变得朦胧,夜里的天空则永远漆黑。

从此,"阳光"成为传说——

PART I 居民大会

芬　澜

艾伊思塔的手上拎着好几个发光的小罐子，独自走在狭窄的洞穴中。

原始隧道的前方一片漆黑，仿佛无止境地延伸下去，但罐子里忽明忽暗的微光勾勒出她身旁岩壁的轮廓，足以让艾伊思塔踏着轻快的步伐前进。

她来到路的尽头，手中的罐子叮当作响。那里头爬满了萤火虫。她举起罐子往上瞧，光晕微微映出几束下垂的钟乳石。艾伊思塔单手拉住其中一条，攀上一道天然的石墙，又灵巧地跃入一条小径。她加快了脚步。

"乔安！"艾伊思塔出声呼喊时，已看见前方的几簇光点。那些同样是装着虫子的荧光灯，整排摆在地上点亮了行进的道路。道路尽头是个被宽布遮掩的洞口，一个留着蓬松虬髯的中年男子正巧探出头来，脸上的防风镜反射荧光。

"早安！"艾伊思塔对他露出灿笑，晃了晃手中的罐子。

"啊,你来得真早,进来吧。"乔安将防风镜拉上额头,拨开门口的布帘让女孩从他的手臂下钻过。这狭小的洞穴是乔安的居处,也是他的工作室。四周吊着的几盏荧光灯已十分微弱。室内除了墙角边有个天然石床,到处摆满了木箱与容器,上头叠满大大小小的盆碗,装着某种固化物。"这么多!?这些全是你最近做的?"艾伊思塔拿起一个手掌大的玻璃碗盯着瞧。

"最近三长老开会越来越频繁,学者那边的需求量也变大了。要是不赶工,很快就会不够用。"乔安问她,"倒是你,有任务的编制消息吗?"

艾伊思塔摇头,心里一阵不舒服。然后她转身问乔安:"可以点了吗?"

乔安抓了抓大胡子,沉默了一阵。他拉开门帘往外看了几眼,随后将布巾拉紧,完全挡住洞口。艾伊思塔兴奋地看着乔安来到自己身旁,接过她手中的小玻璃碗。他掏出两片色泽暗沉的硬物,在碗里敲打几下,发出清脆的声响。

橘色的焰芒闪现,如同被赋予了生命般波动着。

狭小的房间瞬间亮了起来。原本完全漆黑的角落,现在有光影晃动。少女凑了过来,火光照亮她那张呈心形的脸庞,以及充满好奇的双眸。

多数瓦伊特蒙的居民无时无刻都披着绒毛外衣,艾伊思塔却不畏寒冷,仅穿着单薄的双层连身布裙。然而在她裸露的大腿下,是一双不太搭调的及膝长靴,适合随时奔走于洞穴中。她戴着一条水晶项链,亮绿色长发柔顺地披散在身后,发上系着几串不同颜色的贝壳。刘海遮掩了她面貌的一部分,却隐藏不了那双熠熠生辉的碧绿色瞳眸。她为那盆小巧的蜡烛而着迷,流露出愉悦的神情。乔安见状也露出微笑。

"好了。"乔安说,"你每次来这儿都让我破例。"他将烛火吹熄,房间再次回归黑暗。过了几秒,微弱的萤火虫光点重新出现在他们身旁的罐子里。艾伊思塔满足地呼出一口气,才不舍地挺直腰杆。

乔安将盛满蜡的碗堆叠起来。然后,他打开一旁的木箱,挑出几个空碗摆在桌上,似乎准备开始今天的工作。他问起:"听说东边又有两个通道被封锁了?"

"是啊,奔灵者的人手不够。"艾伊思塔踮起脚尖,取下一个高挂在墙顶的罐子,里头的萤火虫已不再释放光芒。她把新带来的灯替换上去,让微光再度照亮房间的一角。

乔安哼了一声,语带讽刺地说:"只要三位长老别再争执不休,就不会出现人手不够的问题吧?"

"没办法,这阵子长老派了很多人出去。"艾伊思塔又把另外两个墙角的罐子也换成新的,然后左右张望。

"他们应该让你去负责些什么。"乔安这句话的原意或许想安慰她,但艾伊思塔没答话。于是乔安从桌脚旁拎起又一个已熄灭的罐子说:"还有这里。"艾伊思塔立刻接过来,转手递给乔安一盏灯。现在,发出微光的罐子分散于各个墙角,使整个房间感觉比先前明亮许多,可以看见桌椅更清晰的轮廓。但与方才的烛光相比,萤火虫的光芒依然微不足道。

"帆梦说在旧世界,啼啼瓦虫所发出的光还没现在这么亮,常被人们忽视。"她的目光追着玻璃上爬行的几个微小生物,难以想象那会是什么样的世界。萤火虫在瓦伊特蒙,一向是人们真正赖以为生的光源。

"旧世界的人从不需要这些虫子。据说他们有威力强大的魔法。"乔安说。

"是的。"艾伊思塔盯着小虫子,若有所思地说,"不被需要的东西,能力自然而然会消失。"

乔安深吸口气:"艾伊思塔——"

"乔安,还需要吗?"艾伊思塔站起身,晃晃手中的罐子。其中还剩一盏依然闪烁光芒。

"不了……你就带着吧。路你都熟,但还是该小心点。喔,对了。"乔安转过身,从某个容器里拿出一堆蜡烛,"这些都装了烛芯,帮我拿去给帆梦。"

"好的。"艾伊思塔笑着接过,单手捧在怀里,"那我先走了!"

她经过乔安的小庭院,看见四处摆满了煮蜡的铁锅与铁架。艾伊思塔拎着手中的微光,踩着熟悉的步伐迈入黑暗之中。

单人小船缓缓前行于地底河道,艾伊思塔正规律地划着桨,发出轻柔的水声。右前方堤岸上出现了整排的荧光灯,她知道自己正在经过贝琪的菜园。那岸上种植着拥有白色叶片的各种蔬菜。忽然,她看见晃动的身影遮掩住了岸上的微光,某人一大早就在庭园里工作了。

"嗨!贝琪!"艾伊思塔朝岸边挥手。

那身影先是一愣,随后便从黑暗里快步奔来。"艾伊思塔!你早啊!"即使看不见对方的脸,艾伊思塔一眼便认出贝琪那纤瘦的身形,与她腰际的宽大围裙特别不协调。

"早安,蔬菜的情况有改善吗?"艾伊思塔在喊话时站起身。

"又有一半立即腐朽了,不晓得为什么。之后得多种植一些!"

艾伊思塔也感到奇怪,皱起眉头。但她知道在这方面她帮不上什么忙,于是拎起最后一个发光的罐子大声喊:"有需要吗?"

"不用了！我的还可以顶一个星期！"

艾伊思塔挥手向贝琪告别，随后坐回船上，将船划向水道的一侧。黑暗中，她的桨连续碰到几个木桩激起水花。艾伊思塔将小船停下，一个箭步跃上简陋的码头，拉过亚麻绳将小船绑在桩上。然后，她找到石壁上一个突出的钉子，把最后那盏发光的罐子挂在上头，踏进一旁的隧道里。

全然的黑暗笼罩着她，睁眼与闭眼丝毫无差，但艾伊思塔没有减缓脚步。她熟悉瓦伊特蒙的一切——三百多个洞窟、上千条隧道，全是她曾经热衷探险的地方。一路上，她单手轻触身旁的岩壁，迅速往前跑。靴子的声响回荡四周，发上的贝壳随步跃动。每个拐弯，每个上攀与跃下，都再自然不过。

终于，她看见了出口，黑暗尽头中的一片清幽之光。

走出狭窄的隧道，她来到瓦伊特蒙的中心——那是名为"黑底斯"的庞大地底洞穴，无数隧道的交会处。数百万只萤火虫栖息在洞穴顶端，形成一片片致密的光点。它们环绕着垂吊而下的钟乳石，犹如一片光海中有无数座悬吊的黑塔。底下，人类的建筑物分布在钟乳石柱之间。整个洞穴被一股漂浮不定的冷光笼罩，朦胧而梦幻。

艾伊思塔的立足点位于黑底斯洞的外缘，脚下地面呈不规则的阶梯状。她快步往下走，看见底下是蜿蜒流过洞穴的暝河。许多小船缓缓飘动，漆黑的河水映照上方闪烁的萤火，到处都是暗白色植物。

这里是生活在瓦伊特蒙的人类文明的中心。早晨的号角已在不久前响起，伴随着钟声，人们纷纷开始一天的活动。这是艾伊思塔每天最期盼的时刻——穿梭在道路与窟室之间，看着瓦伊特蒙逐渐苏醒。她比所有人都起得早，为许多人一天的活动拉开序幕，这带给她一点儿小小的满足。

艾伊思塔经过两座相连的建筑物，里头传来滚动的水声。那是引导暝河的水进行过滤，以供居民们饮用的净水房。肥胖的蓝恩大妈站在门前指挥人们加快速度，嘹亮的嗓音从远方都能听见。

"艾伊思塔！"蓝恩大妈瞥见她，走了过来，"你来得正好，喏，这些给你。"蓝恩大妈硬是塞了两个金属制的水瓶到她怀里。

"等……等一下！"艾伊思塔惊慌地调整姿势，差点砸了手中的蜡烛与空罐，"蓝恩大妈，不用了，我不需要——"

"留着留着，前几天剩下来的，已经不太干净了。"蓝恩大妈露出笑容，"你是个健康的孩子，你不喝谁喝呢？"

艾伊思塔一时间不知该怎么回答，只能嚽着嘴唇，无奈地随口道谢后离去。她设法不去理会蓝恩大妈在背后传来的爽朗笑声。

然后,她经过某个巨大石柱下的牧园,里头饲养着动物。艾伊思塔看着它们踩着湿润的泥土,苍白的身躯静静走动。据说在前几个世纪,瓦伊特蒙的居民只成功饲养过雪狐,现在却已增加了许多物种,包括鼬鼠和长毛雪鹅。艾伊思塔瞥见牧场的园长汤比,他老迈的身躯靠在栅栏上。

"早啊,园长。这些给你!"艾伊思塔递给他两个金属瓶子。

"早……这是什么?"老人汤比的声音沙哑,半盲的双眼微微眨动。艾伊思塔以甜美的笑容说道:"好喝的水,蓝恩大妈叫我拿给你的。"

她心虚地咂着舌离去,继续前行。小径上已处处是走动的居民,全穿着布衣与兽皮制的披肩。然后她来到黑底斯洞另一端,将整串已熄灭的灯罐送达萤火虫采集人员的手里。居民们老喜欢问她,为什么她身为"奔灵者",却只热衷于帮忙做这些琐事?艾伊思塔则挤出开朗的笑容,一贯回应道:"有何不可?外头这么危险,待在瓦伊特蒙多好啊!"

实际上,好久以前,她已把栖灵板锁在床底下,再未碰过。

这个时辰,帆梦所在的研究院尚未开门。因此,她绕了个道,来到被称为"阳光殿堂"的洞穴深处。按照每日清晨的惯例,艾伊思塔跪在殿堂内,向她从未见过的"阳光"祈祷。

之后,艾伊思塔本将前往研究院。但当她经过自己的住所附近,却莫名感觉胸口有股怪异的感受,说不出注意力受到了什么牵引。

她随着本能走进自己那间矮小的圆形屋子,里头是个单一的窟室。艾伊思塔一步步往房子深处走,系着贝壳的长发飘动。然后她在石床前停下脚步。

她放下整叠蜡烛,站在那儿许久,沉默不语。

最终她咬住下唇,从床底拽出一个长箱。打开时,里头的"栖灵板"正散发着异样的虹光。

"怎么回事?"艾伊思塔吃惊地盯着它。那是块窄而长的木板,中央的雪纹浮印像是在向外放射的六枚冰箭。她已记不得上次使用它是多久以前,因此她无法理解,为何现在栖灵板的表面会虹光缭绕。她从未召唤自己的"雪灵"。

"这……是怎么回事?"她轻抬白净的手臂,触碰栖灵板。泡沫般的虹光加剧出现,绕着艾伊思塔的手腕上下飘晃。她的碧绿色双眸不解地眨动,不清楚该如何解释那股盘绕于心的感觉。

"你想……告诉我什么?"

御　风

瓦伊特蒙的空气比记忆中来得暖和。

伸手便能感觉到湿气，淡淡的硫黄味儿弥漫空中。

据说，以"白岛"为中心的广阔海洋，周围底层埋着一圈永恒不灭的火焰，旧世界的文献将它称为"太平洋火环带"，是地球奔流的血液。学者们曾说，那是世界诞生之初就已存在的远古奇迹。

相传白岛降临造成世界冰封，远古的文明因难抵严寒而逐一消逝，火环带却成为生命延续的命脉。而位于火环带南方的瓦伊特蒙，自然成为许多幸存人类的庇护所。五百年来它不断壮大，以坚韧的意志开拓出自己的命运。

路凯站在黑底斯洞暝河边的街道上，将双刃长枪夹在手臂下，呵出一口气，脱下皮手套等待着好友的到来。

他仍穿着远行的复合式披风与绒毛背心，但已拿掉围巾与兜帽，露出及肩的黑发；两条短辫从鬓角向后延伸，绕过耳际，交会在脑后结成十字。

路凯望着河面的波澜反射着洞顶的百万束微光。许多小船悠然前往各自的目的地,水声轻柔。他隐约可以听见船上人们的细语。这些正是路凯所怀念的一切。

远行在外超过两个月,面对毫无生机的世界,他每天睁眼所见只有苍茫的白色大地。现在回到地底下的幽暗洞穴,人们的低语让路凯感到心安,这才是社会脉动的心跳声,世界尚未停止转动的证明。

脚步声让他回过头,看见一位柔淡发色的男子走来。路凯露出笑容,那是他长久以来的战友——俊。

"你气色看来不错。"俊开口。

"在这种光线底下?"路凯说,"点把火,我相信你会给出完全不同的结论。"

俊微微扬起眉:"为了这个召唤火焰,你打算在刚回到瓦伊特蒙的第一天就在牢房里度过?"

他们同时笑了,紧握对方的手,给予彼此久违的拥抱。

虽然近几年两人的主要职责相异——路凯隶属"远征队"支部,俊则被分派到"探寻者"支部——但他们曾经一起经历束灵仪式,同期成为奔灵者。两人也曾一起出过不少任务,往日的默契依旧。

路凯举起自己的双刃长枪。在笼罩整个洞穴的幽暗光晕下,依然能看见刀面磨损的程度相当严重。"必须镀银了。"

俊朝着一旁的上坡小径点头。两人并肩走上开辟在钟乳石之间的坡道。

"所以，这阵子都发生了什么事？"路凯问。

俊思考了一阵之后说："上星期有两支队伍，也从远古大陆'澳大利亚'的其他雪域归来。他们带回相当多的银器，据说还发现了五百年前位于当地沿岸的产银区。"

路凯闻言愣了一下。"那可真了不得。是戈剌图他们？"

"嗯。"俊点头说，"但听说还无法完全确定双子针的度数。长老在近期内可能还会再派人去一趟。"

"是吗……"路凯感到欣慰，"这真是好消息。如今能在瓦伊特蒙附近发掘的银都已消耗殆尽，戈剌图他们干得好。"

俊接着说："另外，在南方我们探索到一座新的森林，目前已经发现三株魂木。"

路凯差点脚下一个踉跄，望向俊。"等等……你说三株？"

"没错，算是个重大发现。众长老动员了许多人力，不仅'探寻者'，还调动了'守护使'和'远征队'，都去做挖掘的工作。"

"你们可真受阳光庇佑。"路凯睁大了眼睛，"没想到我才离开两个月时间，竟有这么多重大突破！"

"也不能这么说。不过是以往投入的人力有所回报罢了，长老他们的决策是对的。"俊静静回应。

路凯露出微笑。俊的个性一向如此，沉稳而冷静，无论发生什么事都不会让他感到惊讶。然而，路凯对此消息却依旧难以置信。"在同一座森林里发现三株魂木，这相当惊人……多半时候，寻遍整片树林都找不到一棵啊。"

小径蜿蜒在一束束钟乳石间，持续上行。路凯感觉这些道路似乎比记忆中狭窄许多。底下某个隧道的入口处有几名奔灵者正拉着一张大网，将半只鲸鱼拖进来。从远处看来，那鲸鱼的体积明显有人类数倍大。

"这次远征的情况呢？听说总队长受了重伤？"俊问。

"我们遇袭了。亚煌大哥是为了带领我和黎音突围才负伤的。"路凯咽了下口水，"他可能短期内都不能离开瓦伊特蒙，必须休养一阵子。"

"是吗？好不容易等到你们回来了，想必长老有许多事要总队长处理。"

想起归途上发生的事，路凯感到胸口一阵郁结，但他尽量使自己的语气保持沉稳。"所有愈师都说……他大腿的主要筋脉断裂了，该做的疗程都已做完，现在只能看他休养的情况。"

俊沉默了半晌。然后他将手搭在路凯肩上，沉静地说道："或许该趁这个机会，让总队长好好歇息一阵。他近半年来扛的事务太多了。"路凯默不作声。

据说"奔灵者"这些拥有特殊能力的人类，在世界刚进入冰雪世纪不久就已出现，然而瓦伊特蒙还是在近一百年来才开始有系统地派遣他们外出，探索那已冰封五个世纪的外界。

而奔灵者当中的"远征队"，即负责这些重大任务的人。他们是三个支部中最常与死亡打交道的，远离居处、寻找远古时期的遗迹，并陆续带回任何关于旧世界的文献。据路凯所知，目前远征队最远已达在过往被称作"澳大利亚"的远古大陆沿岸。然而能负责旧世界大城雪梨的任务依旧非同小可。过去两年内，三长老曾派出一批批的远征者前往勘察，确认该区域的正确位置；同时学者们有证据相信，雪梨当地所蕴藏的远古知识将比过去探索过的任何遗迹都要多。

因此，奔灵者的总队长亚煌决定亲自参与这项任务。他反常地只选择两人与其同行，也就是路凯和黎音。三长老自然也信任他。之后，亚煌等三人依循其他奔灵者在过去收集到的地理资讯，顺利抵达雪梨，并在该地进行数周的搜索行动，已找到了重要文献。然而始料未及的是，他们竟在归途中遭到狞大规模的埋伏。

"这相当奇怪……"路凯突然开口。

"怎么了？"俊转头。

"我们遭遇大批狞袭击的地方，离瓦伊特蒙不到两天路程。这在以前从未发生过。"虽说以往奔灵者随时可能在瓦伊特蒙的外围遇上狩,但都仅是零星的冲突,大规模狩群向来出现在非常遥远的地方。

"你们遇见多少?"

"起码上百只。"路凯想起那盆状的谷地,"但我怀疑或许有更多,那天的暴风雪让能见度变得极差。"

"上百只……"俊的口吻依然冷静,却明显明白事有蹊跷,"上次它们以这样的规模出现在瓦伊特蒙附近,已是数百年前,旧世界刚灭亡后不久。"

路凯不安地看了他一眼。

"长老他们知道吗?"俊问道。

"我已经告知黑允长老,她说之后会找亚煌大哥谈谈。"

在他们前方,巨大的石柱延伸到洞穴顶端,被万千光点湮没。两人由石柱底部的基座进入一个洞穴。里头的气温突然升高许多。驻守的卫士检查了一下路凯的双刃长枪,便让他们通过。

两人往里面走,左右岩壁挂着许多种类的兵器,尽头的地面出现一个大洞,粗糙的石阶向下螺旋,进入热气之中。空间闷热得令人身体发痒,皮肤像被虫子爬过,这确实是令路凯怀念的感觉。底下,工匠们忙着在工作台前处理兵器,在他们身后则是好几个开凿于岩壁中的凹槽,里头橘色的炭心闪烁。

路凯来到一名埋首工作台的工匠面前,将双刃长枪平放在他面前。"请帮我修补这柄枪,再镀上两层银。"

那名工匠闻言长叹了口气,放下手中的铁具抱怨:"最近怎么回事?你们这些人动不动就往外跑,然后一窝蜂回来修兵器。镀两层?你难道不知道现在银器短缺——"他抬起头来。

"嗨,布闵。"路凯露出笑容。

工匠愣了一下。"路凯?"他回过神来,"你平安回来啦!"

"今天早上刚到。"

"哈!好一阵子没见啦!"布闵高兴的语气立刻转为挖苦,"一回来就到我这里磨刀,我该感到无比欣慰,对吧?"

路凯以微笑回应。自打从当上奔灵者开始,他的武器全由银匠布闵经手处理。在瓦伊特蒙,所有银匠都必须由铁匠升格而来,有了足够的武器铸造经验,才能了解各路兵器镶银的诀窍。而布闵无论在制造武器或掌控银质的功力上,已鲜有人能及。总队长亚煌的双刀也是由他所铸造。

布闵用手滚了滚路凯的长枪,眼光立刻变得犀利。"你这把枪光上镀已经不行了,必须重新嵌银。什么时候要?"

"目前不急。我还没接到下一个任务。"路凯回道。

布闵忽然抬头，给了路凯诡异地一笑。"你等等。"他竖起一根手指示意，然后穿过他的助手们，钻进某个小房间。不解的路凯和俊互望一眼，耸了耸肩。

在炭火照耀下，路凯这才真正看清好友的模样。俊穿着典型的居民布衣，淡褐色的衣裎以线绳紧系于腰，领口剪了个三角开口。他的及肩长发在橙色光源下彷似透明，只有一道细长的白辫子绕过右耳，结为长绳垂落胸前。他与路凯同属灰薰裔的子民，血统可追溯到远古时代。

据说灰薰族的祖先在旧世界分为许多人种，共通不变的是他们全部拥有黝黑的发色。然而，当传说中的阳光永久消逝后，拥有灰薰血脉的人们瞳孔转为苍灰色泽，其中许多人的毛发更褪了色，转化成不同层级的灰阶——有些像传说中奔驰大地的苍狼般的深灰，也有些像白昼时绵延天空的云朵般的浅灰。

路凯自己则仍保有先人的模样，留着全然乌黑的头发，俊却是少数出现极端异变、完全失去祖先特征的人：他一头幽魅的白发，雪霜般的睫毛，近乎透明的清澈眼眸。在这狭小空间的橙光笼罩下显得更加独特。

清脆的声响让两人转过头来。布闵提着一个篮子回来了。

"这是什么？"路凯盯着里头几块凹凸不平的铁色金

属，表面混着金色与黑色的杂质。布闵似乎刻意保持沉默，只挂着一抹笑容。他缓缓开口："这些是银的原石。"

路凯望了银匠一眼。他听说过原石，却从未亲眼得见。多数运用在武器上的银，只能由旧世界找到的银器重新熔制，时常因纯度不够而完全失去效用。路凯不自觉地伸手，指尖触碰原石上的金色纹理。

"啊，这杂质是在远古时代称作'黄金'的东西，"银匠说，"跟着这些原石一起生成，不过毫无用处，必须全部剔除。等我把这些纯银精炼出来，再将它嵌进你的长枪里。"布闵露出笑容。"使用纯银的奔灵者可以发挥较强的潜力，对吧？"

路凯像想起什么一样，忽然转向俊。"你的武器呢？"但没等战友回话，路凯随即回头告诉银匠，"把我们的兵器都嵌上吧。"

这个举动让布闵露出迟疑的神情。他与俊并不熟络，尴尬地说："路凯，我这是在戈刺图刚回来时，难得从他手中要到的，就只剩这些了。"

路凯点头，从怀里掏出一颗拥有奇特弹性的珠子。"这是从旧世界城市'雪梨'的遗迹带回来的。"

布闵接过来，起初他相当犹豫。但仔细在手中把玩一阵后，他终于顺从地笑出声。"哈，又是没见过的材质……算了，我女儿会喜欢这个的。"于是他收下了。

"你刚才其实不需要这么做。"回到钟乳石林立的街道上,俊开了口。

路凯坚定地看着他说:"你们'探寻者'掌控了瓦伊特蒙的命脉,必定会派上用场。"他的神情凝重起来。"这阵子外头的情况越来越不寻常。"

俊走在他身边,点头回答道:"那好吧。不过……我还没告诉你,我已经不是探寻者了。"

"什么意思?"路凯问。

"我也被分派到了远征队。"他露出浅浅的微笑。

路凯盯着他:"真的?那么……说不定我们有机会像以前一样合作了!"

"或许因为在瓦伊特蒙数天可达的遗迹里,能探索的地方都被我们翻遍了,长老们才做了人员调动。"

路凯心想可能真是如此。他们来到三条小径的交会处,数面天然石墙间人们熙熙攘攘,岩顶的荧光仿佛尾随着那些昏暗的身影。俊再度问他:"你刚才说,你们在遗迹发现许多东西?有什么成果吗?"

"嗯,我们找到两份重要资料。"路凯说,"虽然目前还不太确定,但很有可能会是——"他的话突然打住。在他们面前出现一个女孩。

"路凯。"女孩呼唤的声音,轻柔中带着羞涩。即使在光线极暗的情况下，仍能明显看见她那一头深黑色长发，波浪般洒落在裸露的肩上。

"啊，雨寒。是不是黑允长老有事找我？"路凯看着女孩，她灰色双眸底下的眼袋比两个月前更加明显，有些失神的模样。但路凯知道雨寒定是为了替长老传话而来，想必是和他们找到的旧世界文献有关——那两份可能改变一切的重大资讯。路凯的脸上难掩兴奋。

"是的，"黑发女孩轻声回应，"长老说，她已经审查过你们带回来的所有文件，你可以领回了。"

半晌过去，路凯向身旁的俊瞟了一眼。发现女孩似乎没有别的话要说，路凯这才迟疑地开口："黑允长老没提到其他的事？是不是该讨论关于那些文献的内容？"

女孩摇摇头。

"是吗……"路凯隐藏住自己的诧异。这与他料想的不同。

"你可以把资料送去研究院那儿，看看他们怎么说。"女孩最后说。

路凯踌躇了一下。长老的反应似乎有些草率，甚至没有叮嘱学者进一步研究的方向。亚煌大哥承受重伤所换来的文献，应该是至关重要的，难道是他们搞错了？

然而，身为奔灵者，路凯压下心中所有疑问，微微抬起下巴以毅然的口吻回道："我明白了，谢谢你。那就请转告黑允长老,我会把文件拿去研究院。"

他听着自己的心跳声,脑中一阵空白,只能望着女孩离去的背影。

拂 羽

天顶密密麻麻的萤火虫闪烁着微光,雨寒想象它们是千万只眼睛盯着自己。她小心翼翼地走在道路中央,避免撞上来往的路人。

雨寒带着无精打采的表情,绕过几排窟室,忧虑持续盘绕在脑海里。她无法克制自己不去想那个即将来临的日子。

此时,骚动声从一旁的山洞传来。雨寒在几座石柱中央停下脚步,望向声音的来源。

"愈师!"人影尚未出现在洞口,喊声已回荡开来,越发响亮。

"——快去找愈师!"急促的脚步声伴随昏暗的身影闯了出来,雨寒看见几个奔灵者抬着他们的同伴,他的整条右臂几乎从肩膀被完全削去,以雨寒的距离也能看见一片血肉模糊。那人已失去意识,鲜血却不停淌流,喷溅在其他人身上。

恐惧像只无形的手掐住雨寒的喉咙，她顿时无法呼吸，目光却移不开眼前的景象。她知道这些奔灵者必定是到外头执行任务，却出了状况……

每位奔灵者理当是精锐的战士，能在雪地独自作战，能追踪敌人足迹，能远行寻找海洋所赐予的粮食，能探索旧世界的遗迹，并带回远古银器和尚未散失灵魂的树木，发掘旧世界人类遗留的文献……所有平民百姓做不到的事，奔灵者都能做到。

然而，残酷的事实摆在眼前，无论多么优秀的战士只要离开瓦伊特蒙，在外面的世界随时会被剥夺性命。

就算没遇上暴风雪，也可能随时遭到那些名为"狩"的魔物袭击。据说它们来自遥远的北方，海洋中央的白色岛屿……

雨寒盯着那群人消失在石道彼端，知道那名奔灵者很可能没救了。她的思绪满是焦虑，无法想象真正成为奔灵者会是什么样。

"都办好了……"雨寒怯懦地说。在她眼前是个年过半百的女性，身穿长老的服饰——深浅色调相间的长袍，花纹繁密的雪羚羊皮披肩围绕胸前，别着鹿骨领针。她的鼻缘有圈金属环，扣着一串细链子，悬过左脸颊连至耳根。

"嗯。"黑允长老坐在椅子上沉思，不太理会雨寒。两盏巨型荧光灯在石墙上闪烁，投射微光在女长老的头上；她的黑发高高盘起，以纹路精细的冠饰拴住向下洒开，像个飘晃的黑色利爪。

雨寒只得静静站在一旁，等待女长老再次差遣。女孩身上的双层布衣单薄而宽松，露出单边肩膀，波浪般的深黑色长发批在白皙的颈子上。她总是不自觉地露出忧郁的神情。

面对几世纪以来的严酷挑战，历代长老肩负起瓦伊特蒙的生存使命。他们接受总队长与学者的建议，引领居民度过艰难的日子。曾经，长老们的每句话都成为人们赖以生存的指标。但现在……

"因为'所罗门'的事，你们打算……召开居民大会是吗？"雨寒不经意地问起。

黑允长老没有回答，只盯着空气中的某处许久。突然，女长老如大梦初醒般咬牙切齿，浮现出憎恶的表情。"……亚煌这没用的东西，完全辜负我对他的期待！！"仿佛有股愤恨从喉间升起，她的语气骤变，自言自语道："只找到这些无用的文献，我们需要的是更多的银矿！这次竟然一点儿银器也没有，也没在远方找到魂木林，还让自己白白受了重伤！这样子居民会怎么想！？"

他们会开始质疑你的决策……但这些话，雨寒并没说出口，只低头屏住呼吸。在冰雪世纪，瓦伊特蒙并非唯一仅存的人类居所；还有一个被称之为"所罗门"的地方，居住着相当神秘的一群人。然而因为某些缘故，这两个最终幸存的人类文明已许久不相往来……

黑允长老突然转身，朝着雨寒厉声说："你要成为奔灵者的试炼就快到了，为什么还站在这儿？今天没有训练课程？"

"上次我脚踝受了伤，茉朗要我先休息几天……"

黑允长老闻言，三步并作两步走了过来。雨寒下意识地缩起身体。此时，女长老的深黑色瞳孔仿佛溶解了荧光，成为周遭黑暗的一部分。"你现在就回去。跟茉朗说你要继续受训，每天除了进食就寝之外的时间，你都会拿来做训练！"

雨寒无法克制身体的颤抖。唯一能做的，是再度低下头，希望永远不必再抬起来。

此举却惹恼了黑允长老，她以手掌托起雨寒的下巴，锐利的目光仿佛要穿透女孩的面孔。"给我搞明白，"女长老垂吊的黑发尖端几乎要碰到雨寒的眼珠子。她五指尖突然施力，深深掐痛女孩的脸颊。"你必须成为奔灵者，不许失败，而且要成为能力高于所有人的奔灵者！"黑允的语气极度严厉。"所有人都在看！你身为长老的女儿，绝不容许出任何岔子，懂吗？"

雨寒痛得差点喊出母亲。然而她眨了眨眼，压回几乎要夺眶而出的泪水，轻声回应："是……长老。"

天空仍是一片混沌的灰。

雨寒全身沾着白雪，湿透的黑色卷发，杂乱地粘在她的脸上。她穿了好几层布衣、裹着雪狐皮制的外衣，然而每次跌倒，冰雪都像有生命般钻进身体缝隙。雨寒觉得皮肤某些地方已冻得失去知觉，某些地方却又疼得要命。她跪地喘息，紧握手中的木棍。

"你又犯了同样的错。"茉朗乘着栖灵板，刮起雪沫来到她身边。微风吹拂着女奔灵者的绿色短发，显露出她单边眼角的刺青。"要急转时，重心得先做改变。"她拍了拍自己的腰间。"反方向俯身，然后将腰身扭转，最后才是双脚位置的变换。要记住，腰部是枢纽，必须在第一时间反应出你方向的改变。"茉朗看着雨寒颤动的身子，叹了口气。"前几次你都已经抓到要领，怎么手中拿根木杖就全忘了？"

茉朗低下身拉起雨寒，拍掉她头上的白雪，并将女孩湿润的黑发往后拨。雨寒面色苍白，两个深深的眼袋撑着一双恐慌的眼睛。她勉强挤出几个字："速……速度加快时，我被木杖的重量拉着走……"

"这并没有你想象中那么难，奔灵者手中的武器都是左右对称，只要朝你重心的反方向摆动就行，让它成为身体的反作用力。"茉朗放慢语速说，"雨寒，掌控兵器的能力对奔灵者来说非常重要。等到你拥有自己的'雪灵'，透过镀在武器上的银为媒介，才有机会在与'狩'的对抗中生还。去吧，再试一次。"

雨寒点了点头。她拿起已磨损不堪的白化木板，把它和木杖夹在腋下，然后踩上茉朗的栖灵板，单手环住女奔灵者的腰。茉朗的栖灵板自己动了起来，划开一条轨迹朝雪丘的顶端而去。

在束缚自己的雪灵之前，雨寒只能用毫无灵力的木板做滑行练习，无法抵抗地心引力。现在她想象自己也拥有栖灵板，能靠意志吩咐雪灵前往任何地方，上坡下坡。一丝兴奋感浮现心头，却在下一秒立即消失，再度被存于心底深处的恐慌湮没。她根本不可能顺利找到雪灵啊……

茉朗的短发逆风纷飞，雨寒偷偷看着她，那是属于"翡颜裔"人类的典型绿色。女奔灵者身材高挑，雨寒紧抱着她时，还不到她的脖子高。而在她左眼边缘有道白色藤蔓的刺青。茉朗隶属于三大支部中的"守护使"支部，平时负责巡逻瓦伊特蒙东边的雪域，这阵子由于黑允长老的嘱托，才成为雨寒的私人导师。

雨寒将视线挪向前方一排渺小的身影。

几个奔灵者伫立在远方，形成一道保护她的防线。虽然这里是瓦伊特蒙正上方的安全地带,却难保不会出现走散的狩。她不自觉想起之前看到的那位奔灵者的惨状。血淋淋的画面让她感到晕眩,但雨寒甩了甩头,告诉自己正身处安全地带。

微风吹起飘扬的雪,整排奔灵者手持长枪的身影站立其中。他们是无尽的白色大地上,令人安心的存在。

雨寒忽然感到一阵羞愧。只因为自己是长老之女,就得以接受别人没有的特殊待遇。但无论她多么努力尝试,依旧不争气,数小时全无进展。

"再试一次吧。记得腰部是关键,手中的木杖自然会随着你的重心保持平衡。"茉朗停在丘顶,让女孩下来,"别害怕,我会在你身后。"

雨寒望了茉朗一眼,呼出的气成为淡雾飘了开来。她迟疑地点头,弯身将板子上的软绳索绑住皮靴,然后再深吸一口气,俯身滑下斜坡。

回到瓦伊特蒙时,雨寒已经累得连爬行的力气都耗尽。一整个早上待在外头,习惯了麻痹喉头的冰冷空气后,地底迎面而来的暖流却让她有种窒息的错觉。茉朗认为雨寒应该休息,因而取消了下午的课程。

"不行,长老说我一定要做完整套训练。"当时雨寒如是说。

茉朗却坚决反对再带她外出。仿佛要证明她今天已不能再滑行一秒,茉朗用手去触摸雨寒的小腿,雨寒感觉到自己的双脚在无法克制地颤抖。"看见了吗?刚才你痉挛了好几次,这样连走路都成问题,更别说滑行。再不好好休息,说不定明天都无法复原。让我去跟黑允长老说一声。"

因此,雨寒独自坐在一道天然石阶上歇着,等待茉朗回来。

黑底斯洞顶的昏暗荧光照亮身旁的阶梯状地势,一排排小巧的窟室点缀眼前的单调景色,钟乳石遍布其中。这里是雨寒从小长大的地方,虽是一成不变的景象,却总使她感到心安,她希望一辈子待在这儿。然而事与愿违,一旦母亲期望她成为奔灵者,雨寒就必须前往白雪覆盖的地面世界接受训练。

一阵笑声使她挪动视线。离她下方一段距离,某个环状钟乳石阵的中央,有群人聚集在射箭练习场。雨寒可以清楚地听见他们之间的对话,似乎有两个人正在打赌,其他人则围观起哄。

第一个射手戴着某种金属手套,将长弓拉开绷着数秒,然后释放。箭镞陷入木头中发出声响,在余音未息前,第二个人随即开口说:"埃欧朗,你先脱衣服暖暖身吧!否则躺在雪地里五分钟,恐怕你会休克!"他说完抬起长弓,放箭出手。

后面的人群发出欢呼,夹杂着笑声。他们喊着:"帕尔米斯!帕尔米斯!"

雨寒无法由外表辨别那两位弓箭手究竟是翡颜或灰薰族人,因为从这个距离看来,他们的发色都像一抹浅影,有可能是淡绿,但也可能是浅灰。头一个放箭的埃欧朗已脱下毛茸茸的兽皮背心,即使在阴暗的荧光下,依然能看见他结实的背肌与良好的体态。一群人吵闹着,簇拥着他朝北方隧道口走去。

她知道这群人肯定全是奔灵者。望着他们彼此轻松谈笑的模样,很难想象他们都曾独自经历过残酷的考验。成为奔灵者的试炼不许有任何人陪同,每一个人都必须独自步入冰雪大地寻找那神秘的雪灵。她根本办不到。

雨寒踏出瓦伊特蒙的次数靠单手就数得出来,还是在许多人保护下才得以外出受训。她不仅害怕自己无法通过考验,也担忧就算通过,她所缚中的会是怎样的雪灵?会不会和她一样脆弱,丢尽所有人的脸?

一旦开启担忧的闸口,各种焦虑接踵而来。三个奔灵者支部,各由一位长老所管辖,分配的领域由近而远——"守护使"负责瓦伊特蒙的内部与周边,"探寻者"负责大约三天行程能够抵达的区域,而"远征队"则负责从事更远的长途任务。

人们成为奔灵者后的第一件事就是确定被选入的支部。要是被派到桑柯夫长老所掌管的探寻者支部，必须在邻近的雪域勘察魔物动态，寻找新生海岸线，寻找粮食，甚至魂木；若是进入守护使支部，则必须承担家园的边防安全……这些职责已令雨寒无比惧怕。最糟糕的是，若不幸被分配到母亲所掌管的远征队……她该怎么面对母亲的期望？她必须前往未知的远方待上好几个月，这简直难以想象……

雨寒呆滞地盯着眼前的景象，某个突如其来的想法从心底浮现。

对……其实她根本不想成为奔灵者。

掌控栖灵板所需要的体魄和本能她全都欠缺。就算真的完成试炼，不过是为了满足母亲的虚荣与要求……不是吗？雨寒相信在瓦伊特蒙一定有更适合自己做的事。这里的生存条件建立在各类人才之上，需要人来过滤饮用水，也需要有人栽种那些已失去灵魂的植物。啊，或许她也可以加紧培养阅读能力，担任学者的助手。说不定打造铁器更适合自己！或是成为纺织工坊的一员——做什么都好，就是别逼她进入那个致命的白色世界！

这些想法被脑中晃过的锐利眼神给打消了。一想起母亲的目光，雨寒便感到害怕。母亲不可能准许她做普通居民的工作，那样有损长老之名。没错……她必须维护母亲的名声。

讽刺的是,其他两位长老年轻时都曾是备受尊敬的奔灵者,而黑允长老自己却从不曾是奔灵者。母亲在当年身负无法复原的腿伤,年纪轻轻便错失了缚灵的机会。

雨寒心底冒出一个罪孽深重的想法:如果我坚持不想成为奔灵者……母亲没有理由不接受,因为她自己过去也不是。对吗?

雨寒试着说服自己,鼓起勇气的时候到了。她必须抛开顾虑去和母亲沟通。只要好好地传达自己真正的心愿,母亲最后必定会了解——

"原来你在这里!我到处在找你。"背后响起呼喊声,令雨寒吓了一跳。

声音出自一名少女,她手中捧着一块细长而工整的板子,里头依稀闪现银光。少女的连衣裙底下是不太搭调的长靴,但她拥有异常翠绿的长发以及美丽的容颜,一对碧绿色眼眸仿佛旧世界的宝石般灿烂。

"艾伊思塔。"雨寒轻声道出对方之名。她设法起身,双腿却因先前的痉挛,剧痛得难以伸直。

"缚灵师开口了。"艾伊思塔给出一贯的开朗笑容,似乎急于把这消息传达给她。"束灵仪式的最佳时机,就在明天傍晚。"

一阵寒意袭上雨寒的背脊。"明……明天傍晚?"

"是的。缚灵师也告诉所有长老了,他们已经开始做准备。"她亮出怀里那片尚未缚灵的长板子。"喏,我刚才经过灵板工匠那里,顺便帮你拿过来了。这是你专属的栖灵板。"

雨寒几乎不敢开口问下一个问题:"那么……我该何时出发去外头?"

艾伊思塔将板子推到雨寒怀里:"现在。"

离　焱

　　弥漫在空气中的硫黄味，总令凡尔萨为之作呕，感到窒息。

　　在瓦伊特蒙的外缘，凡尔萨在全然的黑暗中凭借感觉爬下低崖。他将身子放得极低，以防被头顶尖锐的岩石刮伤。他手中的栖灵板不断碰撞周围，摩擦出令人不悦的声响。

　　凡尔萨来到一片较宽广的空间，知道脚下全是龟裂的岩地。这些裂缝有些仅几个指距宽，有些却必须倾全力跳跃才可越过。但它们都有个共通点——深不见底。凡尔萨曾把发光的萤火虫幼虫抛入这些缝隙中。荧光逐渐远去，消失的时候他依然无法判定脚下的洞到底多深。

　　现在，凡尔萨站定在一片漆黑之中。虽然他对这一带的地形多少还算熟悉，但知道不能冒险，每一步都可能致命。

　　他卸下背上的武器，是柄双刃大刀。两片比手臂还长的宽大刀刃从中央握柄向外延伸，表面镀着复杂的银色纹理。凡尔萨右手扛着栖灵板，左手将刀尖指向前。

虹光由栖灵板浮现，成为悬浮在幽静黑暗中的光点。那些光点凝聚为彩色的光带，轻柔缥缈，韵律闪动，并从凡尔萨的手腕向上游移，盘绕他整个右手臂。接着，虹光从他的左手出现，顺着刀刃的银纹往前飘，直到整把武器被柔顺的光波覆盖。

脚下的路径被依稀照亮，凡尔萨往前走。

回到居处，凡尔萨放下栖灵板和双刃大刀。虹光消失时，黑暗迅速涌上来，再次将他包覆于一片宁静。凡尔萨凭记忆走到岩壁凹陷处，那是他当成床的地方。

这里是"深渊"，瓦伊特蒙的最西边，没有萤火虫点亮的天顶，也不存在人们嘈杂的声音。数代之前的长老划分出这个特殊地域，远离以黑底斯洞为中心的人类社会，作为囚禁犯人之处。然而近几十年，监狱迁至东边的洞穴后，这儿被遗弃，再无人来。

不过对凡尔萨来说，这里就是他的世界，不会有任何人打扰。深渊藏在更深远的地底，远离北环大道以及东边通往外界的通道。

他解开喉前的线绳，脱下厚重的披风——那件他一直保存着，适用雪地远行的白毛羊驼披风——露出褴褛的衣衫。他的胸口总是敞开，脖子前的一串牙骨项链在黑暗中发出声响；长袖上恣意悬着几条皮制带子，裤子也残破不堪。

凡尔萨随手顺了下短刺般的黑发，将披风扔在角落。两条细辫在他脑后交叉数节，落在精悍的背肌上方。凡尔萨脱掉上衣，跃上石床倒头就睡。

但过了一阵子，他却发现自己依旧双眼圆睁，直视这片黑暗。

他憎恨瓦伊特蒙。

他憎恨这里的一切。湿冷的地面，陈腐的空气，三长老，所有居民——所有奔灵者。凡尔萨不自觉地将拳头握紧，然后松开。好几次他打算一走了之，将一切抛诸脑后。外头冰冷的空气能使头脑恢复清醒，这里的硫黄味却总使他的脑子一片浑浊。人们日复一日过着相同的生活，听从长老们的指示，却从未质疑过其动机。待在瓦伊特蒙的每一刻，都让他觉得身心逐渐腐朽。然而每次决心离开，却发现自己都会重回原点，就如今天。

外头的苍茫大地永恒积雪，连地平线的彼端都见不着，只有绵延天际的灰色云层低得令人感到压迫。凡尔萨愤怒地想，外头的死白世界与他现在躺卧的石床，对自己来说都是牢笼，唯一不同的是，他知道独自在外头存活不了多久。无论多么不情愿，离开这儿他已无处可去……就凭他自己，没有能力对抗整个世界。

因此，他每每压下恨意，待在社会的边缘地带，想远离令他作呕的人群。讽刺的是他依然必须靠着瓦伊特蒙的资源活下去，他别无选择。那恨意并未因压抑而消失，反而像文火在心底煨煮。

凡尔萨屡屡说服自己并非懦夫。不，他之所以留下，是因为心中某个声音阻止了自己的脚步——纵然人生已失去所有意义，他尚有未完的使命：总有一天，他将亲手取下三长老的命。

深渊位于瓦伊特蒙的边缘地带，距离目前仍开放的通往地面的三个主要出口相当远，是个相对封闭的区域。监狱迁移后，再没人注意这个地方。因此，很少有人知道在深渊的某处，有条通往外头的密道。

瓦伊特蒙所处的大陆底下，自古以来都是错综复杂的网络，拥有上千个相连的洞穴，以及交织其中的地底河道。从没有人知道究竟有多少洞穴暴露在水面上，多少被淹没在水底下。甚至有学者说，比远古时代更早的创世之初，这里全部位于海底。当冰雪世纪降临，许多地底河全部转化为冰，凝固了空间的样貌，却依然有几条地底长河不受影响，畅流洞穴之间。据说这是因为在更深的地方，人们从未亲眼见过的永恒火焰点燃了这些稀有河川的灵魂，让它们自由流淌。

打从冰雪世纪之初，藏匿此地的人们即意识到自己无法占领这整片未知的地底领域，因此他们依循历史赋予人类的本能，建立疆界。在地底，人类划分出来的地理范围也经过了诸多阶段的演变，从盲目拓展到逐步收缩，至今已进入稳定状态——既定区域被规范出来，上千条隧道，三百多个洞窟。

瓦伊特蒙，远古语言代表水的子宫。新文明的孕育地。

如今人类封锁所有通往外头的路径，只留下北环大道上的三个隧道口，以及南方通向地心更深处的"边缘之门"，全由"守护使"支部的奔灵者严格把守。如此一来，无论是雪地上的狩，或存在于地底的未知危险，都无法威胁到人类文明的堡垒。

然而，凡尔萨在"深渊"某个被遗忘的角落，找到一条极为隐秘的隧道，同样能通往外头的雪地。它的入口就在全然无光的洞窟深处、岩顶与某片低崖间的狭缝里，隐藏在扭曲的地形之中。

"原来常去的那条冰缝消失了，现在必须再往西行一小时，才会遇见下一条。"一名绑着头巾的男子说道。他跪在一条庞大的鱼前面，手中挥动匕首。白色绒毛披风结满雪霜，这是刚从外头归来的证明。

"这一带的温度最近不断剧降，冰缝八成结冻了。"凡尔萨坐在对面，心不在焉地看盯着一旁的荧光灯。

绑头巾的男子名叫亚阁，是凡尔萨的旧识。他用匕首切下一块手掌大的鱼肉，肌理呈半透明，光泽晶莹。然后他从一旁拿来淡灰色的叶片，包起来递给凡尔萨说："尝尝看，一定比那些配给的地底河的鱼来得鲜美。"

肉块明显比叶片大上许多，凡尔萨的手碰到冰冻的表面，感到些许不悦。但当他咬了一口，立刻露出惊讶的表情。滑嫩、富弹性的肉质，酥脆的叶片垫在味觉底层，冰凉口感散发着淡淡的远洋香气。

"真不错。"亚阁也为自己切了一大块，用牙齿扯开鱼肉，大口咀嚼后满意地点头，"这鱼有股浓烈的咸味。估计那条冰缝刚形成不久。"

他们两人坐在扭曲的地形夹层中央，仿佛身处某种未知猛兽的胃壁。周围的石墙自黑暗中蜿蜒，以怪异的角度从头顶弯曲，再消失于黑暗里。两人在荧光灯的陪伴下，享用这顿饭。

凡尔萨三两口吃完后，亚阁又切了一大片生鱼肉给他。"来吧，估计这条鱼一周都吃不完。"

在瓦伊特蒙的五千多名居民当中，会经由那条不为人知的密道擅自前往地面的，就属亚阁与凡尔萨自己。然而亚阁不像凡尔萨缺乏独自远行的勇气，他总是自己一人去远方探勘。

凡尔萨看着眼前的这名男子。在自己刚成为奔灵者时，亚阁则已立下许多卓越的功绩——独自发现重大遗迹、创下无人可比的猎鲸数量、独闯敌阵解救陷入苦战的伙伴。据说亚阁的作战能力和总队长亚煌不相上下。更有传言，亚阁或许是瓦伊特蒙最具实力的奔灵者。

他们俩同为灰薰裔，只不过凡尔萨一向面容愠怒，亚阁则总带着从容的笑意。亚阁的头巾半遮掩着深灰色的眼珠，那目光可以令你感到亲切，也可以在下个瞬间释放强大的压迫感，全取决于他希望营造哪种效果。凡尔萨两者都见识过。

"我听到一些谣传。"亚阁低着头，从背包中取出一个小巧的皮制容器，在鱼身上方抖动，将干盐巴撒在被割开的地方。

凡尔萨回望他。

"瓦伊特蒙可能会派遣使者前往所罗门。"亚阁以若无其事的口吻说道，却似乎在暗喻什么。他掏出细绳，用两大片叶子捆绑住鱼身。但因鱼的体积过大，叶子仅覆盖住腹部。

凡尔萨忽然意识到自己正以紧绷的神情凝望着亚阁。愤怒突如其来。"你这样盯着我做什么？"

"没什么。"亚阁挂着淡淡的微笑，继续低头将盐抹在鱼的前后两端。

时间流逝，却没人开口说话。凡尔萨听见自己的心跳声，随着炽热的情绪撞击耳膜。每次鼓动，都让他的思绪逐渐模糊，所有的本能都被仇恨所取代。

"或许你可以考虑，要不要跟使节团队一起去——"

凡尔萨倏地起身，中断亚阎的话。他的眼神燃烧着怒意，觉得脑中的每根神经都濒临爆裂。"我走了！"抛下这句话之后凡尔萨转身，准备回去自己的穴居。

"等等，我没别的意思。"亚阎叫住他，"你明白所罗门是另一个仅剩的人类文明。如果你真的那么痛恨瓦伊特蒙，不妨试着离开？"他看到凡尔萨停下了脚步。"这没什么大不了的，若有机会，我倒也想去所罗门看看。说不定我们都会喜欢那儿。就许多方面来说，所罗门的文明比我们发展得更成功。他们的领导者相当优秀。"

凡尔萨欲言又止一阵，最后向亚阎投射出狰狞的目光，头也不回地步入黑暗中。

芬　澜

艾伊思塔走进众学者所在的研究院，瞧见一个熟悉的背影。

男子站在庞大的石桌前，学者们围绕着他，正在专注讨论某些事。艾伊思塔望着男子那两道黑色发辫在他的脑后结成十字状。他仍穿着远行所需的复合式披风，和以银与铁为底的皮靴。虽然男子身上已无残留的雪痕，但很明显他刚刚回到瓦伊特蒙不久。

"路凯！"艾伊思塔惊讶地说。

男子转过头来，露出同样诧异的表情。他给了艾伊思塔一个久违的拥抱，说道："你稍等，我正在报告双子针的度数。"

"好呀，你忙吧。我是来找帆梦的。"艾伊思塔朝研究院的深处望去。长廊不断向内延伸，分支出好几条更狭窄的通道，顶上的钟乳石异常细长，有如悬挂头顶的百支长枪。如此异样的光景下，身穿长袍的学者们拖着步伐，翩然往来于通道之间。

路凯身边的某位学者听见艾伊思塔的话，抬头对她说："首席正在忙，可能还要一段时间。"

"没关系，我等他。"艾伊思塔露出微笑，翠绿长发上的贝壳发出轻响。

她看向路凯面前的石桌，上面有张巨大的地图。它汇总了奔灵者由各地遗迹收集而来的资讯，绘出旧世界称之为"太平洋火环带"的地势，其中当然也包括瓦伊特蒙的地理位置。

艾伊思塔咽了口唾沫，有股无法压抑的渴望在心头盘绕。此时正巧几名奔灵者从研究院的内部走出来，经过艾伊思塔身旁，他们全静了下来，投来的目光却带着某种非难的神情。艾伊思塔别过头去避开他们的视线。待那群人走远了，她才再度望向石桌上的地图。

仅靠着碎片般的资讯，学者们不断尝试拼凑出远古世界的样貌，以及旧世界灭亡前的历史。在这时代，研究院扮演着人类文明传承的关键角色。而在石桌周围，几位助手捧着蜡烛，摇曳的火光将整个地方染上一层橘黄——瓦伊特蒙里头，只有长老及学者有使用蜡烛的权力。

艾伊思塔看了一眼自己怀中未燃的烛盆，是烛匠乔安要她转交给帆梦的东西。其实，她可以递交给任何一名学者后离去，但脑中的某个声音让她留下来。

她呆望着助手们掌中的光。那些烛火如此微小，却在心跳般的跃动间绽放出无可比拟的明亮，令艾伊思塔万分着迷。

"42.8……42.7……42.9……"路凯逐一报出数字。他身旁的学者专注地在地图上标注这些号码。

"再来是遗迹西北方，尚未被白雪埋没的边界线。"路凯接着说，"这里频率最多的统计数字是43.3……43.2……43.2……"

虽然艾伊思塔已不知多久未曾离开瓦伊特蒙，但她曾听路凯说，有许多在旧世界被称作"城市"的远古遗迹，不知为何并未完全遭冰雪埋没。即使周围的大地已在五百年间被山一般高的深雪覆盖，有几座遗迹却一直暴露出相当大的一部分。灰色天空下，它们是位于雪丘之间的静谧之地，表面仅覆盖着一层平坦的白雪，犹如受到莫名的魔法保护，永恒反抗冰雪世纪的落雪。

"我们累积了多少遗迹中心位置的度数？"一位学者在地图上画出许多交叉线条，朝旁人询问。

另一位学者在烛光下翻找着资料。"五次远征，共计120项记录，平均为43.1度。"

在地图里画下最后的标记，那名学者叹了口气说："所有数据都吻合了。已经可以百分之百确定遗迹'雪梨'的地面位置——43.1度。麦尔肯，去跟长老们报告吧。"

其中一位助手听命后随即离去。

"别来无恙?"路凯转向女孩。

"是啊,"艾伊思塔露出笑容,"看来你们这次的任务相当有收获。在遗迹里有发掘到'书本'吗?"

"书本是有,但多半是以音轮语撰写的。"

"你们队上不是有两个人看得懂?"艾伊思塔眯起眼,语带促狭地说。她知道路凯是三人小组中唯一不懂音轮语的。

路凯苦笑了一声。"该带回哪些书,全是由黎音和亚煌大哥选的。"他停顿了一下后说,"但亚煌大哥受了重伤。赶回来的途中我们被迫丢弃了许多,只留下大概五本,已经全交给研究院了。"他朝一旁点头示意。

"是吗?"艾伊思塔的目光好奇地跟着挪动。

"对了,这些给你。"路凯从衣服的口袋掏出一些东西。他的掌中有三枚不同颜色的贝壳,在烛光下微微闪烁。

艾伊思塔捂着嘴,差点开心地跳了起来。"呀!谢谢你!"她接过来,仔细捧在手心里瞧。贝壳的表面复杂而精细的螺旋花纹是她没见过的,艾伊思塔恨不得这一刻就将它们编织在头上。

路凯望着她,陷入沉思。"艾伊思塔,现在我们缺人手,你应该也知道。如果你愿意,等亚煌大哥康复,或许我们可以……试着跟他建议，让你加入远征队。"

艾伊思塔闻言愣了一下，但她立刻耸耸肩，习惯性地装作满不在乎。

"现在情况改变了。值得一试。"路凯说。

"算了……现在这样的生活挺好的——"艾伊思塔的话音未落，长廊彼端走来一名学者，告诉路凯首席学者找他进去。当那位学者望向艾伊思塔，她迅速亮出怀里的蜡烛。"这些是烛匠吩咐我的，必须亲自交给首席！"

他们俩跟着学者的步伐，穿越顶上尽是细长石针的隧道，来到首席大厅。艾伊思塔跟在路凯身后踏了进去。

所谓的首席大厅其实不过是个小巧的房间，比研究院里的许多储藏间还小很多，紧密摆满各种由旧世界遗迹带回来的书籍。一个年轻男人坐在中央，急于翻阅整叠干裂的文件。天然石桌环绕住他的身子，好几束长形蜡烛摆满桌缘，使得房间特别明亮。每次看到这么多蜡烛同时燃烧，都令艾伊思塔心跳加速。

忽然她发现不知为什么，路凯也正屏气凝神，紧张地盯着首席学者。

年轻的首席学者帆梦，拥有一头色泽近乎透明的白发，在他起身时可见长及腰间。清秀的面孔戴着古老的眼镜，目光紧锁手中文献。即使在橙色火光下，也不难看出那些泛黄的纸张来自远古时代，而非造纸工坊用白化叶片制成浆、混着边缘之门外头的红土做成的殷纸。

　　帆梦开口时，声音明显透露着兴奋之情："路凯，你们的直觉是对的。"

　　路凯僵着表情。"真……真的吗？首席，那些文献怎么说？"

　　帆梦抬起头，这才发现女孩也站在房间里。"艾伊思塔？你也来啦？"

　　"啊，是的，乔安要我把这些蜡烛交给你。"

　　"好的，谢谢你，就放在架子上吧。"帆梦指向岩壁间那些犹如天然收藏地的凹槽，里头摆放更多书籍和文献，以及一些旧世界的小物品。他似乎并不介意艾伊思塔在场，直接盯着路凯说："你们找到的两份档案都出乎我们意料，足以窥视到旧世界……某些我们曾以为已经失传的东西。"

　　艾伊思塔小心翼翼地跨过满地的书籍和古物，避免撞倒任何东西，目光却不断飘向帆梦手中的东西。

　　"首先，看这份地图。"首席学者摊开一张卷轴。它由某种透明的薄膜所保护，数百年的岁月明显反映在其干裂的表面上。"我们知道旧世界的人类拥有某种已失传的远古法术，能够精确捕捉出大地的样貌。但你找到的这张地图我们从未见过。就算翻遍研究院的资料……也找不到相似的。"

艾伊思塔好奇地凑过来。她也曾经看过许多旧世界的地图，那些由奔灵者从各遗迹所发掘的古物，研究院有数百张。通常它们所描绘的远古时代全拥有相似的外观——绿色和棕色的大地，蔚蓝的海洋，海岸线的轮廓与人们对冰雪世纪的认知有颇大的差异。然而，现在摆在他们眼前的这份地图，却有明显的不同。

"所有陆地——"艾伊思塔惊讶地说，"全是被白雪覆盖的！"

路凯望了她一眼，点点头。地图中只见绵延的白色大陆，就连海洋也是暗沉的灰色。

首席学者抓来一旁的烛台。"不仅如此，你们看这儿，"他拿着烛火沿某块大陆的外缘移动。"颜色稍微深一点的地方，应该是已结冻的海面。"接着，他指向瓦伊特蒙的所在地。"这里是我们邻近的区域。这地图标示出的结冻区，现在已经成为雪域。"

"再看这里，"首席学者的语气急切，难掩兴奋地说，"我们知道冰雪世纪的降临使地底板块出现变形。太平洋周围的远古大陆都因海水上涨而变了样。"他取出木尺，在莹白的地图上测量了一阵，并点出图中几个地方说："看，澳大利亚沿岸、亚细亚大陆沿岸，地势低的区域都被海啸淹没，然后又立刻结冰！这正是旧世界文献中所记载的事。"

艾伊思塔听不太懂那些旧世界的地理术语,但她依然感到胸口出现莫名的悸动。

艾伊思塔不曾看过首席学者这么激动的神情。帆梦再度挪动烛火,点亮地图的另一侧。"这里,北美大陆与南美大陆,远古世纪时它们是相连的。但这张图上,连接它们的脐带部位已被分隔为好几段,四个板块交错的地方全变形了!"

路凯和艾伊思塔也看得入迷,一声不吭,盯着飘动的烛火扫过图中的白色轮廓。最后,首席学者的烛台停在地图正中央;火光落在整片黑色海面,点亮一个不该存在的白点。

路凯缓缓吸了口气,艾伊思塔也睁大眼睛。"这该不会是……"她吃惊地望向帆梦,不敢说出她所认为的可能性。

首席学者神情严肃,却隐藏不住嘴角的笑意:"是的,就是'白岛'。"

空气在那瞬间仿佛凝固。过了好一阵子,路凯才握紧拳头说:"亚煌大哥是对的。"

那是传说中降临在海洋中央的巨石。是它掀起了巨浪和云层,毁灭了旧世界所有文明,开启了冰雪世纪。"它就是……"艾伊思塔诚惶诚恐地说,"'狩'所居住的地方?"

首席学者严肃地点头。体色惨白、缺少头和眼珠,裂开于胸前的血盆大口释放出蓝光的魔物,在冰雪世纪首次出现。经过长时间探索,研究院已归纳出结论,认定狩正是随"白岛"降临人类世界的生物。五个世纪以来,它们或许已占领世界各个角落,奔灵者只要步入雪地,就有可能遇上。

艾伊思塔更惊讶地发现,若依照地图上的比例,白岛必定比整个瓦伊特蒙大非常多。一个画面突然浮现脑中,令她不自觉打了个寒战:数不清的魔物踏出那白色岛屿的表面,密密麻麻地朝外扩散。但是……地图中的白岛位于海中央,是否表示……那些魔物具有漂洋过海的能力?

"这张地图,到底是怎么画出来的?"路凯问道。

"只能说,旧世界的人类拥有超越我们想象的魔法。"首席学者回道。似乎就算天空被云层占据,暴风雪随时降临,远古时代的人们依旧能清楚勾勒出世界的轮廓。然而那样的魔法早已失传。

艾伊思塔问:"这地图会是哪个年代绘制的?"

"我们还无法判定它诞生的精确时间,但应该是在旧世界的魔法完全失效之前,也就是冰雪世纪降临后的首个百年间。"帆梦的声音微颤。"可以说这张图所捕捉到的,是世界最后的样貌。"

"亚煌大哥没说错。"路凯说,"这是旧世界的人类,所留下的最终讯息……"

突然，某个想法扯住艾伊思塔的胸口，牵动她的目光。她望向除了瓦伊特蒙以外，另一个在冰雪世纪存活下来的人类文明之地——所罗门群岛。

她试探性地指向瓦伊特蒙西北方，连接两个文明之间蜿蜒的冰域，然后放胆开口："通往'所罗门'的路途得花上十天……或者两周？两周的旅程吧？"问题一出口，帆梦的表情立即凝重起来。艾伊思塔几乎立刻感受到路凯不安的视线落在自己身上。但她不予理会，只盯着所罗门文明的所在地——那是她出生的地方。

艾伊思塔一直不愿意承认自己希望和其他奔灵者一样有远行的机会。这些年来，在长老们的命令下，她被剥夺了这个可能性……唯一能做的，只有要求路凯每次远征带回一些远古的贝壳，让她编织在发上，穿梭于瓦伊特蒙时听着它们发出的轻响声，借以满足自己对外部世界的幻想。

然而现在，当她望着远古的地图，心中的声音变得更加强烈，再也无法掩盖。艾伊思塔渴望冒险的血液，悄悄地沸腾了。

路凯此时问了另一个问题。"首席，如果这真是如此重要的地图，我不懂为什么长老们似乎……并不太重视它？"

"这并不意外。"帆梦摘下眼镜，先前那股难以克制的情绪逐渐消退。这一刻，那对泛白色双眼才显露出学者特有的疲惫。"对长老而言,这张地图就和研究院的其他数百张差不了太多,只不过外观换了个模样。长老们最在乎的,是能对瓦伊特蒙产生实质帮助的东西。"

"但是它描绘出各陆地间的冰域,甚至连白岛的位置都点出来了!这对远征任务绝对有帮助。"路凯提出反驳。

"你说得没错。但你必须知道,一份四五百年前的地图,和当今的海岸线位置还是有极大的出入。"帆梦的口吻已变得客观且务实,"你仔细想,外头的大地不断变动。我们目前有足够把握的地理知识仅限于瓦伊特蒙邻近的雪域。你们奔灵者最远也只去过'澳大利亚'的东岸。而'狩'的居住地白岛,我们早已知道它位于太平洋的某处,是否获知实际位置并不重要,只要那些魔物离我们远远的就行了。"虽然帆梦在为长老们辩驳,但艾伊思塔听得出来他的口气也带着一丝无奈。"这份地图虽特殊,若要产生实用价值,必须再配合奔灵者接下来的远行计划。这可能需要好几年,甚至是几十年的时间来查证。路凯,长老们并非不重视,而是比起当今的生存挑战,它还算不上当务之急。长老们直接交给我们研究院保存是对的。"

有个不同的想法浮现在艾伊思塔脑中,令她非常不以为然。

众长老采取漠视态度的真正原因,可能是他们之间正起了内讧——有谣言说他们因某种争端而陷入了僵局,很可能将召开大会争夺居民的支持。

当目光被迫凝望眼前的挑战,长老们无暇把心思放在长远的未来。然而,路凯对长老的忠诚可谓盲目且单纯,艾伊思塔知道他不会考量到这层可能性。

"别太沮丧。"帆梦以担保的口吻,微笑道,"这仍是个重大发现,对我们后世的子民有绝对影响——"帆梦停顿一下,然后仿佛想到什么似的,对他们眨了眨眼。"况且,目前只有远征队支部的黑允长老看过这些资料,对吧?说不定其他长老会有兴趣深入了解。有机会,我也会让他们看看。"

路凯似乎已陷入自己的思绪。他抬起头问:"那么,我们带回来的另一份文献呢?"

帆梦望着他,沉默了一阵。突然他的嘴角勾起,露出的笑容更加诡谲。

帆梦戴回眼镜,拿起桌边的另一整叠资料。"这份档案……事实上……让我们学者有些不知所措。"他张开口许久才发出声音,"——'恒光 之剑'。"

路凯神情紧绷。

艾伊思塔不确定自己是否听错了。"恒光之剑?"她不解地问道,"关于全世界仅存的'阳光',是那个传说吗?"

首席学者缓缓点头。

艾伊思塔的眉头深陷。"那不过是说给孩子们听的故事吧?他们说旧世界的人们以某种魔法保存了'最后一道阳光',隐藏在世界的某个角落。我以为那只是个捏造的故事。"

"孩子们听的故事,也总得有来源吧?"帆梦笑道。

"所以……恒光之剑不单是故事?"艾伊思塔不可思议地盯着首席学者。

"显然我手中这份档案有可能推翻人们的轻蔑,给出溯源的可能性。路凯啊,你带回来的文献,可让我们研究院的学者们陷入极大的争论。"

"有一丝可能性就够了。亚煌大哥没有白白受伤了……"路凯的口吻欣慰,眼神却浮现出惊喜,"那么,文献里还提到什么?"

帆梦翻了翻手中的资料。"我需要花些时间研读。当然,真假未定,但就目前所看到的……里头似乎记载了包括'恒光之剑'的构造、创造历史,还有存于旧世界的所在位置。"

艾伊思塔和路凯同时睁大了眼。"所在位置?"路凯几乎等不及开口,"里头有说剑埋藏在哪儿吗?"

"或许有,但别高兴得太早。这份文献陈旧而不完整,一大部分文字遭时间磨损得很严重,要花相当大的精力才能把内容整理出来……"首席学者还未说完,路凯和艾伊思塔已同时露出期待落空的神情。帆梦见状露出微笑,鼓励他们说:"别沮丧,它陈述了恒光之剑的所在地。"

"在哪里?"路凯急着问。

帆梦回答他:"那是个被称为'方舟'的地方。"

御 风

"我真是不敢相信!她根本完全没准备好!"

"面对雪灵,是否准备好并没有多大关系。你自己也经历过,应该很清楚。"路凯说。

"但她在上午训练时,已经耗尽了体力!"茉朗近乎咆哮,"她脚踝的伤也还未复原,以这种状况去外头,就跟送死没两样!"她的声音压过周围的一片嘈杂,以及酒杯碰撞的声音。

翡颜裔的青色眸子,淡绿色短发包住耳缘,茉朗的怒意成为线条刻画在脸上,扭曲了她眼角的白藤刺青。路凯发现相较于守护使的职责,茉朗似乎对自己私人导师的身份投注了更多情感。

"相信长老们的决定吧。"路凯试着让她往好的方面想,"缚灵师的感应力几乎没出错过。雨寒在指定的时刻外出,会找到与她最契合的雪灵。"

"是吗?说不定她现在已经冻死在黑夜里了!"茉朗的

怒气延烧到坐在一旁的灵板工匠,号称"槌子手"的骆可菲尔。"都是你!不会拖延一阵吗!?怎么会蠢到把雨寒的栖灵板递交出去?"

槌子手差点喷出满口冰酒,一脸无辜的模样。"这……这关我什么事?我只是工匠啊,而且那个跑腿的小姐来了就直接拿走——"茉朗似乎毫无意愿听他解释,蛮横地抓过槌子手的酒杯,将杯中物一饮而尽。苦等一个月才拿到配给的冰麦酒在瞬间被洗劫一空,骆可菲尔却不敢回话,只能咬着下唇干瞪眼。

几十位奔灵者聚集在配给酒水的窟室里。低垂的岩顶、宽广的空间,他们围坐在一排排长桌前交换近来的情报,谈笑声回荡在挂着荧光灯的岩壁间。

茉朗放下酒杯,手腕上一个厚重的玻璃手镯反射着荧光。她在路凯面前打了个愤怒的酒嗝,大声喊道:"那个所罗门异种!要是雨寒没有安全归来,我一定扭断她的板子,亲手把她埋进雪地!"

"别这么说,艾伊思塔是一片好意想帮忙。"路凯知道自己无法平息茉朗的怒气。一提到所罗门,几个同桌的奔灵者开始讨论起最近的传闻——双方文明中断联系近两年后,长老们正在考虑是否该派遣使节前往,修复那段决裂的关系。

瓦伊特蒙与所罗门的友谊始于百年之前。双方均拥有奔灵者文化,却一直以为自己是世界仅存的人类;因此当他们发现对方存在时,彼此都感到不可思议。

十数年间的交流为双方带来许多重大突破。靠着奔灵者穿梭雪域之间,瓦伊特蒙和所罗门共享在冰雪世纪生存的要领,相互协助,彼此扶持——瓦伊特蒙提供银器,换取所罗门的魂木。双方奔灵者甚至组织起合作团队,共同寻找旧世界的遗迹。路凯就曾经参与过类似的任务。然而,所罗门的奔灵者对他而言总是蒙着一层神秘的面纱,沉默寡言,且永远披着白色连身袍遮掩口鼻,只能隐约看见面纱里的深沉双眼。他们自称是远古时代美拉尼西亚人的后裔,却难以判定他们究竟是翡色或灰色眼眸。

好景不长,合作探索遗迹成了双方文明决裂的开端。当人们发现稀有的旧世界遗物,那些宝藏该归属于哪一方成了最大的问题。不得已的情况下,双方达成协议,哪边的奔灵者率先发现,就当场声明宝物的所有权。始料未及的是,这看似合理的协议却导致了更加激烈的寻宝竞争。

严重的恶性循环使合作关系停滞,击碎了所有信任,甚至出现奔灵者袭击对方居住地、跟踪彼此、相互恶斗以占领旧世界遗物的情况。残存的两方,终于爆发了杀戮。

寂静苍茫的银白大地上,人类的子民彼此征伐。

短短几年间,已出现多次双方奔灵者的短兵相接。每况愈下的关系在两年前达到顶峰:当时,十几名瓦伊特蒙的战士对上为数两倍之多的所罗门大敌，双方在冰雪天空下兵戎相见。路凯听说当时的战况极为惨烈。敌方以某种诡计招致雪崩，再逐一诛杀尚未被活埋的战士。除了某个名为凡尔萨的懦夫在开战前就已临阵脱逃，其余伙伴倾全力抵抗，仍敌不过敌军的人数，全体战死。

双方文明从此断绝往来。

"没什么关系，或许和所罗门那些阴沉的家伙再碰头也好。我们有太多旧账要算。"某位奔灵者的话让路凯回过神来。窟室的另一端则爆出一阵笑声，一位女奔灵者和男奔灵者比起腕力，同桌的人们围着他们叫喊。

"算旧账……我才该去找艾伊思塔算账，她害我的酒全没了！这是今年最后的冰麦酒啊……"槌子手骆可菲尔哭丧着脸，依然不敢看茉朗一眼。"我实在不懂，那小妞有你们奔灵者的能力，正事不办，一天到晚在瓦伊特蒙当跑腿的做什么？"

茉朗瞪了工匠一眼："她是出身所罗门的异种，长老不许她参与任务。"

槌子手抬起头，满脸的困惑。路凯见状后向他解释："艾伊思塔成为奔灵者时，正是我们与所罗门竞争最激烈的时期。长老们觉得那么做是保护她。"

"哼，保护那个异种？应该说监禁还更贴切吧！"茉朗以险恶的语气说，"放她去外头，她肯定出卖瓦伊特蒙！"

这次路凯没有回话。可以确定的是这几年，唯独艾伊思塔没有分配到任何岗位，到现在仍然像个游魂。

多数奔灵者均对所罗门有成见，血淋淋的过往历历在目。路凯了解这些伙伴的情绪，因为他自己也感同身受；战士的本质就是歼灭敌人，保护同伴，不计一切代价完成任务。失败的过去是记忆中的一个污点，却巩固了面对未来时的决心。然而，艾伊思塔的身世，不过是某些奔灵者私下宣泄的借口，历史伤痕的牺牲者……

路凯相信每个奔灵者都应该肩负更具意义的使命，即使是艾伊思塔，也不该是例外。

"路凯——"

呼喊声让他回过头，看见白发的俊走来，神情严肃。"我必须让你看样东西。"俊朝门口示意。

路凯不确定为何好友似乎反常地急切，想必出了什么事？喧闹声愈演愈烈，几群奔灵者同时站起身，推派各桌代表上前挑战腕力。茉朗在一旁朝着人群大喊："我来！"她红着双颊，扯下玻璃手镯，挤入围观的群众。

路凯也起身，将尚未触碰的酒杯推给槌子手。"我的给你吧。"工匠投来惊讶的目光，但路凯已快步离开酒味弥漫的窟室。

夜半的街道毫无人烟，洞顶萤火虫依旧闪烁着片片幽光。在两人面前，几截庞大的断木表面呈死灰般的白色，地上则是好几抹掉落的粉末。

路凯随着俊的视线，不祥地盯着那些木头。在阳光永恒消失后，由于某种无从解释的原因，地球上植物的绿叶全然转白。那是形同槁木死灰的暗白，触碰叶片表面时会有粉末落下……然而它们并未真正死去，而是以这种奇特的方式存活，生长缓慢。学者们说这些植物已失去旧世界那充满生命活力的样貌，甚至丧失了它们该有的触感与气息。世间所有植物，犹如失去远古的灵魂。

但在非常罕见的情况下，人们会在深雪埋没的地方找到所谓的"魂木"。这些树木保有原始的模样——具有弹性的褐色表皮，强韧结实的枝干。若将其劈开，会看见里头蕴藏着幽幽绿光。而魂木对于人类文明最重大的意义，在于它们具有"栖灵"的作用……若它们继续以这种不合常理的速度流失原始的本质，瓦伊特蒙将再也无法制作出栖灵板。

"不过才几天的时间，这些魂木全白化了。"俊轻声说道。他将白发绑成一束垂于身后，只留下右耳旁的辫子垂落胸前。

路凯伸手，抹开木头的表面。只有少数几处褐色的斑块尚未转白。"太快了……"这些是刚带回瓦伊特蒙不久的魂木，从未有人预料到它们的转变会如此迅速。"以往都能保存一整年，怎么会这样？其他魂木呢？"

"都一样。这阵子不管是在哪里挖到的，只要带回来就立刻出现问题。"

两人沉默了一阵，路凯突然想起了什么。"如果可以带回那道仅存的阳光，不晓得是否能唤醒这些树木的灵魂……"

俊望了过来，雪霜般的睫毛轻眨："是指你带回来的'恒光之剑'的文献？你与首席谈得如何？"

"他说是在一个叫作'方舟'的地方。"路凯说，"首席打算动员整个研究院的力量……啊，或者该说，动员那些相信恒光之剑存在的学者……试图在现有资料里寻找关于'方舟'的蛛丝马迹。"

在瓦伊特蒙，每个人都听过关于"恒光之剑"的传说。白岛降临后的数年间，阳光逐渐消逝，旧世界的人类便召唤出远古的法术，铸出一柄圣剑。他们将世间最后一道阳光融入刀刃中，为了后世而保留。然而，传说的内容随着时间淡化和流失，五世纪后的现在已无人知道剑究竟藏在何处，人们只有为了给孩子希望才会提起那则故事。

"路凯，"俊忽然说，"等更明确的研究结果出来，说不定可以请首席学者帮忙说服长老，让我们组成远征团队去找寻'方舟'的所在地。"

"你相信'恒光之剑'存在？"路凯望向自己的好友，

些许吃惊他会做出这种提议。俊应该是非常理性的人。

"我相信研究院不会在毫无自信的情况下派遣我们出征。"俊面无表情地回答。

路凯愣了一下,发出笑声。"或许值得一试。或许我们有机会证明这一切都是真的……'阳光'确实曾经存在过。"他俩盯着白化的木头那毫无生息的样子。

然而,路凯情不自禁地想起,假使黑允长老听到他们和研究院提出的要求,又会是什么反应?

拂 羽

  雨寒的双腿逐渐失去知觉。究竟走了多久已无法确定。四小时？五小时？暴风雪席卷整片大地，她花尽所有的力气拉紧披风、压住围巾护住脸，眼睛却睁也睁不开，只能在白茫茫的雪地里强迫自己前行。

  背在身后的栖灵板是最沉重的负担。好几次，狂风朝着她怒吼，将她和板子一齐往后抛。更糟的是每往前跨一步，雨寒整个下半身立即沉入雪堆，有时雪甚至会高过头顶。

  起初，那冰冻的触感就像细针，钻入衣物间的缝隙，刺痛神经。后来痛楚迅速加剧，像被锯齿划开皮肉般的灼烧感。脚踝、腰间、颈子，好几处的皮肤暴露出来，身体犹如被上百片利爪硬生生撕开。每当雨寒耐不住痛在风暴中开了口，冷气瞬间即流入胸腔，像整块冰塞入喉间，让她无法喘息。

  她倒了下来。泪水已经无数次在眼角冻结。每次用手去剥,都在脸上增添更多微小的血痕。

一个人在厚如山高的雪地,死亡就如周围的空气,跟随每一个脚步、渗透每一次呼吸。雨寒只隐约记得出发前,茉朗最后对她说的话:"留意视野边缘的虹光。"

然而,暴风雪蹂躏着天空,什么也看不见。雨寒双眼紧闭,完全无法思考,甚至连生存的意志都快被剥夺。她蜷曲身体,像具死尸般陷落雪中。一波波白浪袭来,逐渐掩盖住雨寒的身躯。

她失去了意识。

唤醒她的是一阵不祥的低鸣。在听觉边缘,远方的某处——低沉、野蛮,犹如冰域崩裂的骇人波动。雨寒睁开眼。

她强忍剧痛,急着向上挖,笨拙地爬出险些埋葬她的雪窟。黑暗中,她连自己的手都看不见。缚灵师说即使身为长老之女,她也不能携带任何火焰,否则雪灵不会出现。她只能独自在黑暗中往前走。

风声依旧呼啸,但暴风雪似乎缓了下来。雨寒跪着挣扎许久,终于拿下右手的雪鹿皮手套,颤抖的手掌伸进衣服里,吃力地掏出一个小瓶子。好不容易打开后,她想往嘴里倒,却发现水已结冻。雨寒啜泣着,等待仅剩的几滴水落入口中,然后拿出另一个备用瓶装满雪,将两个瓶子一起勾在衣服里层靠近心脏的地方，紧贴胸脯的肌肤。她在心中向阳光祈祷自己的体温能赶紧将其融化。她已经丧失了所有体力。

低吼声让她惊吓转身。远方出现蓝光，是一片漆黑中不祥的危机。飘雪模糊了它的形体，但雨寒依然感到恐慌，迅速起身往反方向去。奔跑、跌倒、再奔跑。她在黑暗中攀爬，仿佛在整片雪海中游动，完全忘却了方向。更致命的是汗水已爬满她的全身，并迅速冻结，扯痛每一处关节。

未几，雨寒就已气力放尽；每动一下，每寸肌肤仿若刀割。她痛苦地扯下围巾，急着喘气，却暴露出整个脖子，突然感到的晕眩再度夺去她的意识。

据说在远古时代，黎明时天空会出现如火焰般的颜色。这令人难以想象。现在的黎明就是苍茫的天空渐亮，永恒堆积的云层轮廓从黑暗中慢慢浮现。

雨寒呆坐在栖灵板上，现下她是这片白色大地里唯一的生命。

"我还……活着……"她转动僵硬的脖子环视四周。视野可及之处，雪丘一层层延伸到地平线彼端，没了暴风雪肆虐的迹象。她为自己竟没在昏迷中死去感到诧异。离开前，导师茉朗曾哀求黑允长老，让雨寒再休息一天，只需要再一天。但雨寒的母亲坚持这个决定，当着在场所有人的面，以自信的口吻说她信任缚灵师的预言，并说雨寒必定会求得最独特的雪灵。

当时，雨寒拼命压抑有生以来最严重的恐慌。她走过一个个因黑允长老的面子而来的送行者身旁。母亲则在一旁展现骄傲的姿态。还未进入雪地，雨寒的双唇却已不住颤抖，心中恳求着阳光让母亲呼唤自己回来。她最后回首时，觉得自己看见母亲眼里闪过一丝担忧。短暂的瞬间过去，黑允长老拉开嗓门高声说："去吧，我的子民。阳光会庇佑你！"雨寒被送入黑夜之中。

能够存活到清晨已经出乎自己意料，然而现在，雨寒知道她必须做出重大决定。

身体的状况已远远超出极限，她知道自己不可能活着度过第二个夜晚。雨寒掏出双子针，确认北方的位置。她望着逐渐明亮的铅灰色天空。若现在往回走，且速度够快，或许能在入夜之前回到瓦伊特蒙。倘若选择继续前进，唯一的生存希望就是找到雪灵。否则她将会独自在雪地里死去。

雨寒立即知道心中的答案——她只能继续下去。她明白自己肯定找不到雪灵，但若带着失败的耻辱回瓦伊特蒙，母亲会宁愿她死在外头。

她拍掉外衣上的残雪，尝试许多次才克服剧痛，顺利站起身——眼角不寻常的动态让她转过头来。

远方某座雪丘上,微小的光点闪动,并迅速没入彼端。雨寒愣了一下,不确定自己看到了什么,但她立即有所反应。"啊……好痛!"她咬紧牙关,以抽痛的手臂拎起栖灵板,赶紧追了过去。

雨寒知道自己的身体已处处冻伤,每走一步浑身剧痛。恐惧从未离开过心头,但她试着掌控自己的呼吸,茉朗教过她的。在无边无际的白色大地,一个人的体力能轻易被摧毁,清晰的判断力却无法击碎。雨寒不断在脑中重复着茉朗的话。她敞开外衣的通风口袋,使汗水在结冰前就被吹干,并大步跨足,呈直角往下踩,让脚下压缩的雪块垫住自己不致下陷。她调整重心、掌控步伐,维持不变的韵律,缓慢而扎实的脚步给了她最快的挪动速度。

茉朗命令她死背强记的法则,在身体已不听使唤之际,竟成了活下去的关键。她逐渐接近方才瞥见虹光的雪丘顶端。

雨寒终于来到丘顶,看见正在等待她的东西——那竟是座雪雕般的无头之物。

"是昨天听到的……"突如其来的恐慌贯穿背脊,令她几乎停止呼吸。那座雪像静止不动,与眼前的景象极不搭调。雨寒睁大了眼,连动都不敢动。

平坦雪丘上,那块隆起的雪像发出了轻微声响,抖落许多碎雪。雨寒害怕地往后踏一步，突然，它宽大的前胸骤然撕裂，露出里头吱嘎作响的冰蓝色獠牙！雨寒发出惊叫在雪地中跌倒。这正是名为"狩"的魔物，她从未如此近距离见过。它扬起粗壮的双臂，开始露出冰爪移动，朝雨寒挪移过来。

魔物身体中央的利齿层层掀开，随即它发出一阵吼声，雨寒吓得紧闭双眼。它行进缓慢，先抬起雪块凝聚而成的腿，野蛮地踩进雪地里，下一条腿才接着抬起，每一步都伴随着怒吼。

雨寒转身想爬离，但巨掌已甩了过来。她在惊呼中翻滚躲开，却差点放开手中的栖灵板。魔物就在她眼前，单掌上的六道冰爪发出蓝光，开始快速移动过来。雨寒不顾一切地爬行，利爪的重击在她身后数寸落下——雪沫纷飞、吼声持续，魔物压了上来。

在那绝望的瞬间雨寒回身，双手紧握栖灵板横扫过去，切下魔物一整块腹部。那脱落的雪块迅速飘散去，却有更多雪块从它身体各处凝聚上来，填补了伤口。仿佛嘲笑她那徒劳的抵抗，魔物发出更大的吼声直扑而来。

雨寒本能地往旁边一闪，翻滚了好几圈，落在雪丘另一端的坡道上，满口是雪。狩正舞动庞大的双掌，蛮横地追来。情急之下，雨寒平躺在栖灵板上往前滑行。魔物的巨掌在她身后扬起大片雪幕，但地心引力牵动雨寒加速向下滑行。她听见吼声逐渐远去，眯着眼，视线被纷飞的白雪蒙蔽。此刻她不确定是否为惊慌中的错觉，但她似乎看见远处有一抹虹光闪过。雨寒试着扭动身躯调整板子的方向。

过了好一阵子，地势逐渐平缓，雨寒却刹不住栖灵板。一个侧身失去了平衡，让她跌落、翻滚。她捂着胸口喘气。

睁开眼时，雨寒发现自己身处两座陡峭的雪丘之间。

雨寒拎着栖灵板，在雪谷间走了不知多久。这里没有风，雪地也不再令双腿深陷。当她来到两座雪丘交会的尽头，面前是一座结冻的瀑布。

比五个人还高的冰瀑，像一柄透明的巨剑插进雪里。雨寒踌躇地靠近。

她伸出手，触摸瀑布遭时间冻结的表面。深灰色双眸盯着那道透明的冰，想看清楚后方是否埋藏着什么。有阵微小的动态晃过。雨寒愣了下，突然意识到那是冰面的反射，她睁大眼，蓦然回首——

无数颗微小的光点飘浮在面前，于空中轻柔地变幻着色彩。雨寒吃惊地说不出话。

有颗光点飘了下来，轻轻落在雨寒的睫毛上。她胆怯地向后退，但在那一瞬间，某种感觉开始涌现。一直盘绕心中的恐惧淡去了……慌张、彷徨，全都消失。一股静谧洗涤了她的灵魂。她感受到……温暖。像是幼时窝在母亲怀里，受到保护的感觉。某种曾经熟悉，却已变得陌生的感觉。

睫毛上的光点消失，融化了眼角结冻的泪水。

雨寒面前数不尽的光点缓缓融合，转化为无形的光波，轻抚着她的脸颊。雨寒眨了眨眼，抽下一根胸前的银制别针——只有银，能够牵引雪灵。她抬起手，让别针触碰虹光的一角，那光波受到雨寒引导，缓缓飘下。

她将栖灵板打平，让虹光落在上头。一缕缕光带分散开来，缓缓没入板子里。当一切回归平静，雨寒望着自己手中捧着的东西。

"这就是……我的雪灵……"她不自觉地露出许久以来，早已忘却的笑容。

回程的路上，某种不祥的预感让雨寒回头。她看见远方雪丘上的隆起物。它静静地矗立在那，仿佛正在窥视雨寒的动向。雨寒和它对视，抱紧怀中的栖灵板。虹光已不再出现，她知道雪灵正在板中的魂木层里沉睡。缚灵师说过，从雪灵进入栖灵板起，一直到束灵仪式再次将其唤醒之前，是雪灵最脆弱的时刻。

雨寒小心翼翼地移动自己的脚步，目光持续盯在魔物身上。若它进行攻击,栖灵板遭到毁灭,雪灵将会死去。

我会保护你——某个声音在雨寒脑中响起,她将板子搂得更紧。即使付出生命,她不会让雪灵受到伤害。雪灵一旦做了选择,就是毫无条件的信任,将此生交付给选中的人类。而到仪式完成后,双方将在余生永恒相依,雪灵将守护雪白大地疾驰的奔灵者。

她必须和雪灵一起活着回去。雨寒开始加快行走的速度。她必须活着回到瓦伊特蒙。若自己在这里被杀,尚未完成束灵仪式的魂木也可能随时白化,到时雪灵同样会消逝。她频频回头,生怕看见那魔物追来。

然而远方的狩并未显露袭击的意图。它毫无动静,像座白雪制成的雕像,于风中沉默。

"请让我过去!"呐喊刺痛冻伤的喉咙,但雨寒已管不了那么多。几位守护使带着惊讶的神情,赶紧推开厚重的木门。

每个隧道都有三道闸门,必须等前一扇完全关闭,下一扇才会被守护使打开,以防白雪吹入瓦伊特蒙。雨寒急着从半开的木门间挤过去,奔跑在洞窟之间,没有理会居民们的眼神。

仪式进行之地的岩顶相当高,整个空间像是尖锐的塔形。雨寒站在狭长的岩洞里嘶哑地喊:"陀文莎!"

此时，有名女子闻声从仪式厅后方的小房间走出。她正是名叫陀文莎的缚灵师。看见雨寒喘着气的狼狈模样，她向身后的弟子望了一眼。那名弟子立刻离开仪式厅，前去通知长老们。

不知为何，看着缚灵师的眼神让雨寒不自觉地冷静下来。陀文莎提着荧光灯，宽松的袖口反折于手肘，露出整条白皙的手臂。她的灰发高盘于脑后，几束发丝落下，衬托着优雅的容貌。缚灵师一向身穿以萤火虫丝线所编织的薄衣。行走时，那半透明的长丝袍拖曳地面，柔美的身躯若隐若现。

缚灵师将生命奉献给束灵的使命，透过感应进行预言，引导雪灵与人类的灵魂相互契合，自己却永远无法成为奔灵者。

陀文莎静静地走来。她比雨寒高过一个头，修长的手指拂过雨寒怀中的栖灵板，并面无表情地转过身。

"来。"陀文莎示意雨寒跟上她的脚步。望着她那几乎裸露的背，雨寒不自觉羞红了脸。更令她无法理解的是，瓦伊特蒙里也有许多洞穴非常寒冷，居民们须穿着皮革或毛制外衣。她不晓得缚灵师怎能受得了。

不久后，三长老纷纷来到仪式厅，按照习俗准备旁观束灵的过程。而他们前来的另一个目的，则是听取缚灵师将新生奔灵者分派给哪个支部。缚灵师的感应力可探知雪灵未来的本质，包括奔灵者本人尚不了解的能力。也因此，历代缚灵师均对瓦伊特蒙起到重大影响。可以说，只要与雪灵有关的事务，长老们都必须听信缚灵者的建言。

尤其在历代的缚灵师当中，陀文莎的感应能力可谓百年难得一见。

管辖"探寻者"的桑柯夫长老率先走了进来。不修边幅的绿发结为粗糙的发辫盘于头顶，使他看来像戴了顶怪异的帽子。他的双颊消瘦，暗绿色眼眸不断左右瞥视。隶属探寻者支部的奔灵者，最重要的职责就是寻找魂木。除此之外，他们还须追踪邻近雪域所出没的魔物，并前往沿海捕猎鱼类，肩负瓦伊特蒙粮食命脉的责任。

在桑柯夫长老身后，雨寒看见自己的母亲。负责"远征队"的黑允长老，眼神散发着一贯的锐气，仿佛单凭目光便能在他人身上切出伤口。她抬起高傲的下巴，鼻子的金属环反射着荧光。和雨寒四目相接时，黑允长老赞许地点头。这动作却在雨寒的脑中激起了一阵担忧，让她立即回到熟悉的紧绷状态。

"我知道你能平安归来，我以你为荣。"黑允长老来到女儿身边，嘴角牵起一丝笑意，"相信与你相系的雪灵，一定会令我感到骄傲。"

不安的情绪再度涌现雨寒的心房。这时，第三位长老步入仪式厅——他是位体魄强健的男子，拥有灰薰裔的黑发，下巴留着浓密的胡须。更骇人的是他肩头两束发辫上，绑着整串粗大的铁环。他是众人尊敬的恩格烈沙长老，管辖"守护使"支部，负责整个瓦伊特蒙的安危。他浑身散发着威严的气息，然而当目光落在雨寒身上，却温和地颔首示意。

仪式厅的中央是座巨大的石坛，缚灵师和雨寒面对面盘坐两端，栖灵板横放在她们中央。三位长老则坐在侧边一段距离外。

"雪，有带回来吗？"陀文莎开口。

雨寒从衣服里掏出一个瓶子递给缚灵师。里头是她从最初遇见雪灵的地方所取得的生雪。她看着缚灵师将白雪洒在栖灵板上，用一只手柔顺地拨弄，另一只手的指尖则抚着栖灵板。

仪式厅的光线微弱，仅有一盏荧光灯摆放一旁。栖灵板平直而光滑，两侧的底端微微上弯，整个板子近乎无瑕。雨寒这才感到惊讶，那灵板工匠的技术令人惊叹。由侧边看去，夹层间细薄的金属光泽清楚闪现。以能使雪灵永久栖息的"魂木"为核心层，牵引灵力的"银"环绕为边，压铸数层柔铁后，灌注钢纹，最后两面上蜡——每道手续都必须精准无误，方能制造出奔灵者赖以为生的栖灵板。

然而，望着石坛上的板子那毫无生命的模样，雨寒不禁怀疑板子内层的魂木是否已经白化？按道理说，等仪式顺利完成，板内的魂木可恒久保留其本质……但万一雪灵早已消失了呢？雨寒紧张地往旁一瞥，黑允长老带着得意的笑容，似乎正期待让其他两位长老见证自己女儿的成就。

冰冷的触感贴上雨寒的手，令她回过头来。陀文莎拉起雨寒的双掌放在栖灵板上，轻轻握着她。仪式已经开始，缚灵师闭上眼睛。

"消逝的生命啊，莫忘远方的执念。自沉睡中苏醒，唤醒对方到来。"

雨寒跟着闭起双眼。

"两者相互牵引，此乃属于你的意志。以未来弥补过去，我们并未忘却远古的誓言。轻抚她的灵魂，并守护她。纵使光明破灭，黑暗丛生；即便天地灭裂，生命终结——守护她。"

一股暖流回到雨寒心头。是种温暖、柔和的感受，让她明显察觉心中的恐惧因一股奇特的力量而平息。她满怀期待地偷偷睁开眼，却发现栖灵板未有任何动静。缚灵师开始以某种诡异的语言反复吟咏。那不是雨寒熟知的符文语，也不是音轮语。她猜想或许是某种更古老的语系。

过了许久，缚灵师仍持续念诵。雨寒的思绪飘远，想起茉朗说过每位奔灵者的雪灵均大相径庭，而缚灵师正是依雪灵的本质，要赋予其"真名"。

终于，缚灵师缓缓睁开双眸，念道："慈悲是你灵魂的本质，但须谨记力量并非唯一，展翅方能主导命运。你的雪灵，终将远征。"

远征队？在苍茫的大地进行长途旅行的奔灵者？雨寒咽下一口唾沫，她简直不敢想象。离开瓦伊特蒙一天就让她差点绝望，远行数月是她最想躲避的事。黑允长老听见后满意地点头。雨寒的心脏跳得更快了。

"又是远征队？"桑柯夫长老睁大了眼，似乎不打算隐藏自己的情绪，"陀文莎，'探寻者'也是需要新血的。"

缚灵师淡淡地回应："往后尔等当再行商榷，以取得人为的平衡。现下，我们必须淬炼新生之魂。"

桑柯夫叹了口长气后坐定，不再回话。

"拂羽——"陀文莎对着雨寒说，"此乃你的雪灵所属之'真名'。"

这一刻终于来临了。雨寒深吸一口气，不知是否错觉，她突然觉得缚灵师握着自己的双手正在升温。她遵从束灵仪式的传统弯曲上半身，低下额头紧贴洒在板子表面的白雪。

据说，落在世间的亿万片飞雪，没有任两片雪花的模样完全相同，就与雪灵的本质一样。仪式完成时，奔灵者将烙下只属于自己的独特雪纹封印，将雪灵永久于栖灵板中定魂完成。

雨寒感觉额头冰冷,睁着双眼集中意念,轻声道出雪灵真名:"拂羽。"

一阵呼啸般的声响席卷仪式厅,如同狂风吹过,又如歌声温柔。雨寒抬起脸庞,惊然发现板子正在起变化。木板中央隆起了纹路:六道主纹向外延伸,各自放射出对称的细纹。等到一切回归平静,栖灵板的正中央已被巨大的雪纹封印占据。

"以心互连,以魂相系,此刻,你已成奔灵者。"陀文莎说,"让拂羽苏醒吧。"

雨寒尚未做好准备,栖灵板的一角却已出现动静,仿佛回应她心底最深层的直觉和意念。那是一抹微小的虹光,悠悠地飘浮而上。但不同于初见,现在的雪灵已有了模糊的形体。突然那道光开始上旋,抖落的光点犹如轻薄的羽毛。黑允长老发出期待的赞叹声。

小巧的彩光在雨寒面前飘忽不定,那似有似无的形体仿如鸽子——某种绝迹于远古世界的鸟类。它吃力地挥动着双翼。然而,落在雨寒的手上,竟比她的手掌还小。

雨寒心里浮现说不出的感动。这么小的光波,就是她所孕育的……

"那是什么?"母亲颤动的声音传到耳里,让雨寒本能地转头。"……在你手中的是什么?"黑允长老怒意横生,又说了一次。

雨寒的思绪冻结了。她知道雪灵现身时的模样往往象征其力量。众多奔灵者的雪灵当中，不乏远古羽翼形态的鸟兽，多半拥有展翅后宽大的强健体态，包括总队长亚煌的翔鹰。此刻雨寒再度被恐惧侵占，遭母亲的眼神刺穿，手脚倏然麻痹。

一旁，桑柯夫长老开始发出嗤笑。他望向黑允长老愠怒的脸，以抑扬顿挫的声音说："看来，你的远征队支部获得了一个强而有力的新血。"

母亲倏地起身，在蒙羞中准备离去。雨寒觉得喉头一阵哽咽，目光离不开母亲的脸，那曾经温柔的——

温柔的感触扫过雨寒脸庞。

然后是脖子、双臂。她低下头，看见无数虹光闪现。许多有如飞鸽的灵体从栖灵板浮出，源源不断地陆续奔入她怀里。不计其数的虹光涌现，直到雨寒怀里再也容纳不下，从她怀中向上倾泻，撩起她的发丝，迫使她眯起了眼。

桑柯夫长老这时已张大了嘴，表情冻结。恩格烈沙长老的视线也往上追随。就连黑允长老也愣住了，浑身僵硬，神色震惊。彩虹般的羽翼不断出现，成群朝岩顶上方盘旋——直到整个仪式厅被虹光点亮。

离　焱

　　他无法解释自己愤怒的理由，但总有种情绪淤积在胸口，随时濒临爆发。

　　平时，凡尔萨会设法让自己与他人的交谈机会降至最低，因为每一次开口，都会牵动他所有神经。

　　奇怪的是，即使痛恨瓦伊特蒙的一切，这两年来他却从未想过前往所罗门。追根究底，是因为凡尔萨不确定自己能否靠双子针找到所罗门的位置。然而亚阁的话确实影响了他，难以克制的迷惘不断侵蚀他的思绪。有时凡尔萨会下定决心，准备孤注一掷离开瓦伊特蒙，毕竟死在外头的雪地也比再待在这里腐朽要好。但冲动平息后，他还是无奈地待了下来，只能说服自己尚有未完成之事——三长老依然活着。

　　是的，他尝试这样告诉自己。无法安定的心和无法坚持的决定，使凡尔萨无时无刻处于矛盾之中。更糟的是，纵使他不愿承认，生活所需纠缠着他，凡尔萨得和其他居民一样领取配给的粮食与物资,在硫黄味之中苟且偷生。

据说,萤火虫已栖息在瓦伊特蒙数千年。甚至有学者说,上万年前它们就已存在。冰雪世纪的降临并未灭绝它们,却改变了洞穴的生态,使过度饥饿的虫子放射出比远古时代明亮数倍的光。凡尔萨听过诗人吟诵,这些虫子在微光中沉睡,放弃了飞翔。它们正在等待世界终结那天,当无尽的云层散去时,回到天空的居处,变回远古时代洒满夜空的千万颗光点。

当然,那只是毫无根据的诗歌。这些虫子实际为人类所带来的好处,不仅是光亮。

它们将岩石表面铺满某种黏液,并由囊中产出比人的手臂更长的丝线,由岩顶垂吊下来千丝万缕。有工人定期采集这些虫丝,经处理后再进行配给。每位居民所能领取的额度相同,但可自行选择加工用途,好比拿去服饰工坊,找纺织者为其编织成丝巾、面纱;也可到其他工坊制作成床单、桌巾等,丰富瓦伊特蒙的社会需求。

凡尔萨排在队伍当中,领取每半年配给一次的虫丝。他的身高突出,在人群中特别显眼,使得每次来到黑底斯洞都是令人恼怒的经验。他认为旁人总朝他投来异样的眼神,但为了生存他别无选择。

"听说了吗?长老们终于要再次召开'居民大会'了。

不知道要说些什么?"排前面的几位居民聊了起来。凡尔萨的目光投向他们。

"必定是很重要的事吧。已经隔多久了?一两年了吧?上次召开大会时……"

"呵呵,若非有重大事件宣布,就是长老们达不到共识,才各自都想争取居民的支持。无论如何,我们可不能错过。"

"我听说这次是桑柯夫长老召集的。几乎所有奔灵者都会参加。"

"所有奔灵者?许多在外远征的尚未归来吧?"

有个居民回过头来。"这我就不清楚了。但我听说长老们已经下令,届时所有守护使和探寻者都必须回到瓦伊特蒙参加大会。事态听说挺严重,好像是关于——"

说话者不经意与凡尔萨四目相接,顿时语塞。其他几个居民觉得奇怪,也随着视线望来,看见凡尔萨那高过他们的身子、短刺般的黑发,以及并非刻意,却睥睨着人们的眼神。在他胸口的整排牙骨项链更给人一种带有威胁的气息。那几个居民不知是否认出了他,尴尬地互看几眼,便悻悻地转过身去。某人带起另一串话题,他们假装忽视身后的凡尔萨,逐渐找回交谈的节奏,却显得刻意而笨拙。

就是这一切,令凡尔萨感到极端嫌恶。

他不清楚那些居民脑子里究竟装了什么，也全然不在乎，但那种胆怯的眼神却是他最痛恨的。在这里的人全是懦夫。这一刻他由衷确定，就算有天将瓦伊特蒙毁灭，他也毫不在意，因为这些人——所有人，都跟三长老同样该死！凡尔萨直盯着那群人的后脑勺。第一个胆敢再回头看他一眼的人，定会打碎他的鼻梁。

但剩余的排队过程中，那些居民都没再回过头。

手中拿着虫丝包裹，凡尔萨往"深渊"的方向走去，经过地底的亚麻田。

这里算少数地势平坦的洞穴，岩地却变得异常黏稠，仿佛每一步都吸吮着脚底。凡尔萨穿过一条小径，两旁是剑锋般的白色叶丛，比他高上好几个头。某些花茎从中生长出来，笔直耸立着，更有凡尔萨的两倍高。

在帆梦尚未成为首席学者前，曾告诉年幼的凡尔萨，最初来到这片大陆上的人类将这种独特的亚麻称为"华洛蕊基"，在远古语言中代表"永恒、坚毅不屈"。当冰雪世纪降临，绝大多数植物死去，这种类的亚麻却以白化的姿态存活下来。

它们可以制作成上百种东西，包括衣裳、布料、火炬，用途遍布瓦伊特蒙文明的所有角落。

凡尔萨漫不经心地穿过一丛丛细长而密集的亚麻叶。

这黑暗笼罩的洞穴中,只有摆在路旁的荧光灯点亮了脚步。前方三个身影随着小径走来,与他擦肩而过。

"嘿!这不是鼎鼎大名的凡尔萨吗?"其中一人发声,双方同时停步。凡尔萨望着对方在幽光下的轮廓,设法辨识他的身份。

那人拥有宽大的肩膀,几乎与凡尔萨同高。他靠了过来,继续以口齿不清的语调说:"好一阵子没见你的踪影了,还以为你是在哪儿阵亡了?"方正的脸庞,绿发,因嘴里叼着一根白树枝而扭曲了口音。凡尔萨见过这个人,他是人称"破荒蛮子"的戈剌图。在他身后的两人同样散发出武者的气息;沉默时的眼神,即便在阴暗中依然具有穿透力。这些人全是奔灵者。

"啊,不对,我想起来啦,"戈剌图说,"你不会阵亡的。你活得可久了,是吧,'叛逃者'?"

凡尔萨的目光在瞬间锐利,触动了对方三人的神情也跟着改变。

一阵子过去,戈剌图含着树枝的嘴里发出笑声。"凡尔萨,原来你还留在瓦伊特蒙啊。你不会觉得难受吗?那些被你背叛的兄弟无人生还,可是看来你却过得不错嘛。"他瞥了一眼凡尔萨手上的叶袋。"这下可好,你也去领配给了?你的人格中还有一点点残余的'羞耻心'吗?"

"这家伙还有脸跟居民一起领?"另一名奔灵者语带蔑

视地说道。几圈骨制的唇环刺穿他的嘴唇，在说话时发出声响。

"蒙勒，你想他会在意吗？"戈刺图瞥了同伴一眼，"动手宰掉自己的弟兄，我看他可是脸不红气不喘的。"戈刺图拿下嘴中的细枝，捏断在手里，猛然瞪视凡尔萨说："勇气、刚毅、忠诚、信念，这些身为奔灵者该有的精神，对你而言算什么？"

在过去的数秒间，凡尔萨已有数次想出手的冲动。然而，他也曾是可以为了瓦伊特蒙付出性命的奔灵者，残留在体内的战士本能告诉他，眼前的戈刺图说出这些话，就是为了逼他先动手。对方三人早已做好开打的准备。

凡尔萨咬紧牙转身，迈开脚步离去。

"对啦，就是这样。'叛逃者'凡尔萨！夹着尾巴逃离战场可是你的拿手绝活！"

凡尔萨迅速将他们抛在身后，这才发现自己的心跳，早已猛烈到要撞出胸口。

早在两年前，类似的冲突每天发生。他时常必须忍受人们鄙视的眼光以及各种辱骂，甚至必须单独和一群人拳脚相向。之后他移居到瓦伊特蒙的边陲地带，让自己躲过折磨。日子一久，他以为人们已忘记他。或者只要他不出现在人们面前，那血淋淋的记忆就不会掀开。

但他现在明白了，人们永远不会忘记那一切。

凡尔萨深吸一口气,告诉自己要冷静。然而他的下一个动作却是猛然扯开手中的叶袋——晶莹的丝线洒出,他大喝一声,愤怒地将手中的包裹砸向亚麻田里。凡尔萨无法克制地剧烈喘息,手压胸口,面目狰狞地直视前方隧道入口的黑暗。

然后,他踩过粘在地面的丝线向前走,并在心中做出了决定。

他要去所罗门。

御　风

数日后,路凯接获消息,首席学者已在研究院的协助下解读出"恒光之剑"的文献,甚至锁定了双子针的角度以及地图上的可能位置。

学者们近乎翻遍收藏在研究院的所有文献,拼凑起点点滴滴的线索,才达到如此结果。帆梦告诉路凯,等居民大会一结束,就让他看看成果。

现在,路凯走在河畔,跟着人群前往大会的召开地点。

暝河流过黑底斯洞,在它的中央地带岔开,绕过一座小岛。岛的边缘矗立着三座由钟乳石柱改良而成的巨大水钟,导入暝河之水记录着时间的流逝。每座石柱表面凿有螺旋状的石梯,每小时都有工匠爬到顶端,以长竿调整时辰,并敲响钟声。而在岛中央是个足以容纳数千人,由圆形阶梯环绕的广场。

现在,号角声不断由广场传来,响彻整片黑底斯洞。

路凯踏上连接小岛的木桥，看见人潮对岸是极其稀有的景象——燃烧的火把，点亮了整片广场。

单是这些火焰的数量便足以吸引居民们前来。人们不断从各个木桥涌入，想抢得火把旁的位置。大多数居民终年待在地底洞穴，仅依靠荧光灯生活，因此在强烈的火光下他们看着彼此明亮的脸，觉得既新奇又震撼。

嘈杂的人群被火光照亮，他们有着不同深浅的绿发或灰发。拥有纯白发色的人占极少数，首席学者帆梦是其中之一。他站在第一排，向路凯点头微笑。研究院教导世人，当冰雪世纪降临、阳光不再，世界残存的人类仅剩两个种族：远古时期离赤道越近的人们曾拥有黝黑的发色，他们的后嗣则转为不同程度的灰阶，从深黑、浅灰到纯白都有，这些人被称为"灰薰族"。而远古时期曾经存在的其他淡色发系——金黄、亮橙、红棕色——则变成深浅不一的绿色发系。这些人是"翡颜族"。

"看，奔灵者好像真的全到齐了。"

"是啊，不过远征队看似少了很多人——"

路凯听见身旁居民的对话，跟着扫视着人群，发现驻留在瓦伊特蒙的奔灵者多半都站在环状阶梯前面几排，有两三百人。雨寒也在他们当中，听说她已顺利成为奔灵者。

路凯试着向前挤，却发现自己来得太晚，再也难以通过。他突然瞥见黑允长老站在环状阶梯上，似乎正与艾伊思塔交谈，并在说了几句话后离去。艾伊思塔仍停留在原地，面容被刘海遮住一半，却不难看出她的神情困惑。

空中的一圈黑暗吸引路凯的视线上移。三座水钟的上方有圈巨大的亚麻绳被铁架给扣住，悬吊在广场顶端，遮掩了岩顶的荧光。据说那是紧急号召所有瓦伊特蒙人类的烽火环，只有三位长老分别站在水钟顶端同时下令，才会被允许点燃。然而它荒废已久，路凯从未见到它被点燃，或许这辈子都不会。

最后的号角声响起，全场静了下来。

三位长老神情肃穆，往广场正中央的空地挪动。他们三人均穿着深浅色调交织的双层长袍，披着珍贵的雪羚披肩，手持权杖。路凯不确定是否为自己的错觉，但他觉得黑允与桑柯夫长老交换眼神时，表情显得相当不自然。终于，桑柯夫长老往前走了几步，对数千名居民开口。

"瓦伊特蒙的子民！"他的声音意外地洪亮，"这次的大会，由我主导召开——"

环形阶梯上的人们凝视着他。

"两年前，我们曾为了瓦伊特蒙的生存，做出一项重大决定。"桑柯夫的目光扫过眼前的居民们，然后往旁一望，直视黑允。"然而现在，黑允长老的决心出现动摇，认为我们必须打破那次的承诺。"群众当中开始出现杂音，也有人露出不解的神情。桑柯夫眯起双眼,缓缓摇起头说:"对瓦伊特蒙肩负重大责任的我,绝不可能同意。我们召开这次大会,由众人来决定。"

人群中低语声扩散,路凯身边的人都怀着诧异的表情。恩格烈沙长老使了一个非难的眼色,桑柯夫才隐隐露出笑容,张开手示意黑允上前。

女长老锋利的目光扫过整片人群,让广场静了下来。

"那么我就斩钉截铁直说了。我以长老身份正式主张——"黑允长老停顿片刻,然后说,"瓦伊特蒙,将再次与所罗门建立联系。"

居民们目瞪口呆,但骚动立即扩散。路凯并未意外,身为奔灵者的他早已知道黑允长老有此意图,然而她竟会如此直言不讳地告知整个瓦伊特蒙,确实令路凯吃惊。

"你忘了我们的深仇大恨!你完全忘记他们屠杀了多少瓦伊特蒙的战士!"广场另一端有居民喊道。许多人跟着附和,数百个声音同时咆哮。

"他们是我们的敌人!"

"瓦伊特蒙和所罗门势不两立!"

黑允长老没有任何胆怯,反而往前踏了一步。她高束的黑发像利爪悬荡在脑后,而她的视线就像冰冷的火焰,烧过骚动的人群,直到人们迅速安静下来。最后几个持反对意见的居民左右张望一阵后,也闭上了嘴。

"是你们在作战吗?"黑允长老说。

居民似乎不解地彼此相视。路凯身边有几个人也低声耳语,露出疑惑。

"是谁必须踏入魔物横生的白色大地?是谁必须冒着生命危险远离家园?"她昂首再往前踏出一步,悬于左脸颊的细链与鼻环摆荡。"是谁为了瓦伊特蒙的命运,必须紧握兵器,在雪地随时可能丧命?"

"难道是你吗?"桑柯夫长老讽刺地丢回这句话。

黑允长老并未理会,以威严的目光扫视人群。"瓦伊特蒙给了我们舒适的生活,是隔离一切危险的庇护所。但要记住,千万别把这视为理所当然!"她选择这时压低音量,迫使人们必须倾耳聆听,"就算'狩'无法跨越到没有雪覆盖的地底洞穴,在这里,我们的安全依旧是由奔灵者的牺牲所换来。"她转头望向恩格烈沙长老。"镇守着我们家园的'守护使',他们的岗位与我们仅几扇门之隔,却必须面对天壤之别的危险。"接着,她望向另一群肃立的奔灵者,微微点头。"以性命带回外界情报的'远征队',没有了他们,就没有我们所知的旧世界。"

最后她挪动身子,斜视着桑柯夫长老。"当然还有'探寻者',我们对魂木和粮食的依靠。"

桑柯夫正想举起权杖,"得了吧你——"

"已经有太多人牺牲了!我们还能依靠自己多久?"黑

允长老张开双臂,将自己的权杖高举。"单靠瓦伊特蒙,可以确保我们在冰雪世纪永远安全吗?"她以高扬的声调重申自己的主张:"我们需要盟友!我们需要所罗门,我们需要更多拥有雪灵的战斗力!"

"很动听,但你的话中满是矛盾。"桑柯夫愤怒地摇头,"外头的世界已出现了异变,情况只会越来越糟糕。"

黑允长老冷冷地转过头来。

"才不过一阵子前,我们刚下令封锁东南边的两条隧道。"桑柯夫道出一个奔灵者熟知、群众却不大知情的恶兆,"东方雪域出现狞的踪迹!总队长亚煌身负重伤,带回的情报告诉我们狞的为数过百,而且不过两天的路程!不仅如此,在北方和南方,探寻者都发现了同等数量的魔物踪迹!"群众开始热烈交谈,桑柯夫停顿,似乎刻意让骚动持续一会儿才接着说:"瓦伊特蒙有更严酷的危险待解决,现在把所罗门的恩怨再度牵扯进来,是最不理智的做法。"

路凯站在人群中,双手交叉于胸前,深深吸了口气。他无法判断究竟哪个长老是对的,但坚信身为奔灵者,必须听从三长老的最终决定。

人们的嘈杂声无法平息。群众里有一些赞扬之声,但大多数居民却面露担忧,甚至有人发声辱骂。

恩格烈沙长老举起权杖,设法阻止会议失控。大会进行至此，居民们首次听见他浑厚的嗓音，"桑柯夫，你可能没想过，等到外界情况再恶化下去，或许一切都太迟了。"

"所以应该找来与我们有深仇大恨的'盟友'？这是解决事情的办法？"桑柯夫瞪目怒问。

"过去彼此争战的日子，双方都有人牺牲。"恩格烈沙的声音极具威严，"如果我们因为历史的伤痕而使双眼蒙蔽，无法迈向未来……那么承受后果的，将是瓦伊特蒙未来的子子孙孙。"

他的短短几句话使一部分群众安静下来。恩格烈沙长老的眼神有力，粗大的铁环摆动于肩头的发辫。三个支部里，守护使毕竟与居民最为贴近，深受人们的敬重与信赖。

"把视野放远些吧。两年间的冲突，并不足以冲淡身为人类的本质。"恩格烈沙的介入似乎使情况得到了控制，"我们必须重新建立联盟的基础，我们的子孙才有机会——"

"那些牺牲的战士难道就没有子孙，没有爱人！？"桑柯夫迅速打断他的话，当众以权杖指向恩格烈沙，"你是否知道他们的父母至今仍以泪洗面！"桑柯夫摇头喊道："不，那些战士根本没机会拥有自己的子嗣，因为他们早已成为死尸，死于所罗门的刀剑之下！"愤怒被挑起，群众再度附和。

"那是我们不会忘记的历史,但身为长老,我们必须考虑未来——"

"你错了!"桑柯夫长老捶着自己的胸脯喊着,"他们之所以会死,正是因为我们一度错误的决定!完全错误的决定!但现在你们却想重蹈覆辙?"

黑允长老吃惊地望着他。

桑柯夫往后退了几步,抬手扫过群众,目光却从未离开恩格烈沙。"告诉我!你想要谁下一个去牺牲?要派哪个战士去送死!?"他的手往下挪移,指着阶梯底层的奔灵者。"你想送他们到远方的雪域,被敌人以残酷的魔法歼灭?孤零零在遥远的地方死去——就像'两年前'那样?"话声甫落,在场居民爆发出咆哮,湮没长老们的言语。

恩格烈沙长老露出不可置信的神情。黑允长老站在一旁怒目瞪视,紧握权杖的双手似乎在颤抖。居民开始呼喊、叫骂。广场一片混乱,人们甚至开始推挤。

路凯环视四周。他完全没料到会议将如此演变,这一刻他才意识到事态的严重。三长老的意见从不曾如此分歧,桑柯夫长老吐出的一字一句,仿佛都带着满满的执念。路凯想保持冷静,却被身边的居民不断推挤。

"没错!我们不需要与所罗门谈和!"已有人举起拳头。

"我的儿子就是和他们对战时阵亡——"

"他们杀了我们的亲人——"

路凯用手臂挡住暴民,目光投向广场中央。桑柯夫长老枯瘦的脸上似乎闪过一抹诡异的笑容。有人重重推撞路凯,待他找回平衡,却看见桑柯夫长老已转为极度悲愤的神情,与黑允、恩格烈沙面对面。

桑柯夫长老张开双臂,往后挪退几步,仿佛与身后的群众同一阵线。"你们听见了吗!?"他扯着喉咙,让自己尖锐的声音凌驾于骚动的顶峰,"这就是瓦伊特蒙的回答!"

芬　澜

艾伊思塔站在人群外围，环状阶梯的后方。在她身后有更多居民将小岛的边缘挤得水泄不通，许多人还得站到桥上去。群众愤怒地咆哮推挤，场面极度混乱，连续有人跌落暝河的水里。

她不过是为了看火焰而来，从未想到情况会如此转变。黑允长老瘦削的身影似乎正在辩驳，但艾伊思塔所站的地方太远了，什么也听不见，只有人群的叫喊声充满了听觉。

她想起在大会开始前，黑允长老经过自己身边时说过的话："艾伊思塔，我们在等待的就是这一刻。你的使命来临了。"这些话让她不禁思忖，但到现在依然不清楚她是什么意思——

前方传来尖叫声。

艾伊思塔还未反应过来，人潮已夹着自己向前挪动。"等、你们等一下——"她踮起脚尖，动弹不得，惊讶地看见许多居民已涌入广场中央。

"站回阶梯上!"奔灵者围了上来。他们是纪律严明的战士,如铜墙铁壁阻挡人们的推挤。居民不断呐喊,某些人甚至举起拳头相向。对于反应过激的居民,那排奔灵者迅速让出缺口让他们过去,集中精力抵挡主要人潮。至于那些穿过缺口的零星居民则被后方已做好准备的奔灵者给制服。

场面持续失控,环状阶梯上的居民一层层往下压,前方许多人跌成一团。有妇女逆着人潮想离开小岛,也有人喊着"推倒他们!推倒他们!"有个居民拔起一根火柱向前扔,击中某个奔灵者的头部。人们跌撞在彼此身上,跟着拉倒数名奔灵者。防守线开了个大洞,大会陷入完全混乱的状态。

艾伊思塔被人潮推入广场,却惊见两旁的奔灵者包围过来,开始动起拳头。普通居民根本无法与之对抗——奔灵者简单几个动作,已致居民倒地呻吟。

"你们在干什么!"艾伊思塔感到一股怒气从腹部升至脑门,"快住手!"她推开人群,一个箭步,刚好徒手挡下一位男奔灵者挥来的拳头。艾伊思塔低身护住身后满脸是血的居民。

"让开!"那名奔灵者喊道,"擅自拿火把攻击人是重罪,现在就送他进监狱!"

"你们是战士！攻击居民是你们该做的事吗！？"艾伊思塔张开手臂，丝毫不让步。周围全是人群的叫声，就连场内长老们也吵成一团。

虹光像烟幕般喷发空中。

艾伊思塔和那位奔灵者同时停下动作，望向一旁。色泽急速变换的光波从广场中央蹿起，共有八道，各自凝聚为不同的影像：有看似张牙舞爪的巨熊、匍匐待发的猎豹，还有像多柄镰刀般的放射物。数千居民诧异地惊望着，他们从未在瓦伊特蒙见过——雪灵。

八名奔灵者分站广场四方，手持栖灵板，神情肃穆。雪灵在他们头顶飘晃，散发出浅浅的光，比环绕广场的火焰更加梦幻。

艾伊思塔忽然明白了。多数奔灵者的雪灵就像游魂般无法影响物理世界，然而这几个雪灵必定拥有强大的"物理影响力"——如有必要，可直接对居民发动攻势。八人中，艾伊思塔认出了曾与路凯同行的黎音，还有独眼的老将额尔巴。

暴动遽然停止。艾伊思塔连同其他居民被赶回环状阶梯，雪灵才消散而去。然而，好不容易被抑制下来的骚动，广场中央的长老们立刻点燃又一轮战火。

"如果我们可以扣紧双方的利益，就不需要再走上两年前的错误道路！"了解自己失势的黑允长老，声音变得急切,"所罗门的周边有更多未受侵蚀的魂木,而我们握有银矿的遗迹位置,这是最好的互补关系!"

"瓦伊特蒙已经自给自足数个世纪,我们从不需要所罗门!"桑柯夫似乎断定自己已打赢了这场仗,毫不客气地咆哮。

"瓦伊特蒙需要魂木,这你再清楚不过!"女长老高声说,"让我提醒你,桑柯夫,我们现在的窘境,就是因为探寻者无法带回更多有效的魂木!"

桑柯夫长老瞪着狰狞的双眼,顿时语塞。

魂木的重要性不仅体现在栖灵板的建造上。相较于白化的木头,只有保持远古体质的魂木才可持久燃烧,转化为木炭提供热能。因此储备魂木对维持特定的社会机能有至关重要的影响:铁匠和银匠的工作,乔安制作蜡烛的过程,或蓝恩大妈的净水厂,都需要魂木。

"……你还有胆指责我?"桑柯夫面色铁青,情绪似乎失控,"所有问题的根源,不就是奔灵者全被分派到远征队!?"

"桑柯夫,我们支部间的人员分配与这场大会无关。"恩格烈沙提醒他。

桑柯夫依旧怒道:"以探寻者现在的人数,我们能做些什么?人手全调动到远征队和守护使的岗位,现在却想回过头来责怪探寻者支部?"在环状阶梯最前排,众奔灵者相继交换了不安的神色。

恩格烈沙长老也表现出他的不悦:"历代长老皆是如此,必须依情势所需来调整奔灵者的编制。我们不需要在此争辩这些事。"

"是吗?"桑柯夫怒视他一阵子,然后将目光挪向黑允,"你以为我不晓得你在干什么?"

黑允不解地眉头深锁,鼻环上的细链子微微晃动。

"你私下告诉远征队,所有从遗迹带回来的东西都必须率先由你来过滤,才能送去研究院!"此话一出不久,人群中再度掀起一阵低语。

"远征队的职责并不归你管辖。"黑允长老眉宇间闪现情绪的裂痕。

"旧世界的遗物非你一人所有,它们属于瓦伊特蒙。"桑柯夫厉声斥责,"你为了自己的私欲,拿奔灵者当棋子,现在你竟然还想操控瓦伊特蒙的命运,将我们导向毁灭!"

居民们的质疑声四起,这次却稍微有所保留。反而是一直不为所动的众奔灵者此刻出现了变化。他们首次彼此交谈,神情浮现疑虑。最后连恩格烈沙长老也叹了口气,睨视着黑允,仿佛桑柯夫的话也引起了他的怀疑。

艾伊思塔觉得这一切可笑至极。所以到最后,这跟瓦伊特蒙的福祉根本没多大关系。这场大会不过是你们这些长老为了私利相互辩驳的场所吧?

"你并不晓得我们所面临的挑战……"黑允的气势明显转弱许多,但她仍未放弃,"我们需要西边的盟友。"

这一刻,桑柯夫显然想引导大会使结果成定局:"黑允啊,未来若有更加成熟的时机,我们可以再商讨——"

"我坚持派远征队前往所罗门,结果由我全权负责。"黑允长老固执地说。

桑柯夫不可思议地吸口气。"别傻了,黑允。"他那语重心长的模样,在艾伊思塔看来却再虚伪不过。"瓦伊特蒙和所罗门的关系永远终止了,双方早已没有任何交集。"

"你错了。"黑允露出了诡谲的笑容,"我们双方确实还有某些……共通的联结,可以成为重建和平的桥梁。她将是我们两方文明唯一的希望。"

"你在说什么?"桑柯夫困惑地问。

接着,令艾伊思塔无比惊讶的一幕出现——黑允长老的目光飘了过来,在前排的人群中找到她。"艾伊思塔,过来吧。"长老露出修长的黑色指甲,朝她挥手。

广场上的人全都看向绿发女孩。奔灵者窃窃私语,有探寻者支部的人公然发出咒骂。

两个文明唯一的……希望?艾伊思塔感到一阵茫然。此刻她才意识到,或许黑允长老打算送她前往所罗门。

前方人群让开一条缝,艾伊思塔迟疑地步入广场,在整个瓦伊特蒙的注视之下她感觉浑身不自在。黑允来到身旁，把手搭在她肩上。

"你们当中多数人应该都认识艾伊思塔。"黑允的目光扫视阶梯上的居民，"每日清晨，她不厌其烦地帮大家替换荧光灯。伸手给予所有需要帮助的人。"

许多居民发出赞叹声，人们频频点头。艾伊思塔却感到迟疑，想逃回人群当中。然而黑允的手紧紧压着她。

"但或许你们不知道，她的出生之地就在所罗门，七岁才来到瓦伊特蒙。"黑允的一番话在群众当中掀起一阵骚动，更激起众奔灵者嫌弃的神色。"但那些重要吗？她属于瓦伊特蒙，属于两个世界。艾伊思塔可以成为双方文明的桥梁。"

急剧的心跳、空白的脑海，一股冰凉扭痛了腹部，令艾伊思塔感到晕眩。打从七岁来到瓦伊特蒙，她就再没回去过所罗门。她根本已忘记儿时的环境与那里的人是什么样子，只知道当她兴奋地缚定自己的雪灵，成为奔灵者的那一刻，竟被长老们下令拘禁。

在那战事频繁的年代，战士们生怕她的背景会带来灾难。他们惧怕她将带着瓦伊特蒙的情报投诚。他们甚至怀疑喜爱到处奔跑的艾伊思塔，是为了知悉瓦伊特蒙的每个角落。他们说瓦伊特蒙有几座洞穴、几条隧道，艾伊思塔早已摸清——狩或许无法踏入无雪之地，但若敌人为人类，绝对可能入侵。长老们听进去了，断然禁止她踏出瓦伊特蒙一步。艾伊思塔只能偶尔在邻近雪域练习奔驰,但总会被好几个守护使监视着。

"可以!艾伊思塔可以!"有居民呐喊。艾伊思塔回过神来,发现那是蓝恩大妈的声音。开始有一大群居民附和赞同,也有居民发出反对的声音。奔灵者无人发言,他们全部静穆地盯着她,眼中满是敌意。

广场就像个审判场,压力随着一圈圈的人潮收拢过来,快将艾伊思塔压垮。

她从不认为自己是奔灵者。她不过是个身在瓦伊特蒙,拥有栖灵板的居民——但或许,她更像个囚犯。

"好了,你先回去吧。"黑允长老露出满意的笑容,在她耳边低语。"我找机会把你编制到远征队里。你会有机会代表瓦伊特蒙,帮我们从所罗门那儿索取魂木的使用权力。"

她走回人群之中,有居民拍了拍她的肩膀给她鼓励。然而艾伊思塔的脑中长久回荡着解黑允长老话中的含意。

艾伊思塔一直都对所罗门有股强烈的思念。她父母就是在那儿过世的……因此每次盯着地图,她的目光会不自觉去寻找那群南太平洋的岛屿。对出生之地的幻想,刺激她常年的渴望。然而此刻,曾经的期盼却消失殆尽。

当人们认为她是个威胁,他们选择将她拘禁数年……而现在,当他们认为和平应该取代战争,则想反过来利用她。有股令她作呕的感触涌上心头，这辈子她的心中从未如此难过。

艾伊思塔看着广场中的长老继续他们的辩驳，并环视周围人们投来或赞扬或睥睨的神色。脑中有个声音让她不自觉地转身。于是艾伊思塔硬是推开拥挤的人群，不顾群众在身后低语。她什么也听不见，消失在人潮里。

研究院只留下一名学者助手看管，他正坐在石桌的烛光前誊写东西。

绿发女孩奔跑进来，仓促地说："大会还在进行。但首席学者叫我来拿些资料，长老们已做出了决定！"

"是……是吗？什么决定？"那名助手起身问道。艾伊思塔记得他叫麦尔肯。

"长老们达成共识，要向居民们公布文献了！"艾伊思塔告诉他，"就是总队长他们带回来的那些，还有首席学者的解读。"

麦尔肯愣了一下，赶紧引领艾伊思塔走进通道内。"怎么这么突然？"

"他们打算把'恒光之剑'的信息分享给所罗门。"

"所罗门！？"麦尔肯一个踉跄，双眼瞪大。

艾伊思塔立刻推了他一把。"我没时间解释了！快！他们正在等。"麦尔肯带她着来到某间窟室内，眼前的架子上标注了研究院关于"方舟"的资料，整整好几摞。

艾伊思塔屏住呼吸。她明白每当研究院获得一份重要文献，第一件事就是在殷纸上制作手抄誊本。而路凯不久前才说过研究院已经解读出方舟的所在地……她只希望学者已有足够的时间完成所有抄写，否则她必须想办法取走真迹。

学者助手麦尔肯翻找了一阵，抽出其中一份文献说："啊，这些是完成的誊本。"换成其他任何人提出这样的要求，或许他会感到怀疑。但艾伊思塔的跑腿工作在瓦伊特蒙无人不知无人不晓。

她呼出一口大气，接过手说："谢谢你！我得快回广场去，否则会议会停摆！"

奔回自己的窟室后，艾伊思塔迅速收拾行囊，知道自己不能错过千载难逢的机会：所有奔灵者都聚集在广场，是守备最薄弱的时刻。一旦会议结束，任何逃离瓦伊特蒙的机会都将消失。

忽然一阵彷徨袭击她。自己的生活空间一直在洞穴里，她根本没有足够的远行常识。然而，艾伊思塔知道自己没时间思考，开始随手抓来衣物慌乱地打包，她可不想再等上好几年——

"艾伊思塔。"男人的声音从背后传来时，她吓得跳了起来。她回头，看见留着蓬松虬髯的烛匠乔安。

"乔安,你……你没去大会?"艾伊思塔瞟了一下身旁的背包和衣物,知道远行的意图已明显暴露。栖灵板都准备好搁在身边了,就连她的武器——系着锁链的腕环——也已准备就绪。

"会开太久了,争吵不休,没什么意思。"他凝视着艾伊思塔。

"啊……我……"她想避开乔安的眼神,却不知该看哪里。"蓝恩……蓝恩大妈叫我把这些东西拿给她……"刘海底下的碧绿双眸,偷偷瞥了烛匠一眼。

乔安只是点点头,沉默了一阵。然后,他像个父亲般,用宽大的手掌摸摸艾伊思塔的头,并放了某个东西在她的袋子里。那是个玻璃杯状的蜡烛,以及小巧的打火石,这让艾伊思塔睁大了眼。蜡烛是极为贵重的东西,除了学者与长老得以使用,就连奔灵者都不能随便触碰。她似乎感觉乔安在大胡子底下缓缓叹了口气。然而烛匠只露出微笑,没说什么就离开了。

一股莫名的伤感使艾伊思塔顿时哽咽。她想叫住乔安,但她知道已经没时间了。

艾伊思塔收拾好剩余的行囊,果断起身。

整个北环大道空无一人。

她拎着栖灵板,爬上仿佛永无止尽的阶梯,通过多道无人看守的闸门。她不禁感到讽刺，学者们无论何时都知道要派人留守研究院，负责镇守通道的守护使却非如此。

当她推开最后一道门，剩余的通道依旧漆黑，但空气的温度已非冰冷所能形容。她让自己缓缓吸了口气到肺腔。这气息……是久违的冰冻大地。艾伊思塔往前行，感觉前方逐渐明亮。

她闭起眼睛，知道人类的双眼需要极长一段时间才能适应。柔顺的长发飘扬着，艾伊思塔就这样继续走着，直到雪片轻落身旁。步行的感觉，告诉她脚下坚实的岩地已逐渐转为松雪。她站在落雪之中许久，才缓缓睁开碧绿色双眼。

当艾伊思塔放下栖灵板，踏了上去，一股力量立刻紧紧缠住靴子的银制底层。然后她拉起披风的兜帽、戴上手套，取出双子针凝望了一下。她决定先往西走。

风声在远方响起，呼唤着艾伊思塔。她滑入雪幕之中。

拂 羽

  雨寒站在奔灵者当中，位于环状阶梯最前方。束灵仪式之后，她按照奔灵者的传统为自己绑了发辫。在她黝黑的波浪发纹下，三道细长的辫子横向岔开。其中两道划过头顶，最后一道则悬挂于额眉上方。

  她的身旁站着母亲的亲信——有着"破荒蛮子"绰号的戈刺图身材高大，嘴里叼着灰色树枝，口中频频发出不耐烦的啧啧声。雨寒也感到难以言喻的沮丧。会议发展至此，不仅长老们尚未达成共识，就连奔灵者之间也出现分歧。

  母亲祭出艾伊思塔这一招并没有说服对所罗门满怀恨意的人，反而令现场观会者更加对立。艾伊思塔自然不可能独自前往所罗门，还需要远征队的协助，而远征队受母亲管辖，母亲则想和所罗门重修旧好。桑柯夫长老抓住了最后这个点，聪明地运用居民大会把母亲的意图公之于世。

或许探寻者支部无法对抗远征队的人数，但只要桑柯夫长老煽动部分居民反对，母亲的愿望就难以达成。

难怪……母亲会对亚煌心生怨气。雨寒这一刻才想明白，或许母亲希望总队长在远方能找到有魂木的森林，借以压缩桑柯夫长老的权力。事实上，和坐落大片原始森林的所罗门交换资源也有这个目的。

成为奔灵者后，雨寒希望母亲能为她感到骄傲。然而即使雨寒就站在第一排，母亲也从未看她一眼，只专注在自己的斗争上。

雨寒感觉自己好渺小，帮不了母亲任何忙。人生第一次，她期盼自己某天可以成为厉害的奔灵者，这样说不定母亲就会给她赞扬。

然而现在，长老之间的权斗造成各支部间的矛盾被赤裸裸掀开，这将对奔灵者产生长远的影响……他们向来团结而忠贞，是一股沉稳的力量。锻炼出一颗沉着的心，本是在冰雪大地生存的法则。而非像现在这般分裂。

"黑允长老，请您三思。"某个女子的声音从人群中传来，雨寒转过头，惊讶地发现来自导师茉朗。她绿色短发下的神情满是不悦："只要是奔灵者，没有人忘得了所罗门曾做过的事。"

有探寻者支部的奔灵者叫好，守护使支部的人也点头附和。远征队的成员则面色凝重，有点儿不知所措。

雨寒担忧地看着母亲的脸孔,知道她正压抑着愤怒。黑允长老再次处于劣势,就连恩格烈沙长老也不再为她发言。最受到居民的敬重,恩格烈沙的立场能直接影响许多人,因此当他不再声援母亲,黑允遭到孤立。

导师茉朗可能不清楚自己对所罗门的单纯恨意,正在帮桑柯夫完成他的谋略……

"各支部严重失衡,才是我们同时陷入内忧与外患的主因。"桑柯夫轻声窃笑,仿佛在暗示着什么,"这些有失公允的情况不先处理好,瓦伊特蒙根本没有筹码管别的事。"

"那么你认为该怎么做?"黑允咬牙切齿地问,怒意也已达临界边缘。

"首先,打消去找所罗门的念头吧。"桑柯夫长老喜形于色,"然后人员得重新分配。新的奔灵者有一半以上都被编入远征队——"

"那是缚灵师的决定,难道你对这也有意见?"黑允长老突然抛出这一句,堵住了桑柯夫的口。就算是三长老,也不敢违逆陀文莎的判断——长老所管辖的是人类社会,缚灵师的感应能力却触及常人无法理解的地盘,是神秘而令人畏惧的权威。

雨寒忽然想起了什么,环视广场,却未看见陀文莎那纤细高挑的身影。她感到奇怪,除非有束灵仪式在进行,否则缚灵师一向会出席大会。

"那么我们便去争取缚灵师的同意!"桑柯夫恶狠狠地说,"从今天起,远征队不再添加新人。"

黑允握着权杖的手在颤抖,没有回话。

雨寒感觉自己也心跳加速。从小一直跟在母亲身边,她多半能猜出每位长老背后的行事动机。

近百年来,瓦伊特蒙开始探索外头的失落世界,邻近的遗迹先被发掘,资源陆续遭到开采。当奔灵者的版图往更远处延伸,远征队越来越获重视。同一时间,由于瓦伊特蒙周边频繁出现了零星的魔物,守护使的角色也更加重要。那么,地域范围正巧夹在中央的探寻者支部,重要性大受侵蚀。近几年食物来源逐渐由雪地狩猎成功转为境内的栽种驯养,进一步剥夺探寻者的职责。

桑柯夫长老意识到这趋势将对自己越来越不利。要是让瓦伊特蒙与所罗门重建关系,承担使节任务的远征队支部自然握有再也难以动摇的权力,这对桑柯夫会是最后一记重击,他的长老权力将被黑允踩在脚下。

然而,母亲一直太过轻视桑柯夫的能耐……实际上,桑柯夫长老已经成功了。母亲已不可能在群众不支持的情况下,公然坚持自己的计划。雨寒有点后悔自己因为害怕母亲的目光,从未告诉她这些想法。

女长老扫视阶梯上的居民与奔灵者,这是场僵局。最后她转身,与桑柯夫再次对望。那双漆黑的眸子反射火光,不愿承认挫败。然而她松开握权杖的手,声音中隐约出现了屈从:"好吧,看来这场居民大会毫无结果,那么我们先缓下,之后如果——"

"长老,请容我说句话。"声音从群众之中传来。

雨寒往一旁望去。某个身影出现在环状阶梯上。人们慢慢站开,让那名留着黑色长发、双手拄着拐杖的男子通过——他是奔灵者的总队长亚煌。

亚煌的双腿裹着数层绷带,已无法像平常一样走路。然而他的神情与以往并无不同,独自撑着拐杖一步步往前行。所有居民的目光聚焦在一向受人仰赖的总队长如今已成残疾的模样。没人开口说话,静静等待亚煌来到前方。

雨寒看见总队长的左眼角,有和茉朗相似的藤蔓刺青。亚煌望了一眼站在前排的同伴们,然后说:"我们奔灵者,从来不惧怕所罗门。"

黑允长老面无表情聆听,桑柯夫长老则眯起眼盯着他瞧。

"如果是为了瓦伊特蒙,无论必须与他们再交战几次,我相信在场每位奔灵者都会毫不犹豫地拿起武器。"亚煌的语气相当冷静。周围的战士没什么动静,然而雨寒注意到广场的气氛似乎不太一样了。总队长沉着的气质影响了所有奔灵者,无论支部。就连身旁的戈剌图也拿下嘴里的树枝,站直了身子。

"但黑允长老所言甚是。"亚煌赞同道:"许多尚未探索的重大遗迹,离双方距离相当,我们迟早会与所罗门碰头。与其如此,不如跟他们主动联系。"桑柯夫正想开口,亚煌接着说:"我们也可借此机会刺探出所罗门这两年间都在做些什么。"

桑柯夫沉默一阵,似乎决定先听亚煌说完而挥了挥手。亚煌继续说:"然而这项任务有许多不可预知的风险,因为我们不知道所罗门会是什么反应。我们必须选出各方面都杰出的精锐战士,来承担这次任务。"他停顿数秒,给出了提议:"因此,与其像以往只派遣探索遗迹的远征队,我建议组成一支联合部队负责这次的行动,别再有支部之分。"

雨寒不自觉地触碰自己嘴唇,感到惊奇。总队长等于跳脱了两位长老针锋相对的窘境,提出了另一种可能性。

黑允长老却嗤之以鼻地回道:"瓦伊特蒙距离所罗门是长达两星期的路程,只有远征队才有足够的经验完成。"

"没错,但前往所罗门的路途我们已十分熟悉。十数年来的交流,不会因为两年的断交就被遗忘。只要有个好的向导,任何一组奔灵者都能胜任。"

总队长的语气透着满满的信任。他站在他们前方,背影凝聚了所有人。数百位战士的眼神中散发出坚定的气息，连茉朗也不例外。这一刻雨寒才体悟，当所有支部的奔灵者汇聚一起时那股凛然的气势……她依然不敢相信，自己已成为他们的一分子。

"亚煌啊，我们都相信战士们的实力。"桑柯夫长老缓缓开口，向众奔灵者瞥了一眼，似乎正小心翼翼地选择措辞。"但是如你所言，我们并不知道所罗门的情况。他们拥有神秘的巫术，能在雪地不为人知地潜行，甚至还能操控雪崩！我们一厢情愿，万一对方从不打算放弃仇恨，到时又当如何？我们不能送战士们去冒不必要的险。"

亚煌点头："我也如此认为。所以我建议，全权赋予联合部队最直接的交涉权。让他们直接与所罗门对谈，根据届时的实际情况，要战要和，当下做决定。"

桑柯夫长老打量着亚煌，陷入沉思，那模样像在脑中盘算某些东西。

雨寒怀着崇拜之情盯着总队长。亚煌的提议有些铤而走险，却不乏道理。多年前双方文明尚有往来时，重大决策都是由长老们的信件做交涉，远征队来回递送不仅费时，还常出现沟通错误，甚至导致冲突。

现场许久没人说话，长老们沉默不语。

"这听来……确实是不错的提议。"出乎所有人意料，率先开口的竟是桑柯夫。黑允长老露出惊愕的神情，或许没想到整场大会反对与所罗门联系的对手，竟转变得如此之快。

雨寒紧抿双唇，心底猜测桑柯夫长老就是一直在等待这样的机会：他得以安插自己的人手，去掌控重要任务。探寻者支部的版图，可以名正言顺地迈步出去。三个支部间的权力平衡很可能产生变化。

答应吧，母亲，答应总队长的提议。雨寒紧张地看着黑允长老，她知道这是必须做出的妥协。

"我不同意。"黑允长老摇头，"我提出让艾伊思塔充当和平使者的前提，是我相信只有远征队员可以保护她。"黑允的口吻充满怀疑，直视亚煌说："在你负伤后，我们就没有其他人选，有能力同时率领三个支部的战斗团队，又肩负领导层的交涉事宜。"

"我们有足以胜任此事的人选。"亚煌说，"我推荐路凯。"

雨寒抬起头。广场另一端，路凯完全愣住了。亚煌并没望向他，继续向长老们解释："路凯曾与所罗门的奔灵者有共同探索遗迹的经验，不算生面孔。若要重新建交，他非常合适；就算发生冲突，他在战场上的判断力也已足够。"

"亚煌，这是必须谨慎考量的决定。"桑柯夫立刻插口，"这次任务非同小可，出不得任何差错。人选我们再定吧。"他明显感到不悦。

"当然不妥。"黑允长老的口气冰冷，首次与桑柯夫的立场一致。"我知道路凯救了你一命。他的确是名优秀的战士，但要率领整个团队，他还缺乏经验。"

亚煌没有回话，场面因此陷入一阵沉寂。此时，在两位长老身后的恩格烈沙却开口了："我赞同亚煌的建议。"

黑允和桑柯夫一同转过头，脸上难掩讶异之色。

恩格烈沙以洪亮的声音说："路凯的表现一直相当出色。这次和总队长的任务结果就足以证明。"广场上的群众鸦雀无声，专注观看这急转直下的变化。恩格烈沙告诉所有人："他们在'雪梨'的遗迹中找到稀有文献，已被研究院判定为百年难得一见的重大发现。这对瓦伊特蒙是极大的贡献。文献还包括旧世界文明消失前，世界最终样貌的地图。"他望向站在群众前排的首席学者，"是吧，帆梦？"

黑允的深色眸子睁大数倍，诧异地凝望恩格烈沙好一阵子，才缓缓转向首席学者。

"是的，我们已解读一大部分，"白发学者欣然开口时，数千双眼睛落在他戴着眼镜的面孔。"路凯他们带回来的资料，确实给了研究院难以计量的突破。"帆梦给出高度赞扬："这应该是近几年来最具价值的发现。"

雨寒的心脏跳得极快。她明白母亲最近的注意力从不在那些文献上，而先让研究院进行解读的后果，就是当前的背叛。

讽刺的是,桑柯夫竟也望向黑允,似乎急切地想寻求共同解决的方法。但黑允长老紧握权杖,已无心理会,她只满脸诧异,必定认为自己被恩格烈沙摆了一道。

群众间的低语再次像涟漪般扩散,只不过这一次,更多的是赞许的声音。如果恩格烈沙长老、总队长亚煌、首席学者帆梦这三位备受敬重的人物站同一阵线,居民大会的结果差不多已告确立。其余两位长老只能妥协。

"那么就这样吧。既然总队长负伤,我们就该相信他所指派的人选。"恩格烈沙长老的目光从亚煌飘向帆梦,最后落在群众中的某一处,以嘹亮的嗓音说道:"就让路凯全权负责联合部队的任务,负责瓦伊特蒙的未来。"

御　风

一直到居民大会结束许久，路凯的心跳依然止不住激荡。

离开广场的路上，有些奔灵者恭贺他，告诉他率领联合部队可是非常重大的责任；也有人说假如所罗门那些混蛋胆敢做出任何不义之举，叫路凯直接给他们教训；也有居民嘱咐他一定要保护好艾伊思塔。

白发飘逸的身影从远方走来，俊的脸上是诚挚的笑容。看见路凯那满脸不可置信的模样，俊说："瞧你的样子似乎高兴得太早了。这项任务异常危险，被你挑中的人可倒霉了。"

这句话让路凯也笑了，脑子清醒了些。"没错，你是第一个。"

俊理所当然地点头。"其他人呢？心里有人选了吗？"身为任务队长，路凯可自由从各支部挑选成员。

"我正想找你谈这个。等等……"路凯瞥见人群之中亚煌的身影。他快步追了过去。

总队长的身边围绕着一群奔灵者，跟随他蹒跚的步伐。参加居民大会，是亚煌受伤以来第一次出来走动。他看见路凯时，倚着拐杖停下脚步。

"亚煌大哥……"路凯想道谢，视线落在亚煌那双已无知觉的腿，却突然不知该说些什么。

"这是你应得的。"亚煌露出了路凯熟悉的、从容不迫的笑容。"现在有许多事得开始着手。我建议挑选五六位队友为宜，人数过多可能会立刻被所罗门当成入侵者。"

"我懂了。"路凯回道。

"那么，人员决定之后再一起过来找我。长老想必有许多事要交代，研究院那边也会提出意见。"亚煌和他们两人告别，拄着拐杖往前走。其余奔灵者向路凯恭贺过后，随着总队长离去。

路凯望着亚煌大哥跛行的背影，深深吸了口气。许多愈师都说，亚煌的双腿已无法复原，可能永远无法远行于雪地。路凯握紧拳头，强行压抑涌现的哀伤。在那瞬间，一股错觉掳掠了他的脑海，感觉外头的雪地才是奔灵者真正获得自由的地方……无论它有多危险。那是他们奔驰的大地。

自由，永远伴随着代价。但若真如此，为什么付出代价的是亚煌大哥，而享有自由的却是自己？路凯确定，如果亚煌大哥没有受伤,领导联合部队的必然是他。

"路凯,"俊似乎注意到他的神情,硬将他的思绪拉了回来。"你现在是队长了,我们有许多事必须准备。"

路凯望向好友那近乎透明的霜白眼眸。俊总是如此冷静,在路凯感到彷徨时,成为他不变的助力。

路凯正色之后,颔首同意。

"问问'破荒蛮子'吧?"路凯说。

联合部队的核心成员,他不希望只找自己熟悉的面孔,而是能挑出真正适任的人选。但路凯这几个月远征在外,不了解人们近期的风评。俊在这方面比他更具备判断力。

"我也赞成。"俊若有所思地说,"有你和戈刺图同行,这个团队就有了长途远征的实力。你们两人都是远征队不可或缺的人物。同时,他深获黑允长老的信任。"

"我考量的是他能带来的战力。"路凯提出另一个层面的考量,"要是真面临强敌环伺的情况,我们需要破坏力强大的队友在身旁。"

"没错。最好再加个狙击手。"

路凯点头。"找帕尔米斯?我听说他是你们探寻者之中箭术最优秀的?"

"前提是目标得不会移动。"俊摇头解释:"帕尔米斯擅长定点狙击，甚至懂怎么双箭射击。弓箭手之间的比赛没人赢得过他。但若对手是雪地里的游离作战，他不算是最优秀的狙击手。"他想了下说："还有个问题，帕尔米斯太习惯探寻者支部那伙同党的奉承。联合部队或许不适合他。"

"你会推荐谁？"

俊双手交抱沉思，眼眸轻闭，白霜般的睫毛给人一种幽魅的错觉。"埃欧朗。"他再度开口时，口吻十分肯定，"他是天生的游击战好手，无论'灵体分散''物理影响'都十分杰出。而且据我所知，他的性格沉稳，如果我们需要和所罗门谈判，他会是个助力。"

路凯感到些许吃惊。比起自己单就战士能力来考量，俊顾到的层面更多。"好，那就他吧。"路凯说，"对了，我们还得带上艾伊思塔。"

俊沉默半晌，面无表情地说："我认为不妥。"

路凯的眉间微皱："但黑允长老在大会说过……"

"现在情况改变了。总队长提出的'联合部队'压倒黑允长老最初的提议，而且受到居民的一致认同。"俊说，"你能全权决定成员，不需要只听黑允长老的。而且我有顾虑……艾伊思塔的背景不会是助力，反而是不稳定的因子。"

"怎么说？"

"要是一个十几年来从未出现在瓦伊特蒙的孩子突然归来,口口声声说他要代表所罗门来与我们建立信任,长老们会是什么反应?"

路凯思考了一会儿。"我明白了,但请原谅我还是单纯从战斗组织上做考量。"他说出自己的分析,"艾伊思塔擅长中程攻击,恰巧可以弥补我们与狙击手之间的空缺。"

俊也想了一下,最终点头。"合理。那么由你决定吧。"他接着说,"最后一位成员,最好是名愈师。"

"同意。"路凯问,"有什么人选吗?"

"攸吕不错,他的治愈能力在守护使当中相当出名。恩格烈沙长老也非常看重他。"

"但攸吕的眼睛……适合长期待在外头吗?"

"可以问问他的意愿。"

砰!

腕力比赛的结果在瞬间分出胜负。"破荒蛮子"戈刺图压倒对方手腕,引起一阵欢呼。他爬上木桌高举酒杯,手臂全是青筋,胸膛满是汗水。人们边啃着酒酿的鱼骨,边胡乱瞎喊着。

"下一个换谁?"戈刺图才刚发出大笑,人群已让开一条路。

路凯和俊走到壮汉面前,在人群包围下抬头看他。

站在桌上的戈剌图块头极大，驼毛背心露出结实的双肩。他弓着背，仿佛正酝酿着随时可能爆发的力量。然而看见路凯时，戈剌图的表情转变了。"恭喜你担任联合部队的队长！"他口中仍含着树枝，腔调低沉。接着，他瞟了白发的俊一眼。

"如果这是值得祝贺的任务，希望你能与我们同行。"路凯简单地说。

戈剌图跳下木桌，重重落地，挺起身时比路凯高上一个头。他扯下嘴角的树枝微笑。"当然了，这会是我的荣幸。"

两人在射箭练习场看见一大群探寻者。几个人正在举弓比试，其余的人围在一旁下注，看见路凯和俊的身影走来，立即议论纷纷。人们满怀期待地瞥向高挑的绿发男子——帕尔米斯。

然而当人们聚过来与路凯谈话时，俊径自走向一个坐在角落的人。

埃欧朗的个子不高，沉默寡言，那双深灰色眸子极具穿透力。他将灰发绑成粗大的结串落在背后，手臂上的线条勾勒出结实的肌肉，手掌上戴着金属手套。俊与他交谈一阵后，转过身朝路凯点头。

路凯对人们道谢之后，和俊一同告辞。

这时，那群人才仿佛回过神来，意识到路凯完全未提及联合部队的事。他们的目光先是聚在帕尔米斯身上，然后所有人同时转头，惊讶地望向坐在角落的埃欧朗。

不久，路凯立即获知惊人的消息。

艾伊思塔失踪了——她临走前还窃取了研究院的许多资料。长老们知情后勃然大怒，尤以黑允长老更甚。

恩格烈沙长老立刻动员了守护使支部搜遍洞穴与隧道，认为艾伊思塔可能还在瓦伊特蒙某处。桑柯夫长老则断定她盗取了关于"恒光之剑"的机密资料，果不其然是为了投诚所罗门做献礼。

路凯非常诧异，但他压下不安的情绪，知道事不宜迟，自己得继续面对更重要的事。

"这样我们就少了一个人。该由谁代替？"路凯在脑中过滤着名单。联合部队的队员最好能符合几项条件：相互支援的能力，以及足够的小组作战经验。他想到几个名字：黎音？佩塔妮？还是尼古拉尔斯？

"都不妥当。他们的能力都有替代性。"俊拍了下路凯肩膀说，"之后再想想吧。我们先去找攸吕。"

最后一位队员，他们知道他时常在"阳光殿堂"独处。

黑底斯洞的边缘，数道石阶依附岩壁，连到岩顶处一个相当深的洞穴。萤火虫的光盘旋于洞口，隐约照亮这所谓"殿堂"的内部。里头尽是钟乳石，人们能行动的空间只有中央一条窄道，通往尽头的一面墙。

而两旁的钟乳石林，上头挂着数百个银色饰物——源自阵亡战士兵器上的银纹，用于缅怀。

攸吕独自坐在窄道的尽头。在他面前，石墙上刻满密密麻麻的远古文字，是符文语和音轮语的多种前身。那是祖先们在冰雪世纪降临后不久，将许多关于阳光的故事刻下，成为永存的记忆。而在墙的正中央，文字环绕着一个异样的浮雕：一个火焰放射四方的球状物，被漆上黑色的墨。这正是定居在瓦伊特蒙的人们，根据远古的故事揣摩对阳光的印象——那在地球尚未冰封之前，由远方到来，点燃生命起源的神圣力量。传说中，正是它创造了这世间的一切。

路凯和俊来到攸吕身后，沉默地看着漆黑火球的浮雕。远征队每次出任务前，都会来这里祈祷。然而，令路凯感到震撼的并非那些远古文字，也非精致的浮印雕刻，而是覆盖在浮雕表面的那层墨——它使整个画面犹如烧入岩壁的黑色火焰。

人们将阳光涂黑，因为它早已不复存在，并借由逝去的黑色印迹，提醒自己永远切莫遗忘。

"攸吕，"路凯轻声说，"我们将前往所罗门。来回约一个月的路程，需要一名愈师。"

少年转过头来。他年纪不过十来岁，一头翡颜裔的浅淡绿发，面无表情的容貌。那神韵让路凯想起缚灵师思绪缥缈的悠远模样。攸吕的双眸总是半闭着，应该呈绿色的瞳孔却淡得像不存在，仿佛失明一样。路凯知道他儿时体质出现病变，无法在亮白的雪地里久待，否则双眼真有可能失明。

攸吕的面容转回墙上的浮雕，声音细微："好。"

他的回答没有任何犹豫，反而令路凯迟疑了。"你的眼睛……现在已经可以适应雪地了？"

攸吕依然盯着那已失去光芒的黑色火球。"路凯，你相信在那片无尽的云层之外，阳光依然在看着我们吗？"

路凯愣了一下，一时间不知该怎么回答。"应……应该吧。"他向俊投以不确定的眼神。"学者说没有证据能证明，但长老——"

"那是信仰。"攸吕打断他的话，轻声说，"如果白昼的天空会因信仰而明亮，我没有理由会在它的怀抱中受伤。"

离　焱

所谓孤独，是在熟悉的环境中，再也找不到任何熟悉的事物；也是当胸口的酸楚加剧，脸上却得维持不变的表情。

长久以来，凡尔萨早已麻木。他独坐在一块岩石上，看着底下人们幽暗的身影游走于钟乳石之间。他想象这些形体怪诞的岩石都在腐朽，却被时间所凝固，禁锢这里所有人的命运。硫黄味依然弥漫四周。凡尔萨紧抓着摆在膝上的羊驼披风，从未像今天这般挣扎。

现在，他已经知道独自前往所罗门是不切实际的行为。他并非没有尝试过，披风上满是因冰冻而破裂的痕迹就是证明。但自己踏上两周的漫长旅程无疑是自杀……

所幸命运回应了他长期以来的愿望——那支即将前往所罗门的联合部队。

这两年，他没有任何机会参与黑允长老指派的远征队。但在居民大会上，他听见联合部队所代表的那些可能性——说服路凯让自己加入,这将是他离开瓦伊特蒙的唯一办法。

他与路凯并未有太多交集,两人谈话的次数一只手都数得出来,但在凡尔萨的印象中,路凯或许会是个愿意聆听提议的人……

那么他必须提供一项路凯无法拒绝的条件——凡尔萨拥有与所罗门战士交手的第一手经验。

他曾亲眼见识到对方的魔法,那如咒文般的集体召唤术,诱导白雪倾泻而来。联合部队会需要他。

终于,他看见身影从底下的道路走来。算了算,共有五个人,人数应该还未满。凡尔萨认出走在那群人中央,路凯那及肩的黑发。虽然害怕会平白自取其辱,但凡尔萨逼自己深吸口气,他知道犹豫得越久机会将更渺茫。

他抓起膝上的羊驼披风,起身跳下岩石。

"路凯。"凡尔萨开口时,那群人停下脚步。

五人之中,站在路凯身旁的是个发色苍淡的男子。然而凡尔萨这才惊讶地看见曾向他挑衅的戈刺图,对方含着树枝的嘴角立刻浮现蔑视的线条。凡尔萨设法不去理会,将焦点集中在路凯身上。

路凯似乎在阴暗的光线下也认出了凡尔萨,眼神开始转变。

凡尔萨知道那种眼神——紧绷，充满不信任，甚至像某种压抑的怨恨。凡尔萨没让自己畏缩，因为他早已习惯人们的态度。这一次他做好心理准备，绝不使自己的决心动摇。

"凡尔萨。"路凯点头。

"我知道你将前往所罗门……"凡尔萨顿了一会儿。下一句话极难脱口，但他逼迫自己。"让我加入你的团队。"

这句话令对方的成员十分震惊。他们静了一会儿，只有后方的戈剌图喷出鼻息，扭曲的笑意转为不可置信的笑声。路凯则与凡尔萨目光相对，许久没有作声。

"抱歉，"路凯缓缓摇头，"我们的团队不需要你。"

"你错了。"凡尔萨咽下一口唾沫，忍住怒意，"如果你们与所罗门交战，会需要我拥有的情报。"

路凯投来的眼神，令凡尔萨感到相当不舒服。但他继续说："我亲眼见识过那群奔灵者，以精准的阵势施放法术。"

"我们的目标是与他们媾和，不是再次挑起战端。"路凯回道。

"那是理想的情况下，"凡尔萨尝试说服他。"所罗门那帮人的举动难以预料。如果你想活着回来，会需要我所知道的事。"

"破荒蛮子"戈剌图讽刺地大笑，高大的身影挤到路凯前方。"啊,像你一样?从战场上'活着回来'?"他厚实的眉头深陷,脸上满是憎恶。"如果再与所罗门作战,毫无疑问,都知道你会先跑,对吧,'叛逃者'?"

不仅戈剌图,其他人的眼神也逐渐浮现敌意。凡尔萨独自面对他们五人,坚定自己的意志与目光,只把希望寄放在路凯身上。

然而路凯那双刚毅的眼眸背后,是冷漠。"你为了什么理由,想与我们同行?"

来了……凡尔萨心想。他镇定自己的思绪,搬出早已演练好的台词:"只有我见过所罗门的秘密。或许命运要我为瓦伊特蒙做些事。"他曾考虑撒更大的谎,说自己想为了当初的临阵脱逃而赎罪。但凡尔萨做不到,也是他宁死都不愿扭曲的事实——

因为当初的抗命与远离战场之举,他至今从未后悔。

"我们都知道你干过什么事。"路凯直视他,语气不带任何情绪:"奔灵者没将你赶出瓦伊特蒙,放你在外头自生自灭,是顾念你也曾是我们的一分子。"路凯的语气一转,"但念旧之情总有个限度。别考验我们的极限。"

凡尔萨张开嘴,却哑口无言。

路凯从他身旁经过,没有再看过来一眼。其他人也抛下避忌的眼神,一个个转头离去。凡尔萨此刻心神恍惚,知道希望已全灭,他将永远走不出瓦伊特蒙。

"慢着——"突来的一股冲动让他追了上去。凡尔萨觉得一股惊恐掐住自己的喉间。自己的余生将在瓦伊特蒙腐朽溃烂的景象使他乱了方寸。他几乎咬着牙嘶吼:"带我走!你必须带我走!"

凡尔萨抓住路凯的衣领,使路凯露出惊讶的神情。下一瞬间,戈刺图愤怒地吐掉嘴里的树枝踏了上来,以手掌掐住凡尔萨的颈子,手指陷入喉间。

脑中某样东西被撕裂,本能遭到释放。凡尔萨出手重击戈刺图的手肘,并在对方腹部补上一拳。

"死杂碎!"戈刺图边咳边咆哮,挺起身子挥拳过来。凡尔萨低头躲过,往侧面跨出一步,一记勾拳重重挥向戈刺图的下巴。骨头撞击的清脆声响才刚扬起,凡尔萨的靴子已劈向对方的后膝,高大的戈刺图跪了下来。

一个人影从后方抱住凡尔萨,当他转身将那人摔在地上,看见是个灰色发束,眼神深具穿透力的奔灵者。凡尔萨并不认识他,但仍狠狠举起脚——

痛楚在凡尔萨的脸颊炸开,让他失去平衡向后倾倒。凡尔萨还没稳住身子,路凯的下一拳已挥来,埋入他的左眼。瞬间的撞击让他倒下,随之而来的才是疼痛,从眼眶周围向外扩散,麻痹左半边的脸。他一阵晕眩,怀疑自己的颊骨可能碎裂,皮肤底下是一阵阵尖锐的刺痛。

这次换路凯蹲下,揪住凡尔萨的领口:"你不但曾经临阵脱逃，现在竟然还对自己人出手！"

"你们这些长老养的虫子懂个屁！"凡尔萨中拳的那只眼已无法睁开，但他仍单眼瞪着路凯。"当时换作是你，也会做出相同的事！"

这句话使路凯顿了一下。他猛然将凡尔萨拉近，怒道："那就告诉我，你当初为何弃战友于不顾！"当凡尔萨不知该怎么回应，只咬牙切齿不作声，路凯又说："果然没错，理由再简单不过了。你是个懦夫。"

"抛下他们又怎么样——"

路凯的下一拳结束了凡尔萨的话，撕裂他的嘴角，令鲜血不停滴落。

"敢再说一次，我现在就杀了你！"路凯吼道，"你知道'伙伴'的意义吗？"

戈刺图挺直身躯，吐了口唾沫走来。他咒骂了几声，狠狠踹向凡尔萨腹部，一次又一次。路凯并未阻止他。

凡尔萨痛苦地叫出声，紧抱自己的腰，咳出一摊血。

其余几人在旁围观，投来冷漠的眼神。凡尔萨嘴角淌血，怒视所有人。他当然知道，所谓的伙伴就是一群人聚在一起才有胆量对抗别人。憎恨穿过凡尔萨的每条神经。他早该知道这些人全是一个样，早该知道路凯也不例外！

凡尔萨暗地嘲笑自己的愚蠢。而路凯留下最后一句话："什么过错都有谅解的余地，除了抛弃战友。"

他们就这样丢下凡尔萨,响起坚硬的脚步声离去。

凡尔萨的血液因愤怒而沸腾,不断地大口深呼吸。他很清楚,自己从未因"恐惧"而逃离战场,但在那一刻,他却狠狠扯下用于远行的羊驼披风,发出歇斯底里的笑声:"没错,我就是因为胆怯!"他对着那群人的背影咆哮,"但你也一样,路凯!别以为自己有多英勇!"凡尔萨的怒吼伴随着笑声,"等你必须面对死亡之际,你就会明白自己也是恐惧的动物!你会和我一样——全都是懦夫!"

幽光之下,路凯的身影仿佛停下,但仅只于短暂的片刻。他的同伴拉住他,没再回头,将凡尔萨留在黑暗中。

拂 羽

公共澡堂位于瓦伊特蒙西边的洞穴里。它是一连串不同大小的池子,被地底看不见的火焰炖煮着,形成温泉。

蒸气不断从水面冒出,模糊了整个洞穴。

雨寒慢慢让身子下沉到池子里——热气抚过她的肌肤,热水淹盖她的小腿肚,然后是大腿、腹部、胸脯和荏弱的双肩,直到水波撩弄到她的脖子。她的波浪般黑发浮于水面,细长发辫悬于额前,而一对深眼袋隔着雾气依然明显。

几个大池供普通居民使用,通常他们每个月会获准清洗一次身体。身为长老的女儿,雨寒可随心所欲来这儿,她却总是自己一个人泡澡。雾气中,她听见隔壁池传来人们的低语,猜测是研究院的学者们来此放松,讨论事情。

一旦泡着温泉,她感到紧绷的肌肉逐渐放松。

成为奔灵者的感觉与之前并无多大不同。唯一奇特的是自从有了雪灵,把栖灵板抱在怀里,雨寒便莫名地不再孤单。仿佛任何时候都有某种……无法解释的存在感伴随着她。

每天醒来,她会告诉母亲:"我要去训练了。"黑允长老只点头,不看她一眼,也再不多说什么。接踵而来的滑行训练让她不用成天待在母亲身边,这在某种意义上对雨寒也算是种解脱。

眼前的水蒸气中出现女子的身影。雨寒将身体缩进水中,让水盖住自己的下唇。岩壁上整排荧光灯反射着雾光,映照出导师的容貌。

"感觉怎么样?"茉朗说,"在外头一整天,泡个澡很舒服吧?"

雨寒轻轻点头,盯着朦胧雾气中茉朗赤裸的胴体。女奔灵者相当高,体态丰腴却不失柔美。她的绿色短发覆盖着红润的脸颊,惯于驾驭栖灵板的双腿修长,肌肉良好。茉朗踏入池子里,来到雨寒身边。

"身体还会疼痛吗?"茉朗关切地问。她今天带着雨寒在雪地奔驰超过七小时。

"小腿还有一点……"雨寒已记不得自己痉挛过几次。

茉朗挪动到她面前。漂摆的水波环绕着导师裸露的腹部,她的右手腕戴着一圈看似粗重的手镯。茉朗曾说那是蓝恩大妈送的:一圈玻璃环,里头装着从净水房取得的暝河之水,有气泡在里头滚动。

茉朗温柔地说："我帮你吧。"导师的双手触碰雨寒的腿，缓缓搓揉，令她不自觉羞红了脸。"别担心，再过几天你的身体应该就会适应这些运动状态。"茉朗告诉她，"到时我会教你俯冲跳跃的技巧。"

水底下，雨寒感觉茉朗的手往上移，柔和地搓着她膝盖上方。茉朗的绿眼睛看着雨寒的灰色双眸。

许久后，茉朗才开口："你以后的职责是成为远征队的一分子。下星期开始，我会带你前往更远的地方。"

"把这拿去给桑柯夫。"黑允长老挥手扔给雨寒一份资料。里头是某些远征队员新带回来的旧世界档案。

"好的……"雨寒小声地说。她想跟母亲说些什么，想了想后却打消了念头。

居民大会之后，长老之间的关系没有改善。联合部队的组成，只是他们勉强达成的共识，根本的问题却未得到解决。桑柯夫长老依然指责黑允意图揽权，更糟的是，现在就连恩格烈沙长老也与母亲疏远了。

而雨寒和母亲的关系，在她成为奔灵者后有了一些微妙的变化。她说不出具体是什么，只觉得母亲对她少了一份苛责，却多了一份冷漠。仿佛有记忆以来，她们的距离被刻意疏远。

雨寒走在瓦伊特蒙的阴暗街道，尝试不去多想。

路凯的团队即将出发。听说他们最后找来一位叫作尤里西恩的奔灵者,以在雪地疾驰的速度闻名。然而就在今天早上,桑柯夫长老突然提出异议,换掉了尤里西恩。取而代之的是个名为茄尔莫的探寻者;据说他体内灰薰、翡颜裔的血脉各半。

雨寒怀疑桑柯夫长老在打什么主意。照理来说,长老们不该强行干涉路凯选择成员的决定,但桑柯夫此举来得突然,是在联合部队即将出发之际,缺少了辩驳的余地。母亲感到愤怒,却决定不做任何处理。或许因为她所信任的戈剌图也在团队里,但更可能是她仍对亚煌的这个提议不屑一顾。

在路凯没有反对的情况下,前往所罗门的团队成员至此已成定局。

雨寒沿着一条隧道,经过了工坊洞穴。

十几座以石柱为主体的窑散发着热力,代表各种工作坊。它们与邻洞中的澡堂一样,捕捉由地心升起的热能,并在需要时以魂木为燃料加工。工匠奔走在它们之间,搬运着岩块、木头,以及某些无法辨识的物品。

雨寒踏入又一条隧道。出来时,她看见桑柯夫长老的窟室。方形的巨大岩块所砌出的居所,表面尽是各种浮雕。雨寒来到门口,准备掀起门帘呼喊长老的名字。

"——这是最首要的任务,绝不能让路凯察觉。"

雨寒停下动作，突然迟疑。那是桑柯夫长老的声音。她本能地站到一旁，从门帘的缝隙往里瞧，看见另一个人。茄尔莫的墨绿发色反射着油腻的光泽，映入雨寒眼帘里。他留着杂乱的胡须，嘴角一道长长的伤疤几乎触碰到耳垂。

"如果到了最后还是办不到，"长老低声说，"你知道该怎么做。"

茄尔莫陷入沉默，似乎在思考什么。雨寒窥视着他们，感到一阵不安。

"呵……阻止他们抵达所罗门的方法可多了，我在途中临机应变。"茄尔莫的声音竟然如此阴沉，令雨寒打了个寒战。"如果他们够走运，到了所罗门……那就由我来点燃战火吧。"

雨寒奔走在瓦伊特蒙四处，寻找路凯。

她生怕他们已经出发，生怕自己错过最后一丝机会，却跑错了两条街。她忽然为自己总跟在黑允长老身旁而羞耻，和母亲会去的就是那些固定地方，完全不了解这些错综复杂的通道。这一刻，她真希望自己能像艾伊思塔那样熟悉瓦伊特蒙的每个角落。

终于，她在研究院门口看见路凯等人。已有许多奔灵者在那儿为他们送行。雨寒气喘吁吁地弯着身，攀扶着墙边。路凯和队员们已换好远行的装备——系着软毛兜帽的长披风，里头是皮革衣裳，防风镜挂在脖子上，底下则穿着套有细钢环的银底雪靴。他们背着各自的武器，手中拿着栖灵板。

"路凯……"雨寒上气不接下气地喘息。

"雨寒？"路凯微笑，"怎么了？我们得出发了。"

"找到你了……"她吞下一口唾沫，深吸口气，让自己稍微冷静。"路凯，我刚才到桑柯夫长老住的地方，听到他说——"她的话却戛然而止……

研究院走出一个身影，那道诡异的伤疤从嘴角上扬，即使面无表情，脸上也似乎带着扭曲的笑容。茄尔莫的目光投射过来。

当雨寒许久说不出话来，路凯对她说："请帮我跟黑允长老道别。若情况能如预期，我们一个月后就会带着好消息回来。"

首席学者帆梦与几位研究员也走出研究院洞窟，与其他前来送别的人们跟上路凯的队伍，朝北环大道的出口而去。交谈声在雨寒面前逐渐远去，却有个人的眼神从未离开她的身上。

茄尔莫走在人群后方，视线没离开过雨寒，直到确定她的双脚仿如冰冻，没有追上他们，才缓缓转过头，以静得犹如幽魂的步伐跟上其他人。

PART II 远征任务

芬　澜

艾伊思塔从未想过外面的世界竟是如此——无尽的白雪绵延四方，光是睁眼就让人感受到压力。

而一个人在这皑白世界滑行的身影，已经不能以渺小来形容……

广大的雪地一片宁静，丝毫不在意你的挣扎。突来一阵风就能把一切埋没，没人会察觉你曾经存在过。艾伊思塔诧异地发现乘着栖灵板滑行时，脚下的感觉不断变化——某些地方的雪地稠密得难以行进，某些地方又如流水般松软，像要把她整个人给吸进去。

惊讶之中，她开始了解为什么瓦伊特蒙能保护好残存的文明。除了地热阻隔外头永恒的冰冷，更重要的是，瓦伊特蒙一带并没有无尽肆虐的气候。与家乡附近的平坦雪丘比较，现在眼前的景象完全跳脱了艾伊思塔的想象力能及的范围。

白雪暴风毫无规律地交织，雕塑出各种奇形怪状的地势,像是扭曲的尖塔、溶化的堡垒、分裂崎岖的崖地利交错重叠的断层。艾伊思塔想起学者们说过在远古时期,瓦伊特蒙的西边曾是一片汪洋;现在它早已冻结,数百年间形成违背逻辑的景观。惊叹的同时,她更难以想象厚达千尺的冰雪底下,可能漂着无尽的洋流。

而天空,永远是密封的云层。

她嘴边呵出热气,用手缠起毛茸茸的围巾护住脖子,并用灰色雪狐披风裹紧身躯。过去数小时,她经过的地方到处是尖锐的雪岭,样貌极度骇人。

艾伊思塔吃力地滑过一道皓白峭壁的边缘。栖灵板在她脚下摆动,深雪却逐渐覆盖到膝盖。所幸她穿着一双麂皮加工过的靴子,里头镶着层层金属圈,足以应对长途远行……

当发现有人在跟踪她时,艾伊思塔已离开瓦伊特蒙有三天路程。

她只能选择继续前进,设法甩开有人从后头追来的不祥预感。她祈祷那仅是错觉,而不是来擒拿她的奔灵者。

艾伊思塔往旁边一蹬,随着峭壁边缘落下,纤细手臂上的铁链发出哐啷声响。她落在另一条天然的雪道上,并从口袋里掏出一个方形铁容器,取出一片温菌草,用手指压碎后贴放在体内。皮肤马上感觉温暖了些。

几天下来,携带的粮食已全数吃完,艾伊思塔意识到接下来必须靠自己猎食了。她忽然想起该确认双子针的方位，才刚扭过头搜寻肩袋，余光就捕捉到动静。

突来的恐慌让她的后颈发麻，她睁大眼盯着后方。

雪壁层层交叠，像一幅静止的画——但艾伊思塔确信刚才看见一个微小的身影，没入视线阻隔之处。

艾伊思塔赶忙越过一座雪岭的顶端，头也不回地向下滑，心里直想着甩掉追兵。她灵巧地跳跃在短坡之间，突然看见前方有道断崖。某个点子油然而生。

"这就对了，有胆就来吧。"

艾伊思塔背贴岩壁，让落雪堆积在兜帽与肩膀，纹风不动。她侧着头，目光紧盯着一旁的断崖边缘。

一道伪装的轨迹深烙在崖边的雪地里。艾伊思塔希望她的追捕者误以为自己已经往前逃离，刻意留下板痕。

到底是谁？她不禁怀疑。

好一阵子过去，当寒冷的空气令艾伊思塔感到困倦，她终于听见了——板子滑行的声音，压过空荡荡的风声，逐渐逼近。艾伊思塔随口向阳光祈祷，希望对方会上当。

人影进入视线，让她心跳停了半拍。果然是奔灵者！那高挑的身影，似乎穿着白色的毛质披风。

这必定是瓦伊特蒙派来捉她回去的。对方急刹在崖边，矗立不动。艾伊思塔立刻闭住气息，生怕任何一点声音都会使对方转头。

那人所站的位置离艾伊思塔的位置非常近，但面容被兜帽遮掩，从发色判定是灰薰族人，却不知是男是女。乍看之下那人的披风应该是羊驼毛制，似乎与远征队的服装不同……有谁会追来这么远的地方？

终于，那奔灵者从崖边跃下。

艾伊思塔立刻动身，朝另一边滑行离开。

随风吹起的雪浪让她眼前一片泛白，难以辨别方向。她害怕自己不小心落入万丈深渊，只得减缓速度，后悔当初没跟乔安借他的防风镜。所幸她已甩开瓦伊特蒙派来的追兵，暂时不用烦恼需要推进多少距离。

然而，前方猛然传来的低鸣让她止步。是错觉？还是风声？艾伊思塔谨慎地往前滑。白雪四处飘散，能见度极差，但她知道右侧是崎岖高耸的峭壁，左边则是微微下弯的白色平原。

巨响再次传来，眼前的风雪突然震动。

艾伊思塔确信那是魔物的嘶吼。她刚想掉头，敌人的身影已然出现——左前方的平地上，仿若白色雪幕的一部分，有只狩就站在那里！它的利爪缓缓张开，像白烟中诞生的蓝色幽光。

魔物开始朝她走来，艾伊思塔立刻松开手臂上的锁链，垂于身旁两侧；虹光从她的脚边升起，接着，双手也冒出缥缈的光波，顺着镀在铁环内圈的银纹游动，直到整个锁链被彩光包围。

许久未在雪地作战令艾伊思塔感到紧张，然而接下来的景象却让她的心跳停了一拍。

在那头狩的背后出现了更庞大的身影。犹如飘雪中浮现的巨塔，另一只狩踏着沉重的步伐进入眼帘，艾伊思塔从未见过如此庞大的魔物，起码比五个人还高。它的手臂能将她轻易压碎，掌末的每根利爪都与黑底斯洞的钟乳石一样巨大。

直觉告诉她必须逃走，但才刚转身，大地已晃动起来。那两只魔物正以骇人的速度逼近。她变换滑行方向，倾全力甩出右臂的铁链。锁链缠住前方那只较小的狩，深深切入它体内，然后艾伊思塔以它的体重为支点，板子划出一道弧形轨迹来到敌人侧面。她的手臂猛然扭转，力量随着虹光波冲向锁链末端，狩的身躯顿时碎裂。清脆的声响扬起，伴随魔物体内破碎的蓝冰，化为一摊碎雪。

右手拉回锁链时，艾伊思塔借着作用力，身子扭转了整整一圈，再抛出左臂的链子，射向那头巨型魔物。

铁链缠住比她人还要高的腿，艾伊思塔再以其为枢纽，划出另一道弧形轨迹奔往魔物的身后。她扯断这头巨狩的腿，于是它往旁边倾倒。然而艾伊思塔还来不及进行下一个动作，庞大的手臂突然回旋过来，直接击中她。

艾伊思塔撞上白雪覆盖的岩壁，全身骨头震荡令她痛得尖叫。一瞬间的失神让她松懈了，栖灵板从靴底脱落。她刚想起身，巨狩的手臂已再次挥来，使她在雪地打滚好几圈。

她感觉温热的血液从腹腔涌入口中，吐出满地鲜红。血液在雪地溶出一个坑洞，升起阵阵白烟。

艾伊思塔刚抬起头，看见不可思议的景象在眼前发生。断了腿的巨狩，身子底下的白雪自行挪动，朝它凝聚成稠密的雪块，生成新腿，支撑着它缓缓起身。庞大的魔物胸前裂出十字形的缝隙，里头的獠牙不断蠕动，闪烁冰蓝色光芒，愤怒的吼声撼动大地。

她吓得动弹不得。栖灵板离她有段距离，她只能跪在雪地里，听见更多不祥的低鸣从峭壁顶上传来……

想都不用想，艾伊思塔知道自己已被包围了。她慢慢抬头，看见灰白的峭壁表面有三只狩垂直站立的身影。它们朝她放声怒吼。绝望让艾伊思塔双肩下垮，忽然她瞥见更上方的峭壁顶端，有个身影落下。

她愣住了，惊讶地看着那人的背几乎平贴壁缘，像支垂直射出的箭矢随地心引力下坠。不知何时，对方手中已闪现两柄长剑。他只在半空停顿了一瞬，左右剑锋嵌入两只狩的体内，使碎冰喷溅、雪尘飞散。

这种高度，他却姿态轻盈地着地，激起雪沫后滑过艾伊思塔身边。"解决剩下那只。"他经过她身边时悄声说道。

峭壁上残存的狩发出低鸣，垂直朝下挪移。

"芬澜！"艾伊思塔急切地转头呼唤雪灵。光芒再度从板中闪现，导引栖灵板从远方朝她奔来。

艾伊思塔跃上板子，手上的锁链立即绽放出虹光。她低身回旋，锁链向上甩。峭壁上的狩举起双掌想挡住第一条铁链，却在艾伊思塔单臂一扯之下断裂。它还来不及再生，第二条铁链已从旁袭来，捆住它的身子。艾伊思塔猛烈转身将它扯成两段。

她回头，惊见那奔灵者已朝巨大的魔物疾驰而去。巨狩发出震天嘶吼，但奔灵者毫不在意，向上跃起躲过魔物的巨掌。他的栖灵板蹬上它的大腿，反弹时身子后弓避开另一道扫击，轻盈地落在魔物肩上。

艾伊思塔从未见过如此敏捷的动作。巨狩的冰爪挥起时，对方早已跃下，双刀随即插入它胸前的十字形开口。他的栖灵板几乎有一半落在魔物嘴里，但他挥舞长剑击碎一排冰蓝獠牙。艾伊思塔意识到对方身陷危险，也朝巨狩滑去。

双刀在魔物胸前劈开几道原本不存在的裂缝，现在十字形的开口已残破不堪，里头的冰牙混乱地扭动。巨狩准备合上巨齿刺杀他的那一刻,艾伊思塔出手了。

她下意识地加强武器表面的雪灵之力,扫出锁链拉开两道虹光,威力之大,几乎直接斩断巨狩双腿。它身躯垮下时奔灵者一个后翻,持双刀跃至它那无头的顶部。

巨狩重重倾倒在地,激起的雪让艾伊思塔紧闭双眼。待她再次睁眼,那名奔灵者已在它背后无情地劈砍,几乎要将自己埋进巨狩体内。魔物发出闷响,爪子朝背后猛烈拍打,双腿正在迅速复原。但须臾之间它猛然炸开,化为大量粉尘。

强风不断吹拂,带着雪片散去。艾伊思塔看见男子矗立在雪堆里喘息,身上的披风飘扬,而他手中的两柄剑刃沾染着无数仍在闪烁的冰蓝细屑。

"你一直在跟踪我。"

艾伊思塔盯着眼前这位名为亚阁的男子。他们并不相识,但早在她拥有自己的雪灵前,就已从居民口中听过这位奔灵者的许多事迹。有人说他的实力能与总队长亚煌匹敌。

两把剑鞘挂在男子腰际,一把在左侧,另一把悬于后腰。他额前的头巾低得近乎遮住双眼,目光与阴影相融。亚阁这时已拿下护脸的围巾,艾伊思塔看见淡灰色长发在他脑后结成好几束辫子,垂于肩上。他的左耳环是某种动物的利齿，系了条细炼到耳朵上方的装饰骨片；右耳则有刺青的纹路。从装备上看来，男子似乎相当惯于远行，皮质背包有数层开口，裤管上也缝了许多口袋。他从里头取出坚硬的短铁锹，逐一撬开卡在剑刃上的冰屑。

"你的洞察力挺敏锐的，"亚阁注视着剑身，嘴角扬起微笑，"过了三天才发现。"

"呃……我早就发现了。"确定自己的猜测没错之后，艾伊思塔却仍觉得哪儿不对劲儿，"倒是你，怎么有办法一直找到我在哪里？"

亚阁这时仰起头，头巾底下的双眸望了过来，淡然的笑容依旧。"你完全不会隐藏自己的行踪，只要任何受过训练的奔灵者，都能轻易找到你。"

艾伊思塔惊讶地想这根本不可能。无尽雪地里的踪迹岂能轻易就被捕捉到？她可是翻越无数岭峰、跨过无数深谷啊！然而男子说得如此理所当然，让她尴尬地别过头去。

仿佛回应女孩心中的疑虑，亚阁接着说："我一直在观察你的移动模式，说实在的，十分无趣。"他耸了耸肩。"大致摸清你的前进方向后，就好办了。因为你选择的路既单调又容易猜测，只要揣摩任何新手会选的路径就对了。"不管他有没有望见艾伊思塔红通通的脸，都继续说："啊，而且你习惯靠自己的身体用力滑，轨迹紊乱又不断扭转方向,在雪地留下相当明显的痕迹。不刮风的情况下呢,两三天都还看得见。我劝你多相信自己的直觉而不是身体,让雪灵带着你走。"

男子一副轻松的模样,让艾伊思塔不知该怎么回嘴。

亚阎将细针般纤细、仍发着微弱蓝光的碎屑撬起。奔灵者的兵器在被虹光覆盖时,就能轻易对狩施以伤害,然而一旦缺乏雪灵的力量,再锐利的武器都对狩产生不了威胁,而现在艾伊思塔亲眼见证原因:那些看上去像是碎冰的细屑,可能比钢铁还要硬!亚阎必须用铁锹抵住一片深嵌剑缘的冰屑,那里头还隐隐发着蓝光,然后他使尽全力才能将它撬出。剑刃留下了明显的凹痕。

"所以你暗地里跟踪了我三天。"艾伊思塔在心里暗自确定,这个人不值得信任。

"不,正确说法应该是两天半。"亚阎换了把剑略作检视,继续清理的动作,"昨天的天气不错,我还睡了个午觉,依然能轻易追上你。"

"你这个骗子!"艾伊思塔感到恼怒。这陌生人竟能若无其事的模样,句句刺伤她的自尊心。"亏我刚才还救了你一命!"

这时亚阎露出吃惊的神情。他扬起一边眉毛,左右张望起来——在这一望无际的苍白大地,除了他们两人以外没有其他任何生命。然后他回望艾伊思塔。"你在跟我说话吗?"

艾伊思塔睁大了眼。"你这个忘恩负义的人!要不是我砍断那只狩的双腿,你早被它给吃了!"

"这位可爱的淑女,我当时已经在它嘴里找到了'核',如果不是你插手搅局,它早被我杀死了。"亚阎露出荒谬的神情说,"你可害我差点被压死,所幸我动作快,跳到那头狩身上。但之前劈开它好几排牙齿的努力全白费了,还得重新在它背后开个洞找'核'的位置。要是我被它的巨掌给劈到,现在就没办法坐在这儿跟你闲聊了。"

艾伊思塔张着嘴,愤怒地拎起自己的背包,在雪地拖着两条锁链准备离去。

"你的性子真急!既然你有我要的东西,而我也有你要的东西,我们不如就各取所需,正大光明的同行吧?"

他跟踪我果然有目的!艾伊思塔转过身,瞪着他问道:"你想从我身上得到什么?"

"啊,我思考了很久,还是想不透你怎么有方法窃取到'方舟'的资料。"亚阎用拇指钩起头巾,露出浅灰色双眼,"研究院里头塞满数千万份书籍文献,没有学者们的指点,根本不可能找得到。就算我直接去问,他们也不会答应交出来,我恐怕得砍倒好几名学者,还不一定能像你轻易拿到手。"

轻易拿到手?艾伊思塔在心里苦笑。被监禁于瓦伊特蒙好几年，才换得那片刻的机会。然而她并没有回应。

"所以，"亚阁说，"让我看看那些关于'方舟'的文献吧。"

"你别妄想！这些资料是我的！"她往后退了一步，本能地警戒着。艾伊思塔露出质疑的神情问道："你说你也有我想要的东西？我会需要你什么？"

头巾底下的双眸直视着她，亚阁将双剑入鞘，发出两道清脆的声响。"答案很明显吧？"他露出微笑，"我能让你活下去。"

御　风

　　俊单膝跪在雪地里。风吹拂着他的白发，以及垂于耳缘的单一发辫。白霜般的睫毛底下酝酿着某些思绪。路凯来到他身边，任由深黑色披风飘摆，双手抬起了防风镜。

　　俊摊开手掌，手中的雪沫里有尘埃般的蓝色粉末。"是狩经过的痕迹。"

　　其他队友也陆续从远方聚集过来。块头高大的戈剌图开口："西边的迹象不明显，但确实有大批狩群通过这一带。半天到一星期前都有可能。"他肩上披着雪狼皮，纷飞的绿发底下目光凶狠，整排狼牙覆盖着魁梧的左肩。

　　"我们往东边绕行。"路凯思考后，决定先朝东北角前进，避开不必要的危险后再转往西北方。于是他们再度动身。

　　六名奔灵者均穿着黑色的复合式披风，以及远征队专用的防风镜。黑色皮靴上捆绑着额外的护胫，加强他们的远行所需。

前方，一条浅浅的溪流切开了雪地。奔灵者们刮起雪尘，陆续腾跃而过。路凯忽然担心这可能是某条冰川的支流。果然，在行进一阵后，一个相当深的河谷出现眼前。它分裂了大地，宽度起码二十米。

"现在怎么走？"戈刺图呼喊。

"只能先沿着走，设法找对策了。"路凯对其他同伴说。

这儿的深雪底下没有陆地，冰面可能随时分裂。若有海水灌注进来，即形成所谓的冰川。要是掉进去，八成会落入冰面之下，冻死后尸体被洋流带往远方的无名之处。

他们沿着冰川边滑行数个小时，终于碰上一个收缩的河腹部地区。

然而河岸依旧太宽了，甚至足以容纳漂浮的冰山。那些披着白雪的冰锥就这样在水里挪动，从他们身旁缓缓漂过。

"照着我做。"脸上有道骇人伤疤的茄尔莫低声说完，突然往前奔。

他算好冰山漂过的时间及距离，跃上冰山倾斜的表面，栖灵板划开一道惊险的轨迹后跳到对岸。其他人立刻跟上，逐一跃过底下的鸿沟。只有不擅远行的愈师攸吕缺乏自信，险些跌入河里，所幸弓箭手埃欧朗伸出强健的手臂即时拉住他。殿后的俊是最后一个跨过河流的。

接下来的旅程，冰川出现的频率越来越高，众人必须不断绕路。

"海岸线应该就在附近。"茄尔莫探勘一阵，又找到一条路径，从远方朝他们挥手。

路凯望着茄尔莫滑行的背影，确实为他的灵活性感到吃惊。茄尔莫的雪灵能以超乎常人的速度疾驰，完全足以取代原本该加入的尤里西恩。这些来自探寻者支部的奔灵者对于周遭环境的细节有更敏锐的观察力，因为他们往往必须带着沉重的魂木与粮食返回瓦伊特蒙。现在看来，路凯真心对联合部队有信心，尤其为茄尔莫的加入感到欣慰。有他和俊在，前方的路径就不是问题。

这是路凯初次被任命为队长，绝不能让瓦伊特蒙失望。

并非团队中的每个人都亲眼见过"海洋"。

他们的面前出现一片钩形的峡湾，整片灰色海水对应着上方淤积的云层。几座庞大的冰山在海面静止不动，被无数座较小的碎冰群围绕着，宁静而安详。在如此毫无生机的环境下，眼前的景象却显得庄严肃穆。

六名奔灵者沿着海岸继续疾驰。他们必须在世界完全变黑的一两小时前就开始留意适合过夜的地方。远征的原则是，除非逼不得已，绝不在夜里摸黑行进。

而在所有人当中，俊拥有最多的雪地追踪经验。他时常脱队往远方勘察，且不时停下脚步，屈膝跪地检视周围的白雪，带回关于魔物行踪的情报。茹尔莫也时常游走在周围，其余四人则在一起紧密滑行，由路凯、攸吕为首，灰发的弓箭手埃欧朗和高壮的戈剌图两人殿后。

不妙的是，就在天空开始转暗时，他们发现脚下雪地分裂的程度加剧，似乎到处都是冰川。他们判断已进入碎冰带，也就是海面结冰情势最不稳定的非永久结冻带。这儿的冰域脆弱而难以预料，迸裂后再被海潮推挤合并的现象频繁。逐渐阴灰的云层给人强大的压迫感。

"太危险了，要先远离这一带。"戈剌图前后张望后说道。

路凯点头同意，开始带众人往地势较稳定的内部雪域行进。他们必须尽快找到歇息之处。

不出一阵子，路凯等人看见一座筒状的雪丘出现在雪原中央，他们决定在它脚下设置今晚的休息处。

攸吕这时以怀疑的口气问："这里的大地如此平坦，就只有这么一座雪丘，不是相当奇怪？"

"这应该曾是座冰山，"路凯回他，"它随着冰川漂流到此，两旁的冰域刚好并拢。河川消失同时，冰山的顶端被保留下来。不会有问题的。"

事实上他们别无选择。夜已降临，若不在此停留，众人必须冒险在夜里穿越整片雪原。

他们刻不容缓地在雪丘底下挖出深洞。戈刺图凭借出众的臂力，双手以栖灵板为工具，迅速将松雪一块块地挖开。然后他们拓宽地洞的空间，并用板子击压雪壁，塑造较坚实的墙。不出一阵子，能防风保暖的休息之地已完成。

路凯来到外头，趁世界尚未完全漆黑前拿出双子针——那是个手掌大小的圆形罗盘，中央被一根铁锥贯穿，像陀螺的形状。罗盘上有两个不同金属做成的指针，一根指向北方，另一根则指向学者们称为"绝对磁极"的方向，也就是太平洋的正中央，传说中"白岛"所在之处。

俊由附近巡视归来，将栖灵板停在路凯身边。"这一带应该是安全的。"他掀开斗篷，摘下防风镜并松开飘扬的白发。"双子针的角度是多少？"

路凯等两片指针停定后才说："39.3。"

俊思考了一会儿："我们的行进速度似乎比想象中要快。"

"嗯，已经好几天没碰上狩群。"路凯把双子针收了起来，微笑道，"多亏了你和茄尔莫，否则我们的行程不会如此顺利。"他开始考虑，若这次任务能成功，或许可以借此为典范向长老们建议，多多组织跨支部的任务。

"但明天起，我们还是必须回到海岸线，紧贴着前进。"俊说,"要是错过'45度角的关口',我们就必须绕远路,从西边折回所罗门。"

"所罗门位于59.7度的地方……"路凯在心里算了算,"确实,要是得从它的西边绕行,我们还得多花五六天的时间。"

"最好心理准备,沿岸碎冰带的情况可能会越来越严重。"俊说。

路凯点头,想起以往的远征经历。"这儿的情况一直如此,尤其子辐线37度和45度之间的冰域。前往澳大利亚的远征小组都必须硬着头皮挨过两三天这样的地形。"

距离天空再度明亮还有十四个小时左右。戈剌图提议除了攸吕之外,他们五人各自守夜一段时间。然而埃欧朗却自愿负责整个黑夜的前半段,以及早晨初临的那段时间。他告诉其他人,这里地形的守备最适合狙击手,而且自己习惯的睡眠时间仅五小时。于是埃欧朗扛着弓,徒手爬上高耸的雪岭。他戴着内衬绒毛的金属手套,有力地向上攀,直到他只身站立于半山腰某个凹陷处,把那儿当成守夜者安身的岗哨。

路凯跟在他身后,也爬上半山腰的守夜之地,想做最后一次的地形环顾。他看见狙击手已裹起披风,倚着栖灵板而坐,长弓揽在怀里。埃欧朗并打开箭筒,让木箭适应周遭冰冷的空气及湿度。

路凯来到他身旁,凝视着前方。原来的苍白大地现在已被无尽的黑暗吞蚀。"任何时候觉得困倦,别犹豫,立刻叫醒我。明天的路程会比这几天费力得多。"路凯说。

埃欧朗似乎迟疑了一下,然后点头。

"这几年来我学到最重要的一件事,"路凯笑着说,"就是远征任务的成败,是由睡觉时间决定的。"

狙击手也笑了。路凯挥了挥手,然后谨慎地走下岗哨,留下埃欧朗一人镇守。

隔天,是他们面临团队默契的首次挑战。

起初奔灵者不断往西北方推进。路程和预期一样,每隔一段距离就会遇上诸多纵横交错的冰川,阻碍他们的行进速度。雪片不断从空中落下,形成一道薄幕。他们提高了警觉。茄尔莫也缓下速度,不再肆无忌惮地奔驰。

俊仍在前方不远处,蹲下身子检视雪地。忽然他抬起头,开始滑行到几个不同的位置,以长枪挖开白雪,似乎在翻找什么。路凯感觉得出来他的动作带着急迫。

俊的白色眸子盯着前方某处,对追上来的伙伴们说:"狩就在这附近。"

戈剌图和茄尔莫立刻拿出武器,埃欧朗也卸下长弓。只有攸吕那半闭的双眸之下,神情明显紧张起来。

众人的前方是片隆起的陡坡,宽度延伸至视线可及处，两端没入雪幕里。这是冰域相互撞击所造成的地理突起。他们看不见陡坡的另一边有什么，但知道必须跨越。俊拎起长枪，独自滑上坡道，然后放低身子，趴在坡顶边缘。过了一会儿他举手示意，路凯等人才小心翼翼跟上去。

他们朝底下窥视。白色峡谷里有数条浅浅的小溪流过，雪花不断飘落在四周。俊先指向自己的防风镜，然后指向底下某处。他们的视线跟着挪移——成群的狩聚集在那儿，苍白的身影与背景近乎融合，在风雪中纹风不动。

攸吕说："看那样子，它们似乎正在歇息。"

路凯算了一下，有二十来只。他估量了一阵。

"要绕道吗？"戈剌图拉开防风镜发问。

路凯的语气却透露出一股前所未有的危险："不，我们动手突袭。"

在他的指示下，六名穿着黑色披风的身影静静地分散开来。埃欧朗选择了离狩最近的狙击位置，其他人也做好准备，藏匿于坡顶各处。现在，他们拥有突袭的优势。路凯对埃欧朗比了个手势。

狙击手以柔顺的动作抽出一支箭，架上长弓，然后无声地拉至耳缘。虹光像是飘摇的丝线，从栖灵板浮出、盘绕他的身子，然后沿着手臂来到弓前，最后汇集在银色的箭镞上。彩色的光波酝酿，愈渐稠密，像有无数触手在箭尖缓缓飘动——直到埃欧朗松开手。

放出的箭带着光波穿越风雪，划出一条炫目的轨迹朝底下的魔物而去。

箭锋埋入狩的胸口瞬间，它喷散开来化为雪沫。绽放的虹光也波及两旁的魔物，在它们身上烧出伤痕。然而它们并未死去，躯干吸取周围的雪急速复原。魔物群中接连发出怒吼，它们似乎惊慌地醒来了。

但奔灵者们早已动身，由斜坡倾巢而出。第二支光箭由路凯的身旁飞过，贯穿前方的两头魔物。他回首看见埃欧朗暴露出自己的位置，矗立在雪坡顶端。虹光不断从埃欧朗的脚下扬起，仿佛整块栖灵板正在燃烧。身为狙击手的基本条件，是雪灵必须拥有良好的"抗缚性"——它可以将自身的一部分切割出去，附着于远程兵器上。然而埃欧朗似乎更胜一筹，每支释放的箭都能对数头魔物造成伤害。

箭影持续在风中呼啸，底下的奔灵者们挥出武器，带着虹光杀入整群魔物之中。

披着雪狼皮的戈剌图，自己仿佛更像头猛兽，他操起双刃长枪发出战号，劈斩眼前的魔物。路凯闪过某个挥来的巨掌，精准划开狩的身躯，瞥见里头的"核"。那是如冰晶般坚实、闪烁着蓝光的不规则形体。他转身扫来长枪另一侧的刀刃，魔物在核被击碎的同时炸开。

茄尔莫露出诡异的笑容，左右手各持匕首。他虽无法在混战中有效击杀魔物,却以超乎常人的速度穿梭在狩群之间,混淆它们的攻势。

"俊!掩护攸吕!"路凯在数头狩的包夹中呼喊。

远方,愈师攸吕在千钧一发之际避开狩的利爪。然而它们紧追不舍,胸前裂开血盆大口,整圈冰色獠牙朝外弯。攸吕的手上并未握有任何武器,但他仍转身应战。数条光波由他的栖灵板放射出来,扭动的形体像是远古世界的巨蟒。光波接连击中奔来的狩,在它们身体上烧出创伤,却不足以致命。攸吕咬紧牙关,加速放射蛇影般的虹光,集中攻击离自己最近的那只魔物,终于将其击溃。然而它所化成的雪沫尚未散去,更多狩已嘶吼着来到眼前。

长枪锋芒闪现,劈开狩的身体——俊已赶到愈师身边,发光的枪刃随着扭转的身躯扫动、劈砍,然后他再次利落地折回,接连斩杀两头魔物。攸吕也跟了上去,在他身边施放灵蛇般的光波,两人合作迅速歼灭身旁的狩。

路凯从另一边赶来,与俊、攸吕会合。他们不断拨开聚拢过来的魔物躯干,设法瞄准胸腔中的"核"。但面临敌人的包围,以及魔物那结实且不断复原的身躯,要一刀击毙一头近乎不可能。路凯不自觉地想起总队长亚煌——亚煌大哥带领着自己突破上百只魔物包围,却每一刀都落在敌人的弱点置其于死地。

我是队长了,我也要成为像他那样当之无愧的领袖!

路凯心想，集中精神看见谷中剩下七八头魔物。他举起长枪示意伙伴们朝另一边的斜坡突进。"戈剌图！"路凯呐喊。

"交给我吧！"高壮的奔灵者滑向敌阵外围，栖灵板释放出光波，在雪地留下一道弧状的彩影。其他人陆续脱离战场，往斜坡上行进。弓箭手埃欧朗也已越过谷地，迅速拾起雪地里的箭跟上他们。此时，戈剌图已绕过狩群的边缘，带出一条半圆形光影于地面。他再加快速度，切上斜坡后再下滑，即将完成整圈轨迹。

狩朝他奔来，但戈剌图快了一步——

当雪地上的光轨连接成密封的圆，惊人的事发生了。彩光交错，席卷圆阵中央。里头狩群的躯体开始崩解，迅速遭到侵蚀——白雪所凝聚的躯干受到虹光袭击，碎裂、腐化，暴露出体内冰蓝色的脊干。但那仅只一瞬，下一刻它们便成群爆裂。

路凯看见戈剌图停下动作喘息。壮汉望了一眼重新回归宁静的峡谷，露出满意的笑容，然后跟了上来。

芬　澜

　　不安的感觉萦绕在艾伊思塔心中。亚阁已经离开数小时，尚未归来。

　　庞大的冰架底下有个天然洞穴，艾伊思塔就躲在里头，用灰色披风裹身，并紧抓着披风边缘的雪狐皮。她将脸埋藏在围巾下，只露出碧绿色的双眼，无神地看着洞口飘散的雪花。

　　她至今依然无法信任亚阁，他总是放荡不羁的模样，而且从未告诉艾伊思塔他找寻"方舟"的动机是什么。这正是她坚持不给他看研究院资料的理由……然而，无论怎么思考，合乎逻辑的答案都是她需要亚阁在身边。她的判断力告诉自己，对方说对了一件事——艾伊思塔无法在这片广大的雪地里独自存活。如何猎食，如何找路，如何面对暴风雪与躲避狩群的追击，这些她全都一知半解。当初一股冲动而出走，现在想来自己也不可思议。若非亚阁的出现，或许她早已成为雪地里的硬尸。

然而,亚阎出去找食物却迟迟未归。艾伊思塔环抱着双腿,压抑焦虑的情绪。

如果亚阎抛下她离去,那么她应该继续去寻找"方舟"的位置?还是折返回瓦伊特蒙,面对长老们的制裁?或者……她是不是该前往自己的出生之地所罗门群岛?

洞口喷溅一摊雪花令艾伊思塔眯起眼。某个平滑的物体在洞穴边缘出现,让她差点惊叫出声。艾伊思塔反射性地解下手腕上的锁链,才看见亚阎的身影。

他单肩扛着一片巨大的东西,乘着栖灵板缓缓滑入洞穴,然后将那东西扔在地上。它看上去像个十分奇特的生物尸体,有扁平的身躯和长长的尾巴。

"你……你为什么这么久才回来!?"

亚阎用拇指勾起头巾边缘,双眼直盯着她,一脸莫名其妙地说:"我不是说过要去找些吃的?"

"你明明说自己'去一会儿就回来'的!"艾伊思塔怒道。

亚阎愣了一下,然后露出讽刺的笑容:"原来如此,我懂了。"他不慌不忙地将身上的白雪拍掉。"你以为自己还在瓦伊特蒙,只要等待钟声响起,跟着居民排排队就能领到午饭吃?"他没给艾伊思塔回答的机会,接着说:"我才不过去了几小时,算挺快的了。你有过独自在雪地里,整整三天捕猎不到任何食物的经验吗?"

"我……"艾伊思塔哑口无言。

"我猜也是。"亚阎笑着瞥了她一眼,然后抽出匕首,蹲下切割猎物,"你八成是太饿了才有这种反应。喏,算你幸运,这种'魔鬼鱼'相当少见,肉质可棒了。"艾伊思塔盯着亚阎弯曲的身子,这才看见他脚下的栖灵板似乎正隐隐发出微光。艾伊思塔惊然发现他的双腿、肩侧都湿透了,衣服上更有严重的结冻痕迹。

"你身上全湿了……"艾伊思塔犹豫地说。

"啊,这是必然的。小事。"他回答得如此自然,令艾伊思塔不知该说些什么。亚阎的雪灵正在温暖他的身子,虹光轻抚着湿淋淋的衣服,光波从交融的七彩色调缓缓转为黄褐色。

如果不是奔灵者,普通人可能在数分钟内已冻寒而亡。亚阎似乎丝毫不在意,递给艾伊思塔一片肉。

"这种鱼在我们的居处一带并不存在,这下我们有口福了。"亚阎说完,艾伊思塔投来怀疑的眼光。"尝尝看吧。它的味道很特别,你可能吃一口就会上瘾。"

艾伊思塔接过来立刻咬了下去,她无法否认自己的确很饿。鱼肉本身泛着咸味,底下却有股她不太熟悉的气息,仿佛来自世界的深处。口中的肉非常鲜嫩,散发淡淡的香甜,在瓦伊特蒙配给的鱼肉完全比不上这个味道。她瞄了亚阎一眼,他也津津有味地品尝着。看着他那湿透的身子，艾伊思塔不禁对之前的行为感到内疚。

将食物送入口中的满足感，洗净了脑中的忧虑。她想起亚阁之前说过的一件事。

"你说……你并不在意'恒光之剑'是否真的存在？"艾伊思塔边吃边开口问道。

亚阁咽下自己口中的鱼肉，耸了耸肩："是啊，类似的传说到处都是。我没什么兴趣。"

"你不想亲眼见到'阳光'？"

亚阁笑了一下："你不想亲眼看看在我们脚底千百米的冰层底下，那些漂动的海流？"

艾伊思塔皱眉。她不确定亚阁的话是什么意思，但反问："那你到底为什么想找到'方舟'？"

"你又为什么想要找到'恒光之剑'？纯属好奇，对吧？"

艾伊思塔感到十分恼怒，这家伙老是以问题挡开她的问题。她提高音量回说："你难道不晓得？三长老之间的冲突太严重了，搞得瓦伊特蒙形同分裂。如果我能带回传说中的阳光，或许瓦伊特蒙就会团结起来！"

亚阁嘴叼着鱼肉，先愣了半晌，然后给了她一个戏谑的表情。"这位可爱的淑女，敢问你是在说笑吗？"

"我——"

"就算你找到'恒光之剑'把带它回瓦伊特蒙，你认为可以改变什么?"亚阎耸耸肩,"人们的心态没做好准备,突然接收到那样的东西,只会让他们的意见更加分歧。"

"……我只是说着玩的!"艾伊思塔羞红了脸,"我只是……想亲眼看看那柄保存住'阳光'的剑,到底是什么样子。"她不可能承认自己踏上这次旅程之前,什么也没想明白。

"这理由可以啊。但我劝你先做好心理准备。旧世界的文献说阳光是所有生命的起源,以及创造世界的力量,对吧?如此强大的存在,你觉得有任何东西能'捕捉'得了?更不用说完好保存五百年到现在,那全是无稽之谈。"

艾伊思塔感到诧异。她以为所有人都应该与自己一样,一旦知道"恒光之剑"很可能真的存在,会难以克制兴奋。然而在她眼前却有个漠视这一切之人。"总队长亚煌带回来的文献,已经证明'恒光之剑'不仅是传说!首席学者解读过那些资料,知道它的所有构造——"

"别说笑了。你晓得那些学者说错了多少事情?"亚阎又用嘴撕下一块鱼肉,嚼了几口后说,"举个简单的例子吧。几百年前就是研究院彻底反对在地底下栽种植物,说什么植物只能在地面存活,不能浪费种子。等到暴风雪让人们在地面的努力全白费,死了不知多少人,当时的长老才下令开始在地底洞穴尝试大规模的栽种。"他近乎鲁莽地咽下一大口食物。"如果当初什么都听研究院的,今天瓦伊特蒙根本不会有亚麻田可收成。"

"你这么说根本是以偏概全。"艾伊思塔反驳,"研究院收集了许多旧世界的知名文献!那些是远古人类世界的瑰宝,数千年来的智慧结晶!"

"数千年来的智慧结晶?"亚阁放声笑,"啊,旧世界那些最有知识的人们预测的事,又有多少真正发生了?他们说一旦'阳光'离去,所有生命都将灭亡,所有植物会立刻死去,但他们不知道某些植物在"转白"后依然存活。他们说人类无法适应冰雪世纪,但他们不知道我们的体温适应了,比远古时期的人类更低,连皮肤、发色都已变了。他们更是从来没预料到'雪灵'的存在。"

"你……"艾伊思塔再次不知该如何与他争论。

"当旧世界所依赖的,那些他们称之为'电'和'火药'的法术对抗狩群全部失败,他们又预言世界要灭亡了。"亚阁将手叉在腰间,笑着摇了摇头,"然而他们根本想象不到会有'奔灵者'出现。旧世界的人们自以为了解世间的一切,坚信所有文明在冰雪世纪终将毁灭。"他哼了一声,笑容锐利得像刀刃。"但他们从不知道仍有人不屑那些自以为是的逻辑。祖先们勇于对抗命运,因此瓦伊特蒙活了下来。"

艾伊思塔的内心一阵纠结。亚阁的话确实有理,但她总觉得哪儿不太对。她想寻找"恒光之剑"的理由,或许只是想知道自己仍有可以追寻的事。或许她唯一需要的，是希望。就像瓦伊特蒙的居民会对阳光祈祷，追寻那股从未见过的创世之力，也是因为他们需要希望……亚阁的话却让她怀疑自己的愚蠢。艾伊思塔抿着唇，想回嘴却找不到话说。

"如果你认为找到一柄剑就能改变一切，你最好重新思考一下。"亚阁说，"与其去相信根本没目睹过的东西，不如靠自己。"

艾伊思塔抬起头，怒视着亚阁。她相信拥有值得追寻的信念，人类才有生存的动力。她无法忍受亚阁竟然会如此奚落"恒光之剑"的存在。"原来你是个缺乏信仰的人。"

她很严肃地说出口，亚阁却被此言逗得笑出声来。"缺乏信仰？你错了，我当然有信仰，而且我可能是你所见过的人当中最虔诚的——我相信自己。"

亚阁割下数片鱼肉装进背包中，将剩余的丢弃在洞穴里。

"等等，这鱼还有一大半啊，全浪费了！"艾伊思塔说。

"我们带不走这么重的东西。"亚阁重新绑好头巾，低得几乎遮住双眼，然后他围上围巾，拉起兜帽。"我背包里的肉大概可以让我们撑个两天，之后我再猎就行了。"

风雪静止的大地给人一股意外的清冷。亚阎拖了一条长长的轨迹,把剩下的鱼身甩到一面广大的结冻湖泊的边缘。

"为什么要这么做?"艾伊思塔边戴回手套边问。

"冰域地形改变时,最先迸裂的就是这种湖泊的表面。"亚阎说,"水上水下,都可能会有生物需要觅食。"

艾伊思塔看着他,有些讶异。亚阎调整好披风和双剑,看了一眼双子针,然后悠哉地站在栖灵板上,眯着眼仔细端量冰湖的彼岸。

"我们先往西南走。"亚阎指向左侧,准备动身。

"等……等等,西南边?"艾伊思塔说:"方向不对吧?"

"前方会出现很多冰川,碍事。有你在身边还是花点时间绕行,保险一点。"

"你……"一股气卡在艾伊思塔胸口,她硬压了下去。然而她盯着远方许久,根本没看见雪地有任何龟裂的迹象。"你怎么晓得我们会遇上冰川?胡乱猜的吧?"

亚阎再次挺直身子,叹了口气。"你看仔细。"他指向湖泊的北面某处。"有段湖岸的颜色不同,看见了吗?它的弧线比周围都要低一些。"

艾伊思塔花了些时间才辨识出来。亚阎告诉她:"这是夜间的风造成的。深夜冰原的空气比海面更加凛冽,为了释放压力会往海的方向吹拂。另外,湖表面的雪纹有结霜的痕迹,代表这一带的风比之先前的湿暖一些,也代表往那方向行进,整个冰域的面积都在缩减,地势会越来越不稳定。那么,海岸线在前方,冰域在缩减,我们脚下又没陆地,所以往那方向去——会有很多冰川。"

艾伊思塔直愣愣地盯着他:"你从一个湖能看出这么多东西?"

"你要懂得观察,雪地上许多东西都能帮你指引路径。走吧。"

他们奔驰在无尽延伸的白色大地,栖灵板在身后刮出两条蜿蜒的雪波。

要追上亚阎的速度相当不容易。他的动作轻如疾风,身影切开飘落的雪。艾伊思塔感觉到亚阎有时会缓下速度,确保她能跟上,然而这对她的身体依然是严重的负荷。不出一阵子,她的双腿渐渐麻痹,大腿肌肉紧绷,小腿腹异常疼痛。但艾伊思塔一声不吭,她不想再让亚阎有嘲笑自己的理由。

几个小时后,他们在一个地势相当高的雪脊上休息一会儿。从这里得以俯瞰前方数百里。

结冻的冰丘被白雪覆盖,蔓延开来,像夸张起伏的波浪,夹杂着纵深无比的裂谷。亚阎告诉她,他们目前在澳大利亚大陆附近,再过几天会抵达旧世界的新几内亚一带。

亚阎望着手中的双子针,问艾伊思塔:"我们的目的地,是在亚细亚大陆的边缘对吧?"

艾伊思塔点点头,从衣服里取出装水的皮囊,立刻畅饮了一大口。她感到愤怒,那家伙竟然滑了这么长一段距离才让她休息!

亚阎打量着女孩的身体:"你滑行的动作还是带有太多犹豫,果然缺乏训练。"

艾伊思塔不可思议地望着他。他八成不晓得她一辈子都被长老们监禁。"那你自己去啊!我们各走各的!"她气冲冲地说完,从背包中取出自己的双子针,直盯着上头的角度。她受够了,自己旅行就不用受这么多气。

"这位可爱的淑女啊,你是认真的?"亚阎说,"你以为只要握着双子针,就能找到你想去的地方?学者们解读出来的方舟位置,你完全看得懂?"

"我当然知道!"一股怒火从她胸口升起,"方舟的度数是96.9度,在整排群山的最北端——"她忽然闭起嘴,却发现为时已晚。

之前只告诉亚阎方舟大概的方向,并未透露双子针的角度。因为他一旦知道了,便不再需要她。

"原来如此。"亚阎的双眸隐藏在阴影底下,突然露出阴险的笑容。他立刻起身,调整脚下的板子准备离去。

"等……等一下！"恐慌从艾伊思塔心底升起，她下意识地拉住他的披风。"你……你走了我怎么办？"她紧抓亚阖，若是他想抛下她，艾伊思塔决心扯烂他的披风，至少让他冻死在雪地里一起陪葬！

亚阖忍不住再度笑出声来。他转过身说："我是闹着玩的。原来我走了你还是会紧张？"

"我才……才没有！"

亚阖望着艾伊思塔绯红的脸颊一会儿后，慢慢收起笑意。"听着，艾伊思塔，我们离瓦伊特蒙已经非常远，现在只有彼此了，你必须试着信任我。"他停顿了一下，轻声说："我必须知道那些资料究竟写了些什么，否则我们很可能会身陷险境。"

艾伊思塔没有作声，但清楚他所说的是事实。如果亚阖真有意思独吞关于方舟的资讯，大可直接夺取，她根本无从抵抗。然而顽强的自尊心让艾伊思塔拒绝成为亚阖的跟班；她手中握有的资讯，是唯一能使两人在平等基础上争辩的筹码。连这都给了亚阖，她就只能对他言听计从了。于是，艾伊思塔想到一个解决方法："那么换我带路，你跟着我走。"

亚阖的双眼睁得老大。"太好了！"他神情夸张地说，"果然你已经被冻得精神错乱了。我没想到来得这么快。"

"为什么不行？我知道方舟的角度，也读过文献里的地理描述!"

亚阁叹了口气。"我刚才不是说过了?光靠双子针角度是到不了方舟的。就算你对文献倒背如流,也不一定找得到它的精确位置。你连基本的雪地观测尝试都没有。"他挥了挥手。"96.9只是子幅线的度数,你有可能沿着它找到方舟,但如果'方向'错误,也有可能一路跑到世界彼端的'地中海'去。"

艾伊思塔倔强地白了他一眼。亚阁缓下语速,静静向她解释:"你应该知道旧世界有许多魔法能精准找到所有的地理位置。他们世界的夜空不是一片黑暗,而是遍布着指引道路的光点。他们还拥有名为'日晷''分仪'的法宝,能以光影知道一切。旧世界甚至有种翱翔于天际的魔法之眼,时时刻刻捕捉大地的模样。所以远古的地图才如此精确。"

艾伊思塔盯着他。这些应该是学者们才拥有的知识,亚阁却能轻松道出。他究竟是谁?

亚阁的目光扫向覆盖整个世界的白雪。"你懂了吗?所有对远古地理的描述,都是在那些前提下撰写出来的。但现在的世界面貌已完全不同。单照着古文献去寻找地点是非常危险的。否则为什么远征队在过去必须牺牲那么多人,才得以发掘一座遗迹?"

艾伊思塔沉默。她这才意识到,或许自己把事情想得太简单了。她一直以为单凭长期观察学者们和奔灵者的交谈，自己也能轻易做到……

亚阁捂住脸，不可置信地摇摇头。"看，你连这些都没考虑进去。窃取到研究院的资料，竟然就自己一人想攻克亚细亚大陆。"他挤出无奈的笑容。"我打从心底佩服你，真的。勇气可嘉。"

艾伊思塔觉得自己的脸再度热了起来。她赶紧转口问："如果双子针的角度不足以当成指引，那我们该怎么办？"

"双子针确实很关键，这毋庸置疑。"亚阁掏出手掌大小的圆形罗盘，放在两人视线中央，"这两根指向'北方'与'白岛'的针所形成的角度，得以让学者们在地图上做揣摩，串联起同角度的地点，画出从白岛向外放射360度的'子幅线'。"

亚阁接着说："但理论谁都会说，成功找到目标地的理由却复杂得多。想去一个没有任何人到过的地方，还需要配合其他的知识和观摩，以及最重要的环节——也就是奔灵者长年在外头闯荡的经验。"头巾阴影下的灰色双眸隐隐发亮，直视艾伊思塔。"雪域的地理环境多变且难以预料，远征累积而来的直觉，往往才是成败关键。"

艾伊思塔低下头，望着男子腰间的两柄剑鞘。许久后，她卸下背包，从里头取出一个铁制的卷轴筒，伸手交了出去。尽管她的动作已屈从，那双清澈的碧绿眼眸底下，依然燃烧着顽强的意志。

亚阎的目光停在卷轴筒上许久，却没接过手，只露出浅浅的笑容说："你先带着，等到我们找到过夜的地方再让我看吧。"他走向崖边。"喏，看那下面。"

艾伊思塔来到他身旁。正下方是个宽广的峡谷，至少有百米深，各种奇形怪状的雪架交错层叠其边缘。更远处才是平坦的低地，白雪整片铺了开来。

亚阎指向远方平原上一座非常渺小的冰丘。"看见了吗？假设你现在必须通过这峡谷，前往那座冰丘，你会选择哪条路径？"

你在藐视我吗？艾伊思塔心想。眼前的答案再明显不过。左下方有道依附在雪壁上的冰脊，能让她从侧边绕过峡谷往左走，直接通往平地。她说："当然往左边。从其他地方下去，绝对摔得死无全尸。"

"错了。"亚阎道，"这就是你的习惯模式，一成不变。你的眼睛总是惯于捕捉那些明显连贯的路径，因此这对你的敌人而言也同样容易。在战斗的情况下，你必须让自己难以捉摸。尤其当背后有上百只狩尾随。"

艾伊思塔皱起眉头："你在说什么？从这里下去并没有别的路啊！"

"跟上来。"亚阎丢下这句话，然后驾着栖灵板往后移动一段距离。艾伊思塔惊讶地看见他飞快地往悬崖的右边冲去。

亚阎腾空时,划开一条优雅的抛物线,落入看似无止境的深谷。艾伊思塔倒吸一口气,心想他死定了!男子的身影逐渐缩小,披风在身后飘扬。突然她看见一摊雪沫被激起,亚阎奇迹似的停止在半空。

艾伊思塔简直不敢相信自己的眼睛。看仔细后,她才发现亚阎竟落在一道冰架上,从艾伊思塔所站的位置望去有视觉的误差。她根本没想过那冰架会正巧与亚阎飞跃的轨迹交错。现在,亚阎正朝着她挥手。

艾伊思塔惊愕地想着:不可能的,我不可能做得到!

此时却有另一个声音自心底深处响起——因为我仍被监禁。

艾伊思塔总认为自己拥有一颗冒险进取的心,告诉自己以此骄傲。即使长年被监禁在瓦伊特蒙,无人能阻止她想探索广大地底网络的好奇心。她总认为自己与其他人不同,只有她有勇气踏入瓦伊特蒙每个黑暗的角落,只有她敢摸索每一条蜿蜒的隧道,只有她肯探索隧道连接到三百多个洞穴中的哪一个。她自认为没有任何人比她更有探索世界的欲望和勇气——直到她遇上亚阎。

和他的境界比起来,自己就像个顽固的孩子。

"如果就在这里止步,那我……永远只是那个被瓦伊特蒙禁锢的小女孩。"艾伊思塔的心在挣扎。然而意识到自己的决定之前,她已听见脚下的沙沙声——栖灵板正刮着雪地,缓缓向后移动。艾伊思塔若有所思地看着手中珍贵的铁制卷轴筒,片刻后,将它塞回背包里。

她深吸一口气,望着崖边的白雪以及前方的铅灰色天空。她的双眼眨也没眨。

然后往前奔去。

御　风

栖灵板飞跃于空中，风声在耳边不断呼啸，脚下白色的大地迅速飞到身后。

路凯从一道垂直的峭壁落下，着地时雪沫四溅，压出深沉的声响，他丝毫没有停止，继续向前滑行。更多身影划过空中，落地后自后方尾随，聚集在他身边。

六名奔灵者已在数天前经过子幅线的"45度关口"——那看似无止境的雪地，绵延数百里，却是前往所罗门必经的地理枢纽。在那儿，路凯等人改变行进方向，转往东北方绕行。只要绕过一整片海域，就能抵达所罗门。他们将海岸线保持在左侧的视野内，确保无论地势如何变化，他们的行进路线不会有太大的偏差。

在这趟荒凉的旅途中，他们看见冰架崩裂，听见它落入海水的声响撼动了整片宁静大地。他们看见某种奇特的鸟类独自拍打着细长的翅膀，翱翔在阴灰色的天空下。形状奇特的冰山带着淡蓝色调，浮于阴暗海面上。

在这里，风是静止的。整个世界只有六名奔灵者渺小的身影，以及栖灵板不断掀起雪浪的声音。

沿着左侧的海岸线朝东边行进，双子针的度数开始递减。几天下来，从44、43度，降至42度。

终于，崎岖的西海岸开始有左弯的倾向，引导着他们前进。双子针的角度也再度开始攀升。众人知道他们的所在地是位于南太平洋海面的冰域，脚下的新雪松散，正午稀薄的海风带着远洋的湿气逆向飘来。联合部队从未松懈，以极快的速度向前行。

驾驭栖灵板滑行的方式取决于兵器种类、个人习惯，偶尔也取决于雪灵。

多数人习惯以左身朝向行进方向，左撇子的俊则以右身朝前，长枪拎在身后，三枚交错的银制别针紧系于左胸，像个雪纹般的徽章别在披风交叠处。

另一个例外是愈师攸吕。他曾接受的训练使他有双向滑行的灵活性，雪灵形成巨蟒可由两个方向释放出去。而他身为愈师的能力尚未得到发挥，路凯却为此感到庆幸。

这阵子以来，他们在路途中数次遇到狩群，六人的作战默契越来越好，成功击溃敌方。"破荒蛮子"戈刺图的爆发力每每令人吃惊，战斗时毫不保留地释放出雪灵的破坏力，却仍顽强地跟上团队的行进速度。要换成别人可能得休息好几天才能恢复，代表他雪灵的"灵力复苏性"非常强健。而最令路凯感到诧异的是狙击手埃欧朗，他对战场的判断力远超乎所有人预期，迅速成为攻击主力。埃欧朗总能挑出关键的击杀目标，掩护伙伴的同时瓦解狩群的阵势。俊和以往一样承担探路职责，在遇上敌袭时才退到路凯左后方，保护他作战时的盲点。

团队里唯一的问题是，不知何时开始，俊和茄尔莫对路径的判断意见时常不一致，甚至有指出完全不同方向的情况。

有次当众人在讨论该做出什么选择，路凯留意到肩披狼皮的壮汉独自站在一旁，眼神眺望远方。似乎有什么事困扰着他。"戈刺图，怎么了？"路凯询问。

"几年没来这一带，空气的味道和地形的样貌都和记忆中不同了……"壮汉说。

路凯点头同意。环境中有些东西已改变，但他还说不出为什么。"我会再盯紧双子针的度数。"

夜里，奔灵者聚在新挖凿的雪窟里。上方的风声像是低沉的哀号，时而转为厉声咆哮。

路凯拿出一份地图，摊开在虹光之中。这是一份副本，研究院依总队长亚煌带回来的地图所重制，并根据几世纪以来积累的知识写满了备注文字，画上学者们推测出来的子幅线位置。

除了路凯和戈剌图,其他人全是第一次来到这么远的地方。路凯对他们说:"我们已经进入远古时期被称为'美拉尼西亚'的地带。所罗门群岛就位于这儿的中心,估计再五天左右抵达。"

戈剌图的嘴里含着自己的银制别针,目光扫过对远征尚不熟悉的同伴们,以浓厚的口音说:"在这里,冰层底下是腹中流有火焰的山脉。它们时不时会露出一部分在地面,能见度高时也能看见。我们多半把它们当成路标。"

路凯点了点头,补充道:"远征所要覆盖的距离广阔,戈剌图和我的工作就是寻找这些大的地标,好确认方向无误。"来自探寻者支部的俊和茄尔莫通常滑在前方探勘短期的地形风险,来自远征队的路凯和戈剌图则稳定地待在部队后方,得不断做出远程判断。要是判断错误,短则白费数小时路程,长则数天。

攸吕那双异样的眸子反射着光波,轻声问:"但你们远征队是如何区分地标的?那些岛屿周围的海水已结冻数百年,落雪更模糊了冰域和陆地的界线。"

"所以难度相当高。"路凯回答他,"但仍有方法分辨出来。记得我们前天行进的雪山带,到处是暴露出来的岩壁对吧?那些暗色纹理,是我们称作镁铁的矿物,这一带只有那座岛上有。"他指着地图上的一座岛屿。"因此大概率那儿是旧世界的'新喀里多尼亚岛',是前往所罗们的必经之地。"他又解释说:"判断路途所见和哪些已知地标的特质一致,就是远征队的工作。当然有些凭经验,有些得靠研究院的理论。然后再与行进的天数、双子针的角度进行比对,找到正确路径的概率还是颇高的。"

攸吕、埃欧朗等人都有些吃惊。守护使和探寻者两支部对自己的管辖地域已熟透了,或许难以想象远征队所面对的不确定性。

攸吕更是看着地图许久沉默不语。后来他说:"我由于眼疾的关系,这几年没有离开瓦伊特蒙太远的距离。"

"没事,"路凯说,"我们需要你的能力。而且经过这次任务,你也拥有远征的经验了。"

攸吕露出浅浅一笑。

"呵呵……"茄尔莫在这时出了声。浮动的光波把他脸上的疤痕照得格外诡异。"听起来,你是个相当称职的队长嘛。"

茄尔莫的语气似乎有某种言外之意,令路凯有些许不舒服。但路凯仍对他微笑。

居住在瓦伊特蒙的人类,外貌上无论是灰薰裔或翡颜裔,血液中几乎都混着这两种血脉。阳光离去后的五百年是段相当长的时间,人群通婚已呈常态,不同的只是血统比例的多寡。甚至有学者认为,灰薰裔偶发的纯白发色,就是受到翡颜裔的血脉刺激后的突变现象。

但有少数人口，巧妙地以完全均衡的比例继承了这两种血统。这从外观就能立即分辨出这些人——茄尔莫就是其一。毛发是独特的墨黑色。瞳孔深黑，外围却被一圈淡淡的绿光环绕。

但路凯在瓦伊特蒙生活这么久，却从不认识茄尔莫。他甚至不知道奔灵者里头有这号人物，直到桑柯夫长老派遣他入队。

"路凯，你想过我们抵达所罗门时，要如何传达来意？"俊说话打断他的思绪。

回答的却是戈剌图。"对方应该会有奔灵者在居处外缘守备。"壮汉懒洋洋地靠着冰墙，"到时候，让他们帮咱们传话给所罗门的六大族长吧。"

路凯点头同意，但的语气变得严肃："重点是，无论发生什么事，我们绝不能展现敌意，必须立刻让他们知道我们是带着善意而来。"他环视身边的伙伴们，目光接触每个人的眼睛。

只有一个人低着头，似乎在沉思。

"茄尔莫。"路凯说完，两人四目相接，茄尔莫才微微点头。

戈剌图似乎想起什么，双臂交抱胸前皱起眉头。"我一直有个疑问。我们两个文明数百年素不相识，却都拥有奔灵能力,知道怎么驾驭栖灵板……这怎么说得通呢?"

人们交换视线,似乎没想过这问题。此时一直沉默不语,在一旁擦拭着长弓的埃欧朗开口了:"我的堂弟在研究院,曾说学者之间流传着一个传说……"

他们望向他。

"居住在远方亚细亚大陆上的人们,数千年来在那片广大的土地上对骑术有深刻研究。他们驾驭着各种远古生物,奔走于大陆。"埃欧朗的声音深沉而有力,"冰雪世纪降临时,是他们率先发现雪灵的存在。"

"我也听过类似的猜测。"俊也说,"束缚雪灵的知识源自某些灰薰裔的祖先。他们当中绝大部分就来自亚细亚大陆北部。"

埃欧朗擦拭着他那连睡眠都从不拿下的金属手套,继续说:"我堂弟说过很可能在当时,世界各地的文明逐一毁灭,迫使部分灰薰裔开始向南迁徙,沿路带上更多人走。包括我们今天难以想象的大型城市'上海',许多人的祖先来自那儿……数十年间,他们跨越了冰域和海洋,沿途便把与雪灵有关的知识散布给所经过的人类文明。"

"包括所罗门与瓦伊特蒙……"茹尔莫摸了摸下巴。

戈刺图皱眉凝望着地图,咀嚼口中的别针:"所以瓦伊特蒙很可能是咱们灰薰祖先迁移的终点。"

大伙儿又是一阵沉默。外头的风声忽强忽弱。

"我读过一个故事，是阳光殿堂的墙上所陈述。"攸吕开口。那双轻闭的眼睑下，淡得透明的瞳孔被雪灵的光波染为淡彩。"最早与人类接触的雪灵有五个，拥有远古传说中的'圣兽'形体。像是白虎、青龙、朱雀。"

路凯诧异原来攸吕真看得懂石墙上的远古语言。他从未听说过那些远古生物。"什么是'朱雀'？"

戈剌图随口插话说："谁晓得？大概像远古时代的'麻雀'一样，是种早就灭绝的动物吧？"

攸吕神色凝重地瞥了他一眼。"朱雀是在数万年前就已存在的生物，曾经一度支配整个生物界。"他静静地说："他们比人类更具智慧，以天空的语言交谈，张开羽翼就能扬起深红火焰。他们是受到阳光庇佑的万物之灵。"

众人露出惊奇的神情，仿佛把攸吕当成了首席学者。只有戈剌图的表情不以为意，漫不经心地咬着口中的别针。路凯知道戈剌图对这些远古历史毫不关心。

"地球诞生时一片火红……"攸吕指向地图，"那时世界不是白的，也不是蓝色，而是无尽的橘红。一切都被永恒的烈火燃烧着。没有落雪，没有海洋，只有火焰和干土。等到朱雀离去，世间开始降雨，海洋才得以出现。下一波生命开始，从海底的生物演进为人类。"

"然后呢？"茄尔莫的声音轻得令人发毛。

"然后……在阳光庇佑下，远古大陆里各个文明兴起。

无论地球的哪个角落,人们依赖阳光而生存。"他们在雪窟里围成一圈而坐,全看着攸吕。愈师的面孔被虹光染成各种颜色,轻声说:"阳光引导人们的脚步,告诉他们天宇轮转的迹象,和时间流动的轨迹。阳光赋予植物魂魄,给动物带来生命。而当生物死去,他们的灵魂总会回归天际,再次被阳光带走。"

攸吕说完,洞窟再次安静。那是他们完全无法想象的世界,如此遥远,完美得像不切实际的梦。奔灵者所熟悉的世界只有死寂苍白的大地,天空永恒封闭,阳光不再归来。

而残存的生命,是被遗留在这个世界的孤儿。

路凯不由自主想起在瓦伊特蒙,阳光殿堂里头挂着数不尽的银饰,代表所有战死的同伴和前辈……当他们死后,灵魂有办法突破云层,回到阳光所在的地方吗?还是依然像孤魂般,永远被困在这里?

众人许久没有说话。

"反正不管怎样啦……"戈剌图打破了寂静,"很可惜,阳光已不存在。咱们只能靠自己了。"

隔天清晨,他们继续让西海岸线维持在左手边,迅速推进。然而情况却出现异变,所有人停下脚步。

"路凯,这不太对,"高大的戈剌图滑到他身边,拉起防风镜。一整天下来风雪变得强烈,已无法区别云层与大地的交界线,视野就是一层白幕。"我们应该会遇上瓦努厄图群岛才对。"

路凯喘着气环视周围,其他人也聚集过来。瓦努厄图是数十座岛屿,当中有些以群山为脊干从冰原突起,理当是明显的地标。它们位于所罗门的东南方约四天距离,走这条路径绝对会碰到,现在却毫无踪影。

路凯看着手里的双子针,夹角为46.3度,照理来说应该早已通过那尖锥般的地形。他设法压下心中的担忧,维持不变的表情。

"会不会……它们还在前方,我们只是还没碰到?"愈师攸吕喘着气凑身过来,将背包卸在地上。

"不太可能。"戈剌图左右张望,困惑完全写在脸上,"依行进日数算来,概率非常小……我猜两年时间没有派人来这一带,可能西海岸线出现了大变动。这几天我们一直沿着它走,说不定早就绕过瓦努厄图群岛却不自知。"

埃欧朗盯着远方,仿佛在尝试以目光穿透雪幕。"我们所在的路径位于几个陆屿棚和太平洋海盆之间,自古以来气候就难以捉摸。或许冰域的形态整个改变了。"他说:"研究院还有文献记载,一千年前的人类首次发现所罗门群岛,后来就整整两百年再也找不到它,成了神话。就是因为这一带的气候。"

"所罗门以东的冰域一直都有这样的问题。"戈剌图摇头，"所以才必须先找到瓦努厄图群岛。有山的岛屿是不会改变的地标，是通往所罗门唯一可靠的指针。"

人们陷入了沉默。白雪迅速堆积在他们的防风镜和肩头。

这时，茄尔莫从后方出现，道出一个方法："这再简单不过，我们现在就直直朝西北方去。"他的声音斩钉截铁，"碰到子幅线59.7度时转往'白岛'的方向，一定会到达所罗门。"

路凯仍在思考，俊却提出反对意见："不太妥当。"雪花结在他修长的睫毛上。他沉静的言辞有一份重量。"我建议先朝正北方走几天，之后再做决定。等我们碰上紧邻太平洋的东海岸线，那时才转往西北也不迟。然后遇上59.7度线时再背离白岛向回转，这会保险很多。"

狙击手埃欧朗点头附和："我也认为与其继续沿着西海岸走，我们该转向寻找东海岸……"

戈剌图双手抱胸，瞥了一眼茄尔莫。"你明白吗？这一带冰域出了极端的变化。丢失瓦努厄图，我们再没有能当指引的地标了。如果现在继续朝西北走，我们可能会落在所罗门西边数百里，但也可能落在它的东边。那时候就真不知该往哪个方向去。"壮汉以浑厚的声音说："我赞同俊的说法，先笔直向北。"

路凯深知行进方向的决策是一切的关键。一旦犯下错误,很可能导致接下来一周都迷失,不断徘徊在苍茫的大地中,直到遇见下一个可依赖的罕见地标。许多远征队员正是在这种情况下丧命……因此,俊的提议是多花点时间,换取风险的大幅降低。

然而路凯犹豫了。

这是他所率领的第一个任务,他希望证明给长老们自己可以在最理想的时间内把任务完成。他更不能辜负亚煌大哥在众人面前推崇自己的信任——如果联合部队超过一个月才归返瓦伊特蒙,那代表自己不过是个平庸的领导者。

"我们继续朝西北行吧。"路凯做出了决定。

俊和戈剌图明显感到惊讶。风声呼啸耳边打破沉寂,茄尔莫此时扬起嘴角,讽刺地看向其他人说:"担心什么?你们不相信队长判别路径的能力?"

俊吸了口气:"路凯,你确定?"

"破荒蛮子"戈剌图眉头凹陷,眼神有些不同了:"远征队的法则是不冒任何不必要的风险。这儿环境变化得太快。"

"这风险仍在可以接受的范围内。"路凯平静地告诉他的伙伴们,"综合双子针的角度和经过上一个地标的时间,现在朝西北走,极大概率会抵达所罗门的西南面。"

雪片在四周吹拂，队员们都望着他。埃欧朗拎着长弓站在后方。攸吕也没说话。最后戈刺图点了点头，将防风镜戴回去，目光却没从路凯身上挪开。

"俊，你先往前探路。"路凯吩咐好友。

白发男子点头，扬开黑色披风往前滑去。其他人重新将装备带好，拎起武器，一个个往前跟上。路凯似乎感到戈刺图离开前抛来不祥的视线。他明白自己有点违反远征队的原则，令戈刺图不悦。

最后当路凯准备动身，忽然感觉背脊传来异样。回头时，他看见茄尔莫正望着自己。"呵……你是个真正的领导者……"在那阴沉的脸孔上，伤疤取代了笑容，茄尔莫以虚浮的语气说道："别担心呢，我们很快就会到了。然后——"他经过路凯身旁，风雪的呼啸掩盖了他的话。

路凯望着茄尔莫离去时刮起的一片白雪，无法理解他话中的含意。

拂 羽

"生命终结?"

雨寒的导师茉朗选了一片较结实的雪地,与她坐在栖灵板上休息。这里的雪花有眼珠般大,静静落在她们眼前。

她们在瓦伊特蒙东边偏南,距离一天左右行程的雪原。这阵子,茉朗积极教导她如何驾驭栖灵板的技术,以及判断狩的踪迹的基本技巧。两人昨夜露宿在雪地,这还是雨寒的第一次经验。

"没错。还记得我告诉过你,判别雪灵能力的六大属性是哪些?"

雨寒将自己的兵器摆在腿上。那是一柄样貌奇特,把柄位于中央的弧形剑。她想了一下后回答:"代表力量程度的'基础灵力',代表栖灵板在雪地奔驰速度和跳跃力的'灵迅力'……"

茉朗点头。"还有呢?"

"还有……'抗缚性',可以影响雪灵脱离栖灵板的距离与时间。"雨寒又想了想"还有'灵体分散性'会决定雪灵是否只有单一形体,或者可以多重分身。"

茉朗曾说,这两种属性具有优势的奔灵者往往会被训练成为狙击手。茉朗认为,虽然雨寒雪灵的"抗缚性"深具潜力,再加上她的雪灵能同时分裂出数十只鸽子的形态,这样极端的"灵体分散性"非常罕见。茉朗断定雨寒应该使用弓与箭。

雨寒盯着自己的板子,好一会儿之后才想起最后的两种属性为何。"啊,'灵力复苏性'会影响雪灵发挥时的持久度,还有恢复所需的时间。然后最后一项是'物理影响力'。"

茉朗摸了摸她的头。"有一天黑允长老可能会让你成为远征任务的队长,所以这些你都该牢记于心。"她更补充道:"不过事实上呢,雪灵的性质就跟它们的形体一样,千变万化,要有效做出分类几乎不可能。奔灵者归纳这六种属性只是为了方便任务队员的搭配。刚才提到的'生命终结',是指奔灵者解除自己与雪灵间的牵系。"

"解除?"雨寒抬起头来,"缚灵师说过奔灵者的灵魂一旦和雪灵相依,就永远无法分离……"

"在一种情况下可以,"茉朗说,"就是奔灵者决定燃尽自己的生命,直到死亡。"

雨寒不可思议地望着导师。

"是的……在别无选择的情况下，奔灵者可能会决定以生命为燃料，大幅增强雪灵的能力。"茉朗说，"雪灵的所有属性都会在瞬间大幅提升。但随着每个雪灵的本质不同，'生命终结'的形态也有差异。"

"可是那奔灵者和他的雪灵……都会因此而死去。"雨寒不自觉地颤抖。

"是的。所以没人知道究竟自己施放'生命终结'时会是什么样子，除非那一天来临。"

雨寒震惊得久久不能自已。她才刚刚当上奔灵者，从未听说这件事。"那么该……该怎么样才能施放'生命终结'？"

茉朗犹豫了一会儿，似乎挣扎该不该告诉雨寒。最后她选择履行导师的义务："把手放在栖灵板中央的雪纹封印上，传达你最终的意念。然后最后一次，说出雪灵的'真名'。"

雨寒低头看着双脚间的封印——隆起于木板表面，犹如细致羽毛模样的六道纹路。她轻声问道："茉朗，你见过……'生命终结'吗？"

导师露出哀伤的神情。"在战场上，这是不可避免的……"她那绿色短发底下的双眸变得空洞，仿佛思绪没入深渊，看见遥远回忆。"与我和亚煌同期的奔灵者，许多人都在任务中丧生。有些战友就是选择以那方式燃烧自己的最后一刻……"她陷入了沉默。

雨寒尴尬地低下头，不知该说些什么。

"远征队现在的成就建立在许多人的生命上。"茉朗说，"伙伴们一次次带回来的信息，让我们能更准确地摸清楚雪域的模样。研究院也变得更有信心。从前，派十位远征队员出去，最后归来的可能一两人都不到。现在的情况好多了，小团队就可以胜任远行，阵亡率也大幅降低。"

这句话突然让雨寒想起路凯的团队。"茉朗……"她面向导师，桑柯夫长老与茄尔莫的对话不断在脑中盘亘。

"嗯，怎么了？"

雨寒犹豫着该不该说出口……无论事实为何，现在都已太晚。路凯他们离开了快两个星期。而且依茉朗的个性，或许会立刻做出激烈反应，再度掀起长老们之间的不必要争执，彻底毁掉母亲和桑柯夫那早已恶化的关系。

"没……没什么……"雨寒再次低下头。她设法说服自己，不能因为听到一两句话就断章取义。她甚至怀疑当初或许听错了。

"雨寒，认真听我说。"茉朗的语气变得严肃，"对我们奔灵者而言，使用什么样的镀银兵器，会决定雪灵的能力可以发挥到何种程度。我知道黑允长老希望你使用这柄'弦月剑'，但真正适合你的是弓箭。你母亲从来就不懂……"茉朗突然住了口。她发出一声叹息。

雨寒明白她想说什么。黑允长老自己并不是奔灵者，对实战方面根本不够了解。弦月剑的模样，据说是模仿远古时期高挂于天际的"新月"而制。母亲年轻时在书籍里看到，深深被那弯曲的线条所吸引，于是让铁匠打造出这个装饰意义高于实战用途的半圆形兵器。母亲曾希望自己当上奔灵者时使用它，然而腿伤令她永远无法如愿，便把遗憾寄存在弦月剑上，把期许寄望在女儿身上。

"雨寒，如果你愿意，我们可以去找桑柯夫长老。"茉朗建议，"探寻者支部很重视弓箭手。我们可以请求他给你一柄最好的镀银弓。"

但母亲不可能会答应。雨寒摘下皮手套，手指轻轻划过冰凉的刀身。

"弦月剑对你来说太重了，你甚至需要用双手才能拎起它。况且这只适合近距离搏斗，与你雪灵的本质完全不符——"

"茉朗！"雨寒挺直了背脊。

导师愣了一下："雨寒，我认真在跟你说话。"

"你看见了吗？"雨寒突然起身，目光远眺。茉朗随着她的视线往前望。但这时雨寒已经戴回手套，让栖灵板动了起来。

她立刻往前滑出，奔向一道雪坡，不顾茉朗在身后叫喊。雨寒确定自己刚才看见了虹光——有另一个雪灵出现在雪地里!

但这怎么可能?缚灵师说过未受束缚的原生雪灵只在一种情况下会现身,就是嗅到了尚未成奔灵者的人类独自在雪地游荡时。

她双手吃力地提着几乎比栖灵板还长的弦月剑,加快速度前进,想知道怎么回事。终于在前方,雨寒确定自己没有看错——像气泡般的虹光盘旋在雪地某处,缓缓飘扬。

雨寒在整群光点前方刹住了栖灵板,极度吃惊。这些虹光点无声飘浮在半空旋绕。很快地,茉朗也来到她身边,以同样震惊的神情望着眼前的灵体。

持续有光点从雪地里浮出来。突然间,雨寒会意过来。这些不是原生灵体吗?

"啊!在下面!"雨寒立刻跪了下来,用手挖开看似平坦的雪地。雪灵似乎也没在惧怕她,不断在她面前盘旋。茉朗了解了雨寒的意思,也蹲下身,一起徒手拨开白雪。

一阵子后,她们触碰到某个东西,像是羊驼的躯体。"它怎么会在这儿?"雨寒不解地仰头问道。

茉朗抚摸那暗白色的毛皮。"这是披风。"她迅速挖开羊驼披风周边的雪,虹光越来越强烈。

一个男子的躯体出现在眼前时,雨寒和茉朗都倒抽一口气。压在他下面的是柄双刃巨剑，以及残破不堪的栖灵板。点点虹光就是从那底下浮现，扫过他已冻结的身子往上飘。

雨寒将男子翻了过来，发现他的脸色惨白得像死尸，身上有多处伤痕。最严重的一道伤口位于左胸，划开了衣服与肌肤。他底下的雪全是血迹，然而他还在呼吸，身躯依然温暖。若非雪灵保护，想必早已冻死。

"茉朗，他是奔灵者！我们得快点带他回瓦伊特蒙。"雨寒转头，却看见导师神情紧绷，双眼之间似乎散发着怒意。

"他是'叛逃者'凡尔萨……"茉朗的声音低得近乎听不见，"别管这个人。"

"不行啊，他会死在这里！"雨寒感到着急，想自己抬起受伤的男子。

"他是背叛所有同伴的罪人，没资格生活在瓦伊特蒙。"

雨寒想起来，好像听过凡尔萨的名字，但她现在无法思考这么多，只想着该如何救他。雨寒盯着男子的栖灵板，心想或许可以让它承载他受伤的身子。"茉朗，你知道他的雪灵'真名'吗？"

茉朗摇头。"要是让我知道，我现在就会让那雪灵带他冲向断崖。"

雨寒绝望地叹息。若知道真名，就能对该雪灵下指令。因此奔灵者只会将雪灵真名告知自己最信任的人，为的就是自己严重负伤的情况下，能让伙伴吩咐雪灵成为助力。但显然没人知道凡尔萨雪灵的真名。

"茉朗，拜托，我们必须救他！"雨寒急切恳求着自己的导师。

茉朗看着雨寒许久，终于叹了口气点头了。然而当她们准备扛起男子，茉朗却突然停下动作，露出不解的表情。雨寒见状也往旁望去，这才看见又一抹虹光：仿如鸽子形体的小巧光波，正从她自己的栖灵板冒出来。雨寒并没有以意念呼唤雪灵，为什么雪灵会自己出现？

犹豫仅在一瞬间，她顿时睁大双眼。"有敌人在附近！？"雨寒立刻转身。

茉朗像道旋风转身，已从背后取下长枪环视四周。三道拍着彩丝羽翼的光团在雨寒身旁旋转。她们都意识到凡尔萨的伤口代表着什么——那是被狩攻击过的痕迹！

两人扫视周遭宁静的大地。许久，除了飘落于身旁的白雪，雪地上全无动静。

茉朗神情极度困惑。雨寒身旁那三个鸽子形态的虹光，却意想不到地在此时改变了色彩。从原本的混合色，转为单一色调——那是缥缈不定的青绿色，且逐渐饱和。雨寒的表情和茉朗一样吃惊，两人盯着青色鸽子般的雪灵缓缓飘下，落在凡尔萨身上，沉入他的体内。

不出几秒，男子的身体出现了反应。伤口底下的组织被虹光扫过，皮肤表面的冻伤正在消失。他的脸颊红润了起来，呼吸的频率也迅速恢复。

雨寒不知道这代表什么。

"没想到你的雪灵……拥有疗愈能力。"茉朗盯着雨寒，诧异地说。

雨寒自己感到惊讶，呆望着男子身上多处已改变色泽的伤口。它们不再像是新生的创伤。而凡尔萨看上去也不再身负重伤，反而更像在沉睡。

芬 澜

艾伊思塔从未见过如此壮阔的山岭。

高耸入天,顶峰完全被云层覆盖;铺开大地的山脉占据视野所及,仿佛将世界分隔为两半。她和亚阁穿越缥缈的薄雾,滑过一座座山脊。在他们身旁,白雪间暴露出岩壁的远古纹理。

他们离开瓦伊特蒙已超过两周了。亚阁拿着研究院的地图,指向澳大利亚大陆北方的巨大岛屿"新几内亚",告诉艾伊思塔他们正沿着远古时期的俾斯麦山脉向西行。这一带的地势非常崎岖,有很长一段路是被强风雕塑而成的浪纹,仿佛他们得在一条巨型鱼体上逆着鳞片的纹路而行。亚阁带着她紧邻陆地,会有较小的概率碰上难以跨越的冰川。

然而,离山脉越近,地面高度上升,雪地断裂形成沟谷的频率同样上升。再加上积年累月落雪成棚,看似一片平缓,足以欺瞒最具经验的奔灵者。冷不防脚底的雪一崩解，就被深谷吞蚀。但亚阎毫不畏惧，要艾伊思塔放轻松跟紧他。

"全心相信你的雪灵。"亚阎告诉她这样一句话，"如此一来你不会走偏。也只有这样，栖灵板才会成为你身体的一部分，你才可能和雪灵真正合为一体。"

接下来数天，他们陆续翻山越岭。

更令艾伊思塔吃惊的是，山岳间几乎全是林木。它们的底部被数百年来的积雪掩埋，上端也因白雪的覆盖而显得怪诞，但仍看得出来那高耸哨兵般的身影在古时曾是蔓延大地的雨林。两人穿梭在雪霜成结的树峰之间。

艾伊思塔心想，这里一定存在许多"魂木"！她隐约记得小时候在所罗门一带玩儿，也曾在雪地见过大量树林。那是所罗门从不缺乏魂木的原因。

她驾着栖灵板，跟随亚阎穿梭在陡峭的山岭间。他们越过雪地的溪流，跨越巨大的冰架，从斜坡俯冲而下。她学会避开岩石和尖锐的残冰，防止板子磨损。他们看见如丝般的雾气攀爬在山谷间，以及小巧的动物身影奔驰远方。

栖灵板激烈地掀起白浪，两人穿过一道道山壁。旅程中，艾伊思塔感觉自己在驾驭栖灵板时，有了根本性的改变。

不靠思绪，也不单身体的反应，而是由灵魂驱动的直觉。

"相信雪灵"——亚阁这句话起初听来荒谬,因为她没听过任何人说过类似的话。

"这些年来,远征队过度依赖研究院了。"亚阁前几天告诉她,"他们依恃学者们的理论,死背数字,强记地标,却忘记了身为奔灵者的本质是什么——这片白色大地应该是我们身体的延伸。它才是雪灵的归宿地。"

亚阁以行动证明了他那些奇怪的话。他从未教艾伊思塔关于滑行的技巧,但她跟着他,没有时间思考地吃力地追随在他身后,每天都明显感觉有飞跃的进步。

而且,不知不觉间……她感觉与雪灵更靠近了。滑行时,有股与她意识同步的动力,使自己跳得更高,奔驰更快。即使从崖边飞出,身处高空,望着下方的整片白雪,她也丝毫不畏惧。

她在半空中翻转自己的身子,让强风吹拂碧绿长发。冰冷的空气像张无形的床,支撑着她下沉的重量。艾伊思塔闭起双眼,感觉自己受到了保护。她让那股力量接管自己的身体。

她的心里时常波澜激动,觉得雪灵正在与自己交谈——不是透过字句,而是经由她身体的每个动作。她在半空中自然地回旋,恣意地舞动,划开一道又一道优雅的轨迹。动态正是雪灵的语言,就像那飘动的虹光。

她学会相信。

每当路径到了终点,每当雪雾蒙蔽双眼,每当面临瞬间反应,每当大地急速扑来……一股"灵感"会由她的心底升起,引导着她的动作。那是一种力量,比本能更为迅速,穿透她的所有直觉。不需要思考她也知道该往哪儿跳跃、往哪儿落去,仿佛她熟悉这片白色大地的每一处。

一天天过去,她才发现自己总期待着奔灵的每分每秒。以往在守护使监视下被剥夺的机会,仿佛几周内一次偿还了给她。她终于知道什么是自由。她开始与亚阁平行滑行,而他总笑着打量她。致命的雪地,仿佛成了宽阔的无人乐园,只有他俩不断扬起雪花急速奔驰。

"从古文里出来的解读,应该是旧世界被称为'水弓屿'的地方。"

他们两人窝在一座白色森林的某处,被树群环绕着,亚阁正专注看着手中的上百页资料。微风吹拂他整丛灰色发辫以及挂在耳缘的骨炼,除此之外他完全静默,似乎正在不停思考。过去这阵子,他每天都会抽空阅读艾伊思塔从研究院挟持的文献。

"和我想象的一样,"亚阁说,"所谓'方舟',就是指亚细亚大陆东南角的岛屿——水弓。"他重复翻了其中几页。"而子幅线96.9度,是那岛屿北方的一座城市遗迹。

学者们认为'恒光之剑'就在那遗迹之中。"

艾伊思塔点点头,心中忽然有个疑问,为何那远古时期的岛屿会被称之为"方舟"?

"就是这里,"亚阎拿出一份草图。上头是学者们依循远古资料手绘的地图,标示出地势的高低起伏。"'方舟'几乎全是山脉。那遗迹坐落在最北方,被群山和丘陵环绕……到时我们要想想怎样才能进入那儿。"

然后,他从资料中抽出另一份地图的誊本。那是路凯和亚煌带回来的世界地图,清晰勾勒出当时结冻的冰域,现在已经被研究院当成是探索未知大地的基础蓝本。

有雪堆从树上落下,让艾伊思塔转过头。她看见几株树木的表面暴露出来,是赤裸裸的灰犒枯枝,已经完全没了叶片。整片森林想必都是如此,从远古时期开始,像空壳般站在雪地里好几个世纪……

想到自己正在前往亚细亚大陆,艾伊思塔除了惶恐,还有股无以言喻的兴奋之情。那是没有任何奔灵者去过的地方。她看着亚阎的侧脸,那专注的神情与平时轻率的模样差异甚大。她静静地望着他。

亚阎的出现,让这趟本该充满恐惧的旅程变得完全不同。当初纯粹是为了逃离瓦伊特蒙对自己的枷锁,却意想不到在短短两星期当中,自己对奔灵会有如此突破。休息时,她都期盼着下一刻能再度踩着栖灵板奔驰于山谷间、溪流旁。

亚阎盯着地图沉思许久，然后再度开口："好，到了子幅93度，我们就往东切，找到海岸线后再往北走。"

艾伊思塔想起亚阎曾说，海岸线的位置是最重要的地理参考指标。但她不解地问："为什么是93度？"

"如果太早转向海岸线，误差的概率过高。喏，冰域之间时常形成内海，容易混淆，而且沿海的碎冰带很不稳定，风险太大，能晚点接触最好。"亚阎说出他的判断，"但如果太晚转向海岸线，则有完全错目标的可能。帆梦他们是靠着稀有的资料推测出'96.9'这个数字。不代表它就是精准的。"

"可是，研究院对子幅线的分析应该很有信心。"

"这我相信。但一个刻度的误差，是上百公里的差距。"亚阎笑了笑，"那些学者自己从来没踏进过雪地，坐在温暖的烛光前就觉得他们摸透了整个世界。真正在雪地里，你觉得该完全相信他们，还是更相信自己？"

艾伊思塔咽下一口唾沫。"我还有个问题。"她指着地图上代表冰域的灰色地带。"这些地方以前全是海洋。万一现在整个'太平洋'……全结冻了呢？我们可能会花好几个星期往东行，还见不到海岸线。"

"概率非常小。目前世界结冻为冰域的地方都离各个陆棚不远，也就是海洋深度有限的地方。打个比方好了，"

亚阁把地图挪到艾伊思塔面前,"我们目前所在的新几内亚岛,几千年前和澳大利亚是相连的。看这里,它们之间的莎湖陆棚在远古时期离海面不过数百米,现在已经成了永恒冰域。"

艾伊思塔愣了一下,对亚阁这个人的疑问又多了一个。他怎么会晓得那么多只有学者才知道的事?还能稀松平常地道出旧世界的地理名词?

"艾伊思塔,你说帆梦曾说过,这份地图是远古文明毁灭前,人类用最后的魔法所捕捉到的?"亚阁问她。

艾伊思塔点头后,亚阁又沉思一阵。她突然很好奇他的脑中现在是什么在打转。

最后,亚阁以肯定的口吻说:"那么这几百年之间,世界的样貌并没有改变多少。太平洋西南边的这些冰域和我自己的经历并未相差太多。反正我们并不赶时间,慢慢探索吧。"他再度翻了翻整叠的文献誊本,突然冒出一句赞许:"啊,帆梦他们解读得真不错。"

艾伊思塔歪着头,给他一个多疑的眼神:"你不是挺瞧不起研究院的那套学问?"

亚阁扬起嘴角,瞧了她一眼。"啊,我从没说过我'瞧不起'研究院吧?只是人们探索知识的目的,应该是为了寻获更多问题,而不仅是归纳出答案。"亚阁将文献整理好,谨慎地放进背包的底层。"研究院的习惯是一旦掌握了知识，就剔除掉其他可能性。但这世上有太多东西我们尚未理解，不该为任何理由而画地自限吧？"

他们穿越一连串地势较平缓的雪丘，来到被浅薄的溪水铺盖的冰原。两人将栖灵板拿在手中，小心翼翼地跨步跋涉。

溪流遮蔽了脚下坚硬的冰，难以判断每一步会踩在什么地方，好几次艾伊思塔都差点失去平衡。忽然前方的雾气中，高山的轮廓再度浮现，好几层深浅交叠的雪白之壁。艾伊思塔被那景色迷住了，一不留神滑了一大跤。溪水喷溅，她的臀部全湿了。

亚阁回过头来，笑声响彻山谷。

"你笑什么！"艾伊思塔气急败坏地喊叫，想赶紧起身却再次滑倒。亚阁扬起眉毛摇了摇头，笑着伸出手。艾伊思塔拉住他，打从心底要出口咒骂。她觉得自己下半身冷得像被刀子锉磨。

亚阁没再回过头来，却紧紧牵着她的手，踩着稳固的步伐往前走。

艾伊思塔忽然眨了眨眼，吃惊地望着他的背影。不知何时，虹光已从亚阁拿着栖灵板的手臂冒了出来，经过他的身体，流向两人紧扣的双手。彩光飘动，缓缓转为温暖的黄褐色，分散成数道轻柔的光波覆盖住艾伊思塔，让她的身体被笼罩在暖流之中。

两个人走在壮阔的白色群山脚下，踏着溪水往前行。

新几内亚岛西半边的山脉更高更险恶。他们沿着山岭的南侧，持续朝西滑行。亚阎告诉她，他们位于子幅72.3度，正经过南太平洋一带最高的山峰，在远古时期有个奇特的名称——卡兹登兹金字塔。

据说这名字的由来，就是那锋利而骇人的峰峦。然而从他们的位置看不见被云层遮掩的顶峰，到处都是如丝般的迷雾。

途中，亚阎时常抽出长剑，以倾斜的角度插入雪中往上撬，仔细检视附着在刀刃上的细雪，探勘是否有疑似蓝色冰晶的残迹。他在许多地方反复这些动作，并从幽蓝冰屑的位置及深度，推断狩群所经过的方向与时间。他们走了这么长的路，至今却完全没有遇到狩的袭击。"所以不管怎么样，都该带着某种兵刃在身边。"亚阎拍掉剑上的雪屑说，"你的锁链在作战时有一定优势，但除此之外没什么作用，只是多余的重量。"

艾伊思塔白了他一眼，径自滑开。

两人进入一道狭窄的峭壁之间，多道水流从天而降，落在两侧发出声响。他们沿着脚下的雪脊直线奔驰，身处两片透明的帘幕之间。之后他们来到一个庞大的冰洞，弧形的天顶隐隐透出淡蓝的光。

地面上是一潭潭幽暗、小巧的冰湖，他们踩着节奏蛇行绕过。抵达洞口时，艾伊思塔做出了一件令她自己也感到意外的事。

她滑上一旁的弧形冰壁，甩身让地心引力将自己下拉，再让冲力带着自己滑往另一侧的冰壁。她就这样左右奔驰，冲上、滑下，每次都贴近洞穴的顶端多一些。亚阎的视线跟着她，露出些许吃惊的神情。艾伊思塔给了他一个嘲弄般的笑容，接近出口时，借着积累的作用力把自己向外抛——她翻腾空中，越过亚阎头顶，落在一道非常高的雪脊上。

两人平行往前滑，艾伊思塔对着底下的亚阎做鬼脸。

亚阎笑了几声后，拉紧头巾，并往旁边跃入一座崖谷，往一条极为险峻的路径奔去。艾伊思塔也大胆跟进，但她不再满足于紧跟着亚阎的步伐，而是勇于开创自己的道路，追赶他，挑衅他。两人在纯白色的雪地里追逐，彼此超越，时近时远，穿过无尽的山岭和溪谷。

然而，亚阎始终略胜一筹，多数时间总跑在她前方。艾伊思塔急了，往旁边一抹看似平坦的低地而去，想抄捷径绕过去。碧绿色长发随着她轻盈的体态飞扬而下。

"艾伊思塔！那里是——"

她跃入那片雪地的一刻，碎裂声回荡。艾伊思塔还搞不清状况，脚下冰层已经破裂，她惊叫一声，瞥见湖水涌出，碎冰下陷，伴随四散的雪花。情急之下她加速跳跃在破冰之间，轰隆的巨响声却越来越大。湖面裂痕向外扩散，尾随栖灵板而来。

"亚阁——"脚下整片冰层裂开，瞬间将她吞蚀。

她从头到脚没入冰冷，眨眼间像被火焰包围。她闭住气，胸口却不自觉地紧缩，传来阵阵疼痛。头顶也仿如针刺，颅内像有只手似的，使劲抓住她的脑子猛掐。艾伊思塔设法睁开双眼，忍着眼球的刺痛。然后她抬头，瞥见上方的碎冰和漂晃的水面，感觉离自己好遥远。她不敢相信自己的手脚竟已不听使唤，完全麻痹了。

艾伊思塔的意识逐渐涣散……在闭上眼之前，她看见亚阁的身影跃入水里，单手抱着栖灵板朝她游来。

夜晚的世界一片漆黑，但亚阁在山谷的某处挖了雪窟，他们靠着墙的两旁，坐在各自的栖灵板上，让虹光轻抚湿淋淋的身体。

"还好你已把文献交给我，不然我们这趟旅程就此告终了。"当时亚阁抛下所有装备，只带着栖灵板下水。艾伊思塔依然没好气地瞪了他一眼。她自己的背包全湿了，包括里头所有衣物。

"我不是在开玩笑。你还是将衣服全脱了吧，会舒服很多，而且雪灵也会比较好——"

"你闭嘴啦！"艾伊思塔喊完，缩着身子颤抖。雪灵的光波让她舒服许多，但离身体要全干还需要一段时间。

亚阁从背包里找出一件宽松的绒衣和深色的鹿皮裤，递给艾伊思塔。"换上吧。"

他们两人背对背，面向墙壁，各自脱下湿透的衣装。虹光在脚边游动，照亮洞窟。

艾伊思塔空着上身，胸前的水晶项链摆晃。待她换上干衣服与裤子，深吸口气，感觉舒畅多了。"你这件衣服是白亚麻……"她回过头，看见一个弯曲的身子与裸露的屁股。

"呀——！"艾伊思塔惊叫着转过身。

"——嗯？"亚阁在她身后，传来衣物磨蹭的声音。

"你还没穿好怎么不说一声！？"艾伊思塔对着墙壁尴尬地喊道。

"喔？我穿好啦，你可以转过来了。"亚阁已套上一件棕色的薄衣，就地坐在栖灵板上，然而他的下身仅盖着羊驼毛披风。艾伊思塔不可思议地望着他时，亚阁耸了耸肩，朝着女孩的裤子点头："你穿了我的备用裤。"

艾伊思塔低下头，满脸通红。亚阁的臀出乎意料的结实，那影像烙印在脑中挥之不去，令她既惊愕又沮丧。

"啊？原来你刚才在偷窥我？"亚阁笑出声来，"那我们算扯平了。你的背很漂亮。"

艾伊思塔双眼睁大,头却沉得像钟乳石,直盯地面。他是什么意思?他有刻意回头望吗?看到……看到了我的背?还有看到哪里?艾伊思塔身子冰冷,双颊却热得发烫。她噘嘴坐回栖灵板上,愤怒地抱起双腿。她实在不知该怎么跟这人打交道。

亚阁从背包拿出两份以布巾包裹的鱼肉,丢给女孩一包,并放了一个装水的皮囊在他们中央。两人在律动的虹光包围下吃着晚餐。

艾伊思塔的长发还滴着水,紧贴心形的脸蛋。她的双唇发白,轻抿着鱼肉。亚阁已经解开了所有发辫,让湿透的黑发蓬乱地披在肩上。他上衣胸口处的绳结敞开着,露出泛着水渍的肌肤。

"我必须要说,你确实很勇敢。"用完餐后,亚阁拿出丝线套在手指上,开始重新绑起发辫。"我从来没见过任何奔灵者有你这样的胆子。那种肆无忌惮的冲法,简直不要命。"

艾伊思塔不确定他这句话是赞美还是嘲讽,但她认为肯定是后者,决定不予回应。她将湿润的长发拨向颈后,数串贝壳发出沉重的声响。

"不过你想单独前往亚细亚大陆,这已经是勇气的证明。"他绑好一根粗辫子,指间缠绕起另一捆发束。"我有个朋友,一天到晚说要离开瓦伊特蒙,去找更合适的地方生活,却没有成功下定决心。"亚阎笑着甩了甩头。"他真该找你谈谈才对。"

"你在说谁?"艾伊思塔皱起眉头。

亚阎望了她一眼。"凡尔萨。"

"那个'叛逃者'?"艾伊思塔有点惊讶。恶名昭彰的凡尔萨是亚阎的朋友?

"嗯。他这个头衔在瓦伊特蒙似乎十分响亮。"

"他背叛自己的战友,害死了整个团队的人。"艾伊思塔说,"这事情众所周知。"

亚阎的嘴角依然挂着微笑,眼底却仿佛浮现了另一种情绪。他望着女孩许久后说:"你的语气听来就像个忠贞的奔灵者。看样子你好像对凡尔萨相当了解?"

"了解什么?每个人都知道他是个不折不扣的懦夫。"

"啊……"亚阎会意地抬起头,似乎在思考什么。"我其实不需要说这些,"他眯起眼,开口问,"你知道凡尔萨的父亲是谁吗?"

艾伊思塔摇头。

"他的父亲,是位名叫加尔萨纳的奔灵者。"

"加尔萨纳?"艾伊思塔的口气抱持着怀疑,"就是那位有'疾驰焰痕'美誉的加尔萨纳?"

"对。"亚阎说,"在当时,凡尔萨的父亲极为受人景仰。就是在他的教导下,许多奔灵者的潜能才得以激发。"他伸手触碰身边的两柄长剑。"包括我,也是他亲自训练的。"

"但加尔萨纳和三长老之间的关系非常差。"亚阁接着说,"他的意见永远与瓦伊特蒙的统领阶级相左,就连当时的总队长,一个叫'虎牙'的老将,也常与加尔萨纳出现口角。"

"为什么?"

"加尔萨纳认为近代的长老团已经失去了残存人类领导者该拥有的魄力。"亚阁说,"加尔萨纳顽固地认为,人类若想在冰雪世纪生存,必须要有强而有力的领导者引路。他认为三长老的职权分工演变至今有很大的缺陷,让他们不断为了私利而互扯后腿,时常牺牲了瓦伊特蒙的整体利益。"

"所以凡尔萨与他父亲一样反对长老的作风,想离开瓦伊特蒙?"

"不,正好相反。凡尔萨从当上奔灵者开始,一直是个称职的战士。他曾经全心全意支持长老们的所有决定,认为那才是对瓦伊特蒙最好的路。"

艾伊思塔点头,开始领悟这中间的矛盾之处。

"对于那时候的凡尔萨,瓦伊特蒙就是他的一切,伙伴就是他心灵的寄托。不晓得你懂不懂,年轻人嘛,总会有段时间拼命追求归属感,想在群体中塑造出最独特的自我。"

"你怎么讲得自己像个老人似的?"

亚阁耸了耸肩。"总之,凡尔萨对三长老和历任总队长充满敬意与信赖,也因为这样,他与他的父亲时常价值观分歧而争吵,还闹到差点决裂的地步。"

艾伊思塔想了想,说:"所以他们父子都是奔灵者……还在各自的圈子里有影响力?"

亚阁点头。"公开场合、私下聚会,他们父子俩都争吵不休。加尔萨纳毕竟是实力超群的战士,有时众长老需要他配合协助的时候,还得派凡尔萨去向自己的父亲施压。"他停顿了一下。"啊,先不论谁的想法比较正确,这确实让加尔萨纳那老顽固更加愤世嫉俗。讽刺的是凡尔萨透过公然抨击自己的父亲,竟巩固了自己在奔灵者当中的地位。他也成为唯一敢顶撞'疾驰焰痕'的年轻晚辈。"

亚阁忽然停住话,神情异常严肃。他的长发有一半结成好几束辫子,另一半散落于肩。他的目光宁静,凝视着某处。艾伊思塔不自觉地屏息。

"瓦伊特蒙和所罗门开始合作,进行各种遗迹探索任务。"亚阁的语气让艾伊思塔觉得他仿佛变了一个人,"我们双方文明却因为无法有效裁决宝物该如何归属,陷入极度紧张的关系。就在那时候,大约三年前吧……凡尔萨的父亲被桑柯夫长老任命为队长,率领一个重要的'合作任务'。"

"研究院说远古的人类战士曾在'斐济岛'设置重要据点。于是加尔萨纳带着一群所罗门的奔灵者,还有少数自己的部下前往那里。"亚阁继续说,"据我所知,加尔萨纳的团队找到许多极其稀有的文献,但他们从未想过会遭大批魔物围攻。加尔萨纳只派遣几个使者返回瓦伊特蒙寻求救兵,剩余的人躲在岛上死守,等待救援。"

亚阁停顿时,艾伊思塔已经有股不祥的预感。

"以当时冰域的情况,其实只需直行十天左右就可抵达瓦伊特蒙。然而援军却在三个月后才找到那些人。"亚阁淡淡地说,"他们发现的全是尸体,包括凡尔萨的父亲在内。"

艾伊思塔深吸一口气,再缓缓吐出。然而,她设法不让判断力受到情绪影响,说出想法:"但我不懂,这跟后来凡尔萨背叛他的同伴有什么关系?"虽然艾伊思塔从未是奔灵者的一分子,却发现自己正在为他们辩护:"面对有竞争关系的敌人时,选择逃跑就是罪恶。"

亚阁望了过来:"即使那些敌人来自所罗门?"

一阵酸楚紧掐着艾伊思塔胸口,亚阁似乎知道她的来历。然而她并不妥协,坚持自己的观点说:"成为奔灵者的一刻,就该知道一旦踏入雪地随时可能丧命。瓦伊特蒙失去了多少优秀的战士,加尔萨纳不是第一个,也不会是最后一个。难道因为自己父亲的死,凡尔萨就有借口抛下伙伴?"

亚阁投来的目光让艾伊思塔打了个寒战。他以冷漠的口吻继续说他的故事:"众所周知,瓦伊特蒙和所罗门开打了。很快就升级到全面战争。在他父亲死去的一年后,凡尔萨与一群伙伴前往敌人所在之处进行偷袭。当时,他在途中获知了真相。"

"什么真相?"

"当初决定不派援军去救加尔萨纳的,正是三长老。"

艾伊思塔看着亚阁好几秒,一时之间无法会意。"什……什么意思?三长老怎么可能那么做?"

"提出这项决定的是黑允。桑柯夫身为原任务的发起人,原本打算立即派出支援,却被黑允说服了。恩格烈沙长老自然也没有其他方法,最后三长老决定背弃加尔萨纳的团伙。这决定完全是基于利益考量。"

亚阁继续解释:"两方文明的合作关系建立在一项重要的承诺上——哪方的奔灵者找到文物,当下就拥有它的'索取权'。前往斐济岛的团队里多半是所罗门的人,而长老们从归来求援的奔灵者口中得知,遗迹里的关键文物几乎都是由对方人马率先发现。"亚阁止住片刻,让女孩的思绪跟上来。"当时双方文明的关系正处于高度敏感时期。

若派遣大批战士去救援，最后还得白白将那些重要文献奉送所罗门，长老们认为得不偿失。若是强取豪夺，在战争尚未爆发的当时，也属下策。"

亚阁望着雪窟的某一处。"因此三长老的决定，就是等待那儿的奔灵者全数死亡后，再派人去索取那些……'尚未发现'的文物。"

艾伊思塔的双肩垮了下来，身子往后靠上冰墙，不经意压碎了几个发上的贝壳。背部传来一阵冰凉，但她毫无反应。三个月……那些人在冰天雪地里被狩群包围，等待了整整三个月……不管是所罗门还是瓦伊特蒙的战士，只能眼睁睁看着身边的伙伴一个个死去，直到自己的希望最终幻灭……

"所以……凡尔萨……他……"

"他崩溃了。"亚阁淡淡地说，"出任务时，有几位知道真相的奔灵者告诉他实情。一听到这件事后他立刻脱队，离开了所有伙伴。我的猜想是，同伴遇袭与全军覆没，应该是在凡尔萨离开之后才发生的。不管他当时心境如何，凡尔萨并不是那种战斗就发生在眼前，还能无动于衷的人。"

艾伊思塔愣在原地，浑浊的双眸反射着虹光。她并不熟悉凡尔萨这个人，但她也曾跟着所有人咒骂他。

凡尔萨的遭遇让她想起自己。艾伊思塔一直以为自己拥有最不幸的人生。她甚至认为自己是两方文明冲突里最大的受害者……现在，艾伊思塔满脑子混乱。

亚阎看了她最后一眼。"该睡了。明天我们会离开这片陆地，再次进入碎冰带。"他用披风裹着身体，躺在栖灵板上。虹光跟着变动方向，缠绕住他。亚阎打了个呵欠，喃喃自语："'方舟'……不远了。"

艾伊思塔就这样静静坐着，不知在错愕中过了多久。

她的目光挪向亚阎的脸，忽然意识到一件事。他是个实力卓越的战士，却同时拥有研究院才得以支配的知识。艾伊思塔甚至怀疑，亚阎对旧世界的了解可能比学者们知道的还多。

然而，他似乎并不属于奔灵者集团的一分子，不属于任何支部，完全脱离瓦伊特蒙的掌控范围。亚阎的态度时而轻率，时而成熟，有时还令人厌烦，但现在艾伊思塔看着他熟睡的模样，就像个纯真的孩子。她伸出手想触碰他，却在犹豫中缩了回来。她的手臂紧贴胸前，叹了口气。

"亚阎……你的故事又是什么？"

御　风

"那是什么？"攸吕站在海岸边，指向远方。

其他人纷纷停住栖灵板，朝他所指的方向望去。视线尽头的海面有个奇怪的东西。

路凯仔细端详。它远在海天交界处，形体像扭曲的尖塔，距离让它成为一抹浅影，让他无法判断它究竟有多大。但那地标的感觉相当高，或许就和山脉一般高。在众人面前，浪潮一波波鼓动，更远处的海面不断翻腾，连天空的灰云也被气流的风带动。只有那座高塔独自静止于远方，给人一种极度怪异的感觉。

"或许是座冰山！"戈剌图拉开嗓门，喊声压过海浪的声响。

联合部队的成员隔着防风镜凝望那座塔状的物体。看着它的样貌，路凯知道绝不可能是冰山。但无论它是什么，与当前的任务并无关系。

"该走了！我们得尽快通过这儿！"路凯瞥了一眼双子

针后，呼喊同伴再次动身。

他们正经过一段非常险恶的地带。海浪激烈拍打着沿岸，朦胧的空气咸味弥漫。六人聚集起来迅速推进，不再派人独自勘察。巨浪就在他们身旁迸开，水雾四溅。

情况与他们当初所想的完全不同。路凯记得几年前经过这一带，周围还是相对安全的雪原。但现在眼前的唯一路径，是冒险穿越一条狭长的冰域，宽度不过数公里，而且严重龟裂。

海水持续怒吼，有规律地轰隆作响，每隔几分钟他们就听见冰架崩裂的低鸣。疾驰之中他们看见巨大的冰块脱落，坠入海中，砸出大片水花的同时震荡大地。海浪像猛兽的利爪不断从旁袭来，并从岸边剥下一块块碎冰。六人撑着湿透的身子在漫天水雾中滑行。

数小时后，地形竟转为更加艰巨的挑战，路凯至今从未见过这种景象。那是受风雪和海浪长期侵蚀，雕塑而出的骇人地势——数百道弯曲的冰架绕过他们头顶，像某种庞大魔物的手指在沿岸冻结。他们从底下穿过时，连平常古怪的茄尔莫也露出了惶恐的神色。

地面时常出现规模不小的裂缝，海水急速灌入激起巨浪。他们必须奔上那些扭曲的冰架，从它们之间跳跃前行。

有几次，切开地面的冰川过于庞大，他们完全无法通过。埃欧朗来到众人前方拉开长弓，同时架上两支被虹光缠绕的箭矢。

他松开钢铁手套，箭身拉开两道彩影，带着汇集的灵力刺入对岸的冰壁。虹光成为两道细长而闪烁不定的绳索，连接到埃欧朗的栖灵板两端。他向同伴点头示意，但他们还是抱持疑虑。于是路凯率先踏了上去，发现自己的栖灵板能在光桥上滑动。他将板子打横，随着无形的桥梁跨越冰缝川上方。埃欧朗的栖灵板发出了激烈光芒，仿佛使尽力量。待其他人全部抵达对岸，他才又拉出两支箭，将彩光酝酿于箭尖然后栓子般刺入一旁的地面。现在，整个彩虹桥由四支箭支撑。埃欧朗也动身越过冰川。

路凯第一次亲眼见证埃欧朗的雪灵竟有如此强大的"物理影响力"，很是吃惊。它竟能长时间承载物体。

然而，当埃欧朗来到身边，路凯见他脸色苍白，喘息不断。攸吕问他是否该休息，埃欧朗回答："我还能撑，赶紧走吧。希望别一直遇上这种情况。"

破碎的冰廊仿佛无限延伸，乌云在上方翻腾，海浪包围着他们涌动。数小时的惊险滑行，当路凯开始惧怕或许这条路将永无止境，他们看见了——水雾彼端出现一片神秘的阴白。

那明显是位于碎裂冰域中的陆地，轮廓与路凯的记忆吻合，他拿出双子针确认角度无误。

"我们到了！"他喘着气向队友说，"圣克里斯托瓦尔岛，这是所罗门群岛最东边的岛屿。对方的大本营在西北方的另一座岛上，距离这里大约六小时。"

然而众人并没有马上接近圣克里斯托瓦尔岛，因为一旦踏进它的周边，很容易被所罗门发现他们的到来。埃欧朗需要休息，其他人也需要储备体力，拟定下一步策略。

他们在附近选了一个地势较稳定的冰域，没有猛烈的怒浪与震动的大地，但地面呈块状起伏，凹凸不平。这里正好是理想的屏障，容许他们藏匿一阵子。

"我去撒泡尿。""破荒蛮子"戈刺图放下他的栖灵板，朝着一座块状的雪墩后方爬去，在雪地留下清晰的足迹。其他人也各自坐下来歇息。

路凯坐在另一座雪块，防风镜挂在颈子上，他交叉的双手撑着下巴，陷入沉思。虽然没表现在脸上，但路凯心底的高兴程度难以言喻。自己所率领的联合部队仅用不到两星期时间就抵达所罗门，这比预料中要好太多了。所罗门是由五位族长共同统治，他必须说服他们再次与瓦伊特蒙建立和平。

他相信阳光赋予了每位奔灵者自己的天命。只要拼尽全力，它会在冥冥之中指引你走向胜利。

路凯压下雀跃的心情，告诉自己他的抱负不仅于此。他开始考虑若这次的交涉结果顺利……或许可以直接邀请所罗门的奔灵者团队与他们一同返回瓦伊特蒙，正式和三长老——

"你们听见了吗？"埃欧朗突然站了起来。

他们迷惑地望向他。但埃欧朗随即回首，神色紧绷地看着戈剌图方才离去之处。栖灵板仍静静地躺在那儿。

接下来路凯也听见了——是金属晃动的声音，来自雪墩的后方。

他立刻朝队友们比了手势。众人迅速安静地行动，手拎各自的栖灵板，一声不响地攀上雪墩。映入眼帘的景象让众人血色顿失。

戈剌图跪在雪地里，双眼翻白，一条铁锁链缠住他的脖子。在他身后一段距离操控锁链的，是个如鬼魅般的身影，穿着与雪地相融的白袍，连头部也被遮掩，看不见面貌。

路凯刚站起身，俊已操起长枪往下奔驰。

戈剌图的右手掌卡在锁链与颈子之间，撑住那一丝容许呼吸的缝隙，然而他的脸却如窒息般阴紫，身体不停颤动，胸前莫名地出现整摊血红。对方似乎想要置他于死地，另一只手猛然前拂，甩来又一条锁链。

一支箭划破空气，袭向那名白袍使者。对方急于闪躲，锁链乱了方寸，戈剌图猝然被向后拉，一头栽进雪地。俊此时已逼近敌方，长枪准备好疾杀。白袍使者松开戈剌图颈上的锁链，飞快往旁挪动。这时他们才看见对方的脚下也是栖灵板，但那板子与瓦伊特蒙有所不同，细长且稍有弧度，像柄弯刀。

"所罗门的奔灵者！"在后方的攸吕惊叹。

"住手！"路凯朝那白袍身影呐喊，"我们没有袭击你的意图！让我们会见你们的领导者！"

白袍使者像鬼魅般挪身到某个耸立的雪块后方，从众人视线中消失。俊赶到时踌躇了半响，惊愕地朝所有人大喊："他不见了！"

他们四处张望，不确定究竟发生什么事。一块块如屏障般的雪墩环绕着他们，整个地方一片宁静，路凯甚至听见了自己的心跳。不祥的气息包围所有人。

戈剌图翻过身来，剧烈咳嗽的声音响彻空中，似乎想说些什么。"要……咳！要小心……他的锁链有……"

"埃欧朗！"愈师攸吕大叫。

所有人转过头，看见一抹白影出现在弓箭手的正后方。两条铁锁链甩来时，埃欧朗靠着瞬间的反应侧首闪过，但腹部仍被其中一条捆卷，鲜血顿时从他的腰间涌现。路凯这才看清楚，对方的锁链上满是钢刺。

然而埃欧朗并未屈服，他丢下长弓，金属手套握住锁链，使劲向下压。路凯已朝白袍奔灵者滑去，脑中翻转着该怎么阻止这场纷争。错一步，人类文明的和平便告破灭。然而戈刺图快了一瞬，他奔跑在雪地里发出怒号，举起长枪向前刺——

"戈刺图！不能杀他！"路凯大叫。

戈刺图愣了下，回首望向路凯。但没人看见茄尔莫是从何处出现的，他像阵风从所罗门奔灵者身后亮出匕首，迅速往对方的颈子戳下——

锵！他的匕首刮出刺耳的金属声响。

俊以连贯的动作伸出枪刃拨开茄尔莫的匕首，回身又以枪柄重击白袍者的胸口。对方往后倾倒时晃动手腕，收回缠绕埃欧朗的染血铁链。弓箭手发出哀号，抱腹倒下。

戈刺图大声咒骂，没有栖灵板的他踏步雪中，扑了上去。茄尔莫也再度加入攻势。两方以肉体互搏，然而白袍使者的身手出奇敏捷，躲开了茄尔莫和戈刺图的一次次攻击。突然他拉起铁链往前挥动，左右缠住两人的大腿。茄尔莫痛得叫出声。一支箭飞过两人中央的狭窄空间，埋入白袍使者的肩头使他失衡。俊同时从侧边滑过，毫不留情以枪柄重击对手的头部。

原以为已控制住局势，岂料对方忽然急速旋转，卷起漫天雪幕。

路凯正要追上前，却发现当雪沫落地时，所罗门的奔灵者已不见踪影。

"你刚才那是什么意思？"茄尔莫声音低沉，他大步走向俊时，神情流露出阴狠的怒意。

白发奔灵者与他对望，眼眸中没有一丝犹豫："路凯没下达指令前，我们不能杀他。"

"你看见他先袭击我们了！"茄尔莫嘶吼道，"那种情况下你这蠢货竟敢阻止自己人！"

雪霜般的睫毛底下，俊的目光直视茄尔莫。

"茄尔莫，"路凯的语气十分严肃，"我们来这里的目的不是为了杀人。"

愈师攸吕站在众人中央，闭着双眼，虹光从栖灵板缓缓浮现，化为一道道游动的光波。它们颜色变幻，逐渐饱和，仿佛是青绿色的蟒蛇，滑过雪地来到伙伴的脚边。蛇形光波缠住埃欧朗的腿，爬上他鲜红的腹部，消失其中。戈剌图则歪着脖子，让一条条"光蛇"游动到他的肩头，钻进颈部的伤口。

此时，天空慢慢飘下轻柔的白雪。

"我们下一步该怎么做？"埃欧朗开口。他腹部的伤势已止住，但脸色苍白，双唇微震。在攸吕的帮忙下，他绑了几层布巾在伤口表面。

"所罗门已经知道我们来了，"路凯回答，"现在只能直截了当,从正面进入他们的领土,宣告我们的来意。"

"不,不对,不对——那样做跟直接奉上自己的脑袋有什么两样!?"茄尔莫摇头,怒气郁积在喉间,"我们必须快点儿离开这里,绕路从他们后方逼近。这样一来才能视情况做出反应。先观察他们的守备状况,为瓦伊特蒙收集些情报。"

"你认为所罗门只会派人看守东南面?"路凯的语气也随之转变,止不住怒意地看着茄尔莫,"这里是他们的土地,他们的地盘。我们的行踪已然败露,如果还偷偷摸摸行动,必定会被视为敌人——"

"他们已经视我们为敌人了!"茄尔莫突然嘶吼,引来所有人诧异的目光。他放声叱责:"你不该阻止我们,刚才如果直接收拾他,所罗门根本不会知道我们来了!"

方才被辱骂时不动声色的俊,现在靠了过来。"茄尔莫,别忘了你在跟队长说话。"他语带威胁,把长枪横在身后。

"所罗门的人一定以为我们还在这一带!"茄尔莫毫不在意地说,"所以趁现在开溜,等他们派人过来时,我们已经绕行到他们后方!"说完他来回在雪地踱步,似乎丧失了理性。那拳头紧握、极不耐烦的举止,影响了所有人。

已沉默许久的"破荒蛮子"在这时开口,语气不悦:

"路凯,我必须说句实话。从现在起小心为上,绕道潜行才有更多的变通机会。"戈剌图搓揉颈部的伤痕,神情凶狠,有股即将爆发的怒意从眼底升起。"就事实而言,那杂碎毫无预警袭击咱们的一刻,战争就打响了。"

"那么我们必须想办法阻止误会加深。我们必须传达真正的来意。"路凯设法保持冷静。

"我可不会让成为待宰的靶子!"戈剌图猛然拉下防风镜,指向所罗门的方向咆哮道:"他们有胆杀来,这仇我是报定了!谁都别想拦我!"壮汉狂热的目光朝路凯投来,像头猛兽锁定猎物。

俊只挪动一步,持着长枪来到路凯身旁,这举动足以抑制对方的下一个动作。然而冰冷的雪片飘散四周,气氛一触即发。

路凯并未因茄尔莫和戈剌图的举动而吃惊。但当狙击手埃欧朗开口时,他确实感到诧异。"情况并不乐观……"埃欧朗缓缓道出:"路凯,你当初已经喊出我们的来意,对方却完全没有停止攻击。这不像是误会。"

路凯望向他。

"对方似乎急着置我们于死地。我觉得情况或许没我们想象中的简单。"埃欧朗说。

这句话让路凯陷入沉思,但此时茄尔莫抛过来一眼眼神,阴冷地说:"告诉我们,队长,据你所知,所罗门有多少奔灵者？"

路凯立刻明白茄尔莫的意图，但他仍选择对伙伴们坦诚："几年前我来的时候……有两百人。"

众人的神色全变了。所罗门的战力在瓦伊特蒙算众所周知，但真的面对他们的奔灵者时，没想到落差竟如此之大。茄尔莫发出嗤笑："哼……呵呵……他们一个奔灵者就让我们应付不过来。"墨绿色的眼眸泛滥着恨意。"看！我们已经有三个人负伤，你要我们如何对付两百个那样的敌人！？"

路凯知道自己正被推向窘境。联合部队最初的原则是建立和平，除非对方先动手。然而，最糟的情况似乎已经发生了……埃欧朗的箭仍嵌在对方身上，那将是瓦伊特蒙带着敌意而来的最大证据。极大的压力落在路凯肩上，他必须思考他们的下一步……该冒生命危险从正面进入所罗门的阵地，还是采取茄尔莫所说的方法？

"队长啊，"茄尔莫往前走几步再度开口，"我们都知道你想成为像总队长亚煌那样的领袖。你一直都很崇拜他，不是吗？"路凯局促不安地瞥了他一眼，茄尔莫再以逼迫的语调说道："呵呵……很明显他也想栽培你。亚煌卸任后会需要人来递补总队长的位子。"

"我不懂你想说什么。"路凯首次不耐烦地回应。

茄尔莫脸上的伤疤像抹微笑，诡异至极。"你第一次带领的任务，团队成员全都在这儿。"他撒手扫过身后的每个人。"回到瓦伊特蒙以后，我们对你的观点将会影响所有人对你的认知。'路凯在乎其他队员的命吗？'还是'路凯根本就缺乏经验，不知变通'？"

俊望了过来，苍白的眼神中泛着无法隐藏的担忧。沉沉雪片加速飘落在六人周围，他们正等待着队长的抉择。

路凯沉默不语，神情凝重地闭起双眼。

心中某个声音让他忽然感觉，茄尔莫说了这么多话，只是为了打乱他的思绪。茄尔莫甚至搬出亚煌大哥这种事，或许就是想影响他的情绪，抨击他的判断力，逼他就范。

为了什么？

他只花了半秒，便把这想法抛诸脑后。无论茄尔莫的动机是什么，其实都不重要。事情总有它的本质，不该受旁人言语或情绪左右。包括路凯自己的情绪。

落雪席卷身旁，微风变得强劲。

以往面临如此严酷的决策时，路凯总是将同伴的安危视为凌驾一切的信条，因为远征队的成员必须以性命相依才能在雪地生存。曾经，路凯想保护所有人。然而现在情况已不同，他是被授予任务的队长，必须看得更远更广。这不再只是六个人的战场，而是两个残存人类文明的未来——瓦伊特蒙的利益与风险，必需凌驾于个人之上。

路凯睁开眼。"或许为时已晚。因为我们也攻击了对方……"他静静说道,"但如果有一丝希望……可以说服所罗门,我们是为了重建和平而来,"路凯看着身边的伙伴。"那么与他们正面接触,是必须的。我们要像过往来自瓦伊特蒙的使节一样。"

茄尔莫不可置信地怒视路凯,摇头往旁踱步而去,嘴里不断咒骂。戈刺图紧握兵器的手在颤抖,但他再瞥了俊一眼后,咬牙忍了下来。

路凯并没理会他们。令他自己都感到奇特的是,在极端的压力下——在失败的代价如此之高的情况下,路凯反而更加坚信自己的原则并没有错。每个人都有自己的天命,而联合部队的天命……

"我知道这将使我们面临极端的危险。但别忘了,如果我们无法挽救这段关系,整个瓦伊特蒙都会陷入危机。"他说出了心中的想法,"就算希望渺茫,我愿意尝试。大家得想想,等到我们返回瓦伊特蒙,会说自己达成了任务的最高目标,还是告诉所有人我们只因遭受一次袭击,就忘了这次远行的使命?"

这句话让高大的"破荒蛮子"咽了口唾沫。所有人都聆听着。

"我知道这是生与死的赌注,我们每个人都有可能付出生命。但无论在前方等待的是什么,我们会一起面对。"

路凯轮流看着每个伙伴的眼睛，说出了关键决定："我只要求你们遵从一个原则。从这一刻起，没有我的命令，不许拿起武器。"停顿数秒后，路凯知道赌注的时间已到。"要是有人觉得自己无法服从……那么，你不需要跟我进入所罗门。我们可以选定一个集合地点，等到交涉有了结果后再会面，一起踏上归途。"

"当然，"路凯的视线落在茄尔莫身上，补上一句，"如果我们全数阵亡，留下来的人可以将消息带回长老那里，让瓦伊特蒙有所准备。"

他们全露出震惊的表情，似乎连俊也没料到路凯会这么说。茄尔莫更是停下脚步，神情中怀疑与诧异各半。

从来没有任务领袖说过这种话，竟会给予队员选择留下的自由。冰天雪地，生死交关，团队减少任何一人，都将大幅提升阵亡的威胁。但路凯知道当他面对所罗门时，站在身边的伙伴必须与他拥有共同的信念。

路凯望向俊时，白发奔灵者的语气没有任何犹豫："我会在你身后。"

路凯点头，然后望向埃欧朗。对方开口说："身为狙击者，本能告诉我应该潜行在暗处观察……"埃欧朗深吸口气。"但我会追随你的决定。若非你挑选我们之中的每个人，我们可能一辈子不会有这种殊荣，成为联合部队的一分子。"

路凯点头肯定，再转向下一个人——破荒蛮子。披着狼皮披肩的戈剌图犹豫了一阵，左右观望其他同伴，最后才喷出鼻息说："那……就先照你的意思吧。"他摸了摸自己的脖子，"但别以为咱们会忘记这笔账，日后有机会再找那家伙算清楚！"

攸吕这时转向壮汉。"他们的奔灵者都穿着一身白袍，你怎能认出是谁攻击你？"

戈剌图被点醒，恍然大悟地发出咒骂。路凯问："攸吕，你呢？"

愈师的眼睛半闭着，轻声叹气。"当然是跟着你们。但你最好开始向阳光祈祷，别在我们开口前对方就杀了过来。真的开打，我们的运气不会像这次一样好。"攸吕指着戈剌图说："尤其是你，该庆幸对方铁链的钢刺没有伤及颈动脉，否则你现在已像你肩上的那头狼一样，张嘴躺平。"

路凯微笑。最后，他转向茹尔莫。

茹尔莫摸了摸下巴，满脸紧绷的皱纹，许久没有作声。然后他仰头，齿间吐了口长气后。他忽然笑了出来，那笑声阴郁，却不知为何有种松了口气的感觉。他眯着眼对路凯说："那就走吧。"

路凯将双刃长枪挂回背上，拉起防风镜。"事不宜迟，所罗门的人正在等待我们的出现。"他们一个个踏上栖灵板准备动身时，路凯以坚定的口吻说："要记得我们的最终目标是什么。千万别忘记，在这里，"他逐一环视所有同伴。"——我们六个人，就是瓦伊特蒙的未来。"

离 焱

"你还年轻……凡尔萨……但有一天你会明白——"加尔萨纳的声音沉闷、空洞，像是扭曲的风声，朦胧的音量逐渐转为骇人的哀号。"你心底很清楚，总有一天你必须承认——"

"你错了！"凡尔萨听见自己的呐喊。他的意识疯狂地想要停止，开口时却发出更激烈的嘶吼："你是错的！我和我的伙伴会拯救——"

"伙伴？你的伙伴在哪里？"

"他们就在——"凡尔萨一回头，表情冻结了。背后的雪堆里尽是尸体。他们皮肤发紫，双眼回瞪着他。凡尔萨惊愕地望着，脑中一片恍惚。他认出那些半身埋在雪里的狰狞脸孔，有自己的同伴，以及父亲。

"长老救不了瓦伊特蒙……"加尔萨纳的声音再度出现在凡尔萨脑中，像是拉长的混沌之音塞满耳里。"总有一天你会醒来，顿悟我所说的话。你将会永远后悔——"

"闭嘴！你给我闭嘴！"凡尔萨双手抱头跪了下来，膝盖撞击地面的同时身旁整片冰层碎裂，成群的尸体向上浮起，散布浮冰之间，然后立即又被白雪和水流吞蚀。凡尔萨沉入了水底，父亲的声音被冲刷开来，在脑中被拉，远得稀薄，逐渐消逝。

他闭着眼，发现自己不再呼吸。

愤怒，悔恨，内疚，悲恸？——他不知道该怎么形容自己的感受了。

父亲蔑视三长老，蔑视奔灵者的现状。凡尔萨痛恨他。父亲的价值观早已扭曲，无法顺应瓦伊特蒙的改变，应该要被时代淘汰。凡尔萨不打算步上父亲的后尘，他能证明自己的选择是对的，他已建立起自己在瓦伊特蒙的地位——

但父亲成了冰冻的尸体。在三长老的命令下因"瓦伊特蒙的利益"而死去。

每一天，每一刻，数百种情绪像旋涡般搅动着凡尔萨的脑海，搅乱他的所有思绪，逐渐磨灭他生存的意义……难道自始至终，父亲都是对的？不……不。如果是这样，自己活到现在又有什么意义！？

信念彻底崩毁，剩下的仅是失魂的空壳。他不想——不，他根本无法面对那些事。凡尔萨在水中捂住自己的脸，发现冰水麻痹了所有神经。他已无法判断自己与父亲究竟谁对谁错，而父亲的死更是永远剥夺了他获取答案的所有可能性。

彻底将自己封闭吧。

他尝试睁开眼，从指缝间看见尸体朝他漂来。当心底的一切化为灰烬，剩下的仅是那股深层的驱力，那股复杂而纠葛的恨意。凡尔萨憎恨三长老——那些伪善的领导者！他憎恨奔灵者和居民——就是他们赋予长老们权力，让黑允那种连雪灵也未接触过的人对他们发号施令！而他那些队友……已经知道长老们对加尔萨纳所做的事，却无动于衷。得知他们因遇袭而阵亡，凡尔萨不知该怎么面对，该怎么反应，该怎么行动。

他僵硬地告诉自己，或许那些人死有余辜。而父亲……他更痛恨父亲——加尔萨纳从未支持过凡尔萨所选择的路。他憎恨所有人，尤其憎恨——

他最憎恨的……是自己……

间接弑父的，不正是自己吗？

凡尔萨的双眼流出血来。数不清的尸体朝他聚集，在水中僵硬地漂动，只有目光挪移，全部盯着他。凡尔萨的身体却动弹不了，无论他怎么挣扎。他开口呐喊，冰水灌入肺里。突然那些尸体起了变化——他们的胸腔一个个裂开，肋骨向外岔出，绽放冰蓝色的光芒——

凡尔萨猛然睁眼。唯一让他没大叫出声的原因，是口中残留了灌满水的错觉。他试图喘气，看见一名女子的轮廓。

是梦……凡尔萨痛苦地眨了眨眼。梦里看见了不愿回顾的过去，使他好一阵子才回过神来。那名女子正盯着自己。

她拥有淡绿色的短发和青色眼眸。那表情与梦中尸体带着责难的神情如出一辙。凡尔萨想起了她的名字：茉朗。她算是他的前辈。

他试着起身，胸口却传来剧痛。他诧异地发现胸前、手臂都已做过包扎处理。于是他瞥了茉朗一眼，尴尬地不知该说些什么。他们正在一间窟室内，几盏荧光灯点亮各角落。

"我们在雪地里找到你。"茉朗语气里不带一丝感情，"有多少奔灵者在那种情况下死去？你实在不配拥有那样的运气。"

凡尔萨顿时感到一股怒意窜入脑门。这时另一个身影走进来，捧着一盆冒烟的热水。"啊，你醒了！"黑发女孩快步走来，将水盆放床边。

凡尔萨盯着她，认出这个无时无刻跟在黑允身边的女孩，正是长老的女儿雨寒。

"你的伤口复原得很快，但还不能起身……"女孩的双眼底下有圈黑眼袋,看上去似乎有些无神。

复仇的本能像瞬间遭到解放的旋风,灌注力量到凡尔萨体内。仿佛要冲破梦境里被禁锢的自己,他突然抬起手,伸向雨寒那纤细的脖子——只要一个动作,就能扭断她的脊骨。然而这举动带来筋肉断裂的痛楚,全身肌肉仿佛痉挛,令凡尔萨哀号出声。他倒回床上,感觉喘息都有困难。

"糟糕——"雨寒看着凡尔萨的手臂绷带再次渗出血来。她的神情着急,双手轻柔地触碰他的手臂,缓缓帮他解开绷带。疼痛让凡尔萨无法动弹,他只能面露不可置信的神情,看着雨寒将稠密的药涂在他的伤口上。

女孩帮他绑上干净的厚丝布。

"他的身体已经废了。"茉朗厉声说,"我真的不懂你为什么要救这种人?该放他在雪地里腐烂。"女奔灵者朝着门口走去。"雨寒,你自己看着办吧。我去看看陀文莎回来了没有。"

雨寒转向茉朗:"缚灵师……她已经失踪好一阵子了……"

茉朗抛来不安的眼神。"如果能让陀文莎再次感应你的雪灵是最好的,说不定可以说服她把你从远征队调过来。我们守护使总是缺少愈师。"

"母亲也正在找她。没有她的指示不能再派新人出去找雪灵，束灵仪式全停摆了……"

凡尔萨的胸口传来阵阵疼痛。雪灵……远征队……他想起什么似的睁大双眼。"栖灵板……我的栖灵板！"

雨寒轻触他的手，神情焦急。"在那儿，我们帮你带回来了。"她赶紧指向一旁，某个被荧光洒亮的角落。凡尔萨这才看见自己的栖灵板倚着石墙，靠在双刃巨剑上。

他松了口气，却以手掌压住额头，觉得脑壳快要炸裂。他突然想起自己受伤的原因。"等等，狩……"

"你说什么？"茉朗不耐烦地转过身来。

凡尔萨喘着气，沉默抵抗着身体和脑中的疼痛。片刻后，某个连自己也不清楚的原因却让他开口："狩……它们来了，正朝瓦伊特蒙过来。"

和雨寒互望一眼后，茉朗问他："你在哪里遇上的？有多少？"

"东边。"

与路凯等人起冲突之后，凡尔萨原本想离开所有人类文明，前往东面的山脉找寻新的居处。然而，他在越过几座山谷后，却看见令人震惊的景象。"有上千只……集结成好几群，各种形体都有。"

"这……这怎么可能？"雨寒吃惊地说。

"你八成是眼花了。"茉朗明显感到怀疑，"我们所遇见过的群聚，上百只已算很稀有的状况。狩不是惯于大规模行动的生物。"

"那就派你们的人自己去看!"凡尔萨怒斥。疼痛让他咬紧牙根,极度后悔告诉她们这些事。整个瓦伊特蒙大概只有帆梦和亚阎两人会愿意听他说话,其他人就像茉朗一样,第一反应都是质疑。凡尔萨为自己落入这两个女人的手中感到不值。

"哼,就算真的有那么一大群魔物,它们也无法进入没有雪地的瓦伊特蒙。"茉朗瞪了凡尔萨最后一眼。"会选择救你,只因为你是人类,这是身为人类的本质。你管好自己就够了,这里的安危是守护使支部的责任,与你无关!"她旋即离开了房间。

雨寒的视线一直尴尬地来回在茉朗和凡尔萨之间。等到窟室里剩下他们两人,雨寒羞涩地说:"茉朗……她说话很直……你别介意。其实她人很好的。"

凡尔萨闭起眼平躺在床上。伤势暂时压制住了怒气。

"这里是茉朗的房间……"雨寒说,"她知道你需要地方休息,特地让出来的。"

凡尔萨微微睁开眼。他感觉到脑后是个麻质枕垫,铺着柔软的丝巾。雨寒起身走向另一个角落时,凡尔萨再度望着她的背影。深黑色波浪长发,依照奔灵者的传统在头顶盘上几道发辫。

女孩将她自己的栖灵板拿了过来,双手触摸表面。大量的虹光浮现，驱逐了墙角的荧光。凡尔萨眯起眼，发现女孩雪灵的缥缈形体，正散落着羽毛般的光点。然后那雪灵的形体扩散，流往他身体各处的伤口。

凡尔萨紧张地想转身，却发现身体顿时舒畅不少。

"你先睡一会儿，伤势会复原得比较快。"雨寒轻声说。

厌烦从心底升起，凡尔萨恨不得这一刻就能起身离开。他不知该怎么面对黑允长老的女儿，心里无比焦躁。然而一股力量推动着他，像暖流般包围上来，让他呼吸逐渐平顺，仿若结冻已久的血管再度开始流动。

凡尔萨的呼吸变得平缓。

慢慢地，他不再抵抗，不再去对抗那股禁锢所有行动的力量，放松身体让睡意接管自己的意识。

忽然，他的脑海里又出现了骇人的景象。但这次不是死尸，而是大批的魔物。在黑夜中，它们是数不尽的冰蓝光点，填满了好几座山谷，绵延至远方。凡尔萨当时匍匐于山坡上，听着狂风的呼啸，以及它们移动时撼动大地的声响。

然而当时他从没料到，当世界逐渐转亮，映入眼帘的画面会如此毛骨悚然——因为他看清了那些魔物的模样。

芬　澜

"你在干什么？"艾伊思塔瞪大眼睛，不敢相信亚阁竟会干出这种事。

他以匕首割开雪地里猎到的雪狐狸后腿，把肉片在点燃的蜡烛上方晃啊晃，给火舌烧灼。

"你真是疯了！"艾伊思塔捂住鼻子，无法忍受那股强烈的异味。蜡烛是乔安在临行前给她的，非常珍贵。她不晓得亚阁到底想干嘛。

"哎呀，你怎不早说自己竟然带着这种禁物在身上。"亚阁不怀好意地笑道，"不然我们可以更早享用烤过的肉。"他待肉片的颜色产生变化，拎在她面前又晃了晃。"先尝一点看看。"艾伊思塔惊讶地猛摇头，亚阁却说："尝试不同食物才是真正的冒险。你害怕了？"

艾伊思塔在心底咒骂，满脸狐疑地将肉片拿过来，轻咬一小口。结实的肉质，这是她从未有过的口感。嚼了几口后她却差点吐了出来。一阵反胃感往喉间冲，让她无法克制地发出呕吐声。

"啊……看来还要多试几次才会习惯。"亚阎耸耸肩,塞了另一块微焦的肉片到嘴里,"嗯,真香啊。"

艾伊思塔抹着眼角的泪水,气愤地将杯状的蜡烛抓过来。

亚阎赶忙挥手:"等等!我们还有整只雪狐没有——"

她瞪了亚阎一眼,将火焰吹熄。

"呃……听着,这其实没有你想象的恐怖。人类的祖先早在几百万年前就——"

"闭嘴啦!"艾伊思塔拿出水袋,灌了一大口到嘴里。在瓦伊特蒙,主食多半是完全不经处理的海洋生物,或是酒酿的深谷蜥蜴和雪鹅等肉类。火焰本是用来驱逐黑暗的圣物,亚阎竟会拿来烧肉!

她后悔自己听信了他的话。

艾伊思塔难以形容自己对亚阎的感觉。她不清楚为何会如此在意他的一举一动。旅途到现在已过了数周,两人在冰雪大地相依为命,却又能为琐事陷入争论。亚阎时而对她温柔,时而异常刻薄。艾伊思塔感到迷惘,复杂而难以言喻的情绪,随着共处的时光与日俱增……却也逐渐清晰。

"86.1度。"亚阎聚精会神地盯着双子针。风吹拂着他的发辫与耳链,头巾底下的眼神正在打量什么。

艾伊思塔偷偷望着亚阎的侧脸,忽觉心头一阵乱。她从没预料到这趟旅程会变成这样。

亚阎突然望过来:"你很兴奋吧?"

"什么……我……我哪有!"艾伊思塔大吼。

"你不觉得兴奋吗?再过几天,我们就会踏上'水弓屿'的陆地,说不定真能找到'恒光之剑'喔。"亚阎给出了微笑。

"啊?"艾伊思塔眨了眨眼,"你是说……嗯……嗯,对,当然啊。"

无尽的白色世界只有两人的身影,以流畅的节奏滑行在数不尽的弧形雪丘之间。然而亚阎并没有沿着雪脊的顶端走;正好相反,他朝着弧形雪丘两端的尖角所指处,带着艾伊思塔不断滑上坡面,跃落另一端,再滑上又一个雪坡。

"这些新月丘会指引我们方向。"

"新月?"艾伊思塔问,"旧世界天顶能看见的光勾?"她感觉这么命名这些雪丘确实有道理。这一带有千百个雪丘都长那模样,彼此紧邻,朝同个方向排列而去。

"是的。这一带的冻原藏有许多大小不一的岛屿和山脉,风况和雪况非常规律。新月丘的出现代表在混乱中,这一整段路会相对稳定，就像一条千古不变的路径。"

"因为经过这段路的风，流向是恒定的？"

"是的。"亚阁点头肯定她的话。

数个小时后，地形又改变了。他们的右侧敞开一片海水，艾伊思塔瞥见某个被白雪覆盖的狭长岛屿。就在他们经过时，那岛屿忽然动了起来，缓缓激起浪花，喷出强烈的水柱后下沉，消失在海面下。

"啊，是鲸鱼。"亚阁说，"看，即使整个世界的表面结冻，海底下的生物依然过着不变的生活。失去'阳光'对它们来说似乎没太大的影响。"

艾伊思塔呆望着海面。

她曾读过关于远古海洋中各种生物的书，但从未想过有朝一日会亲眼看见。她恍惚地看见海面又出现波澜，突然那头巨鲸再度浮现。原本背上的白雪已不见，它露出光滑的灰色皮肤，就这样浮在海面上，缓缓移动。

艾伊思塔不自觉地露出灿烂笑容，心中有说不出的感动。然后她驱使栖灵板贴近岸边。亚阁也靠了过来，两人与巨鲸并行，继续朝前方而去。

不久后，艾伊思塔坐在雪地里歇息，看着远方冰崖崩塌时的漫天雪尘。后方一道急来的声响逼近，她才刚回首，就见亚阁刹住栖灵板，泼了她满脸雪。艾伊思塔擦拭着脸大喊:"你干什么!"

亚阁开怀地笑着,像个孩子一样。

艾伊思塔怒得甩开锁链,想鞭打他但亚阁已滑走。

亚阁总是一副放荡不羁的模样,难以预料他下一步会做什么。就像某一天的夜晚,他竟说不用找地方过夜。

"你必须知道,雪灵对于地势的感应能力比我们人类强太多了。把夜间行程完全交给雪灵,一觉醒来我们就已跨越数百里。"艾伊思塔听了非常震惊,亚阁似乎有办法不停地揭露各种秘密。亚阁继续说:"但即使是最优秀的奔灵者,也宁可相信自己的脑袋比相信雪灵多一些。"他对她眨了眨眼。"当然,他们是错的。"

亚阁把自己的防风镜交给艾伊思塔。"这个给你戴吧。"他则以围巾裹脸,披风包紧全身,弯着膝盖镇定地躺在栖灵板上。彩光从板子里冒了出来,缠住他的靴子和捧在怀中的两柄剑。亚阁对雪灵一阵念念有词后,转向艾伊思塔。"你必须呼唤雪灵的真名,说出期望的事,否则一旦睡去,脑中的感应就会中断。"他最后说:"现在告诉你的雪灵,紧跟着我。"

他们成为两抹虹光,在无尽的黑暗中挪动。艾伊思塔简直不敢相信这方式竟然会奏效!然而地势时而变得颠簸,航行中大量雪沫不断扑击她的脸庞和身体,非常难受。

尽管如此，困倦感逐渐占据她的意识。艾伊思塔有种错觉，似乎当意识变得朦胧，雪灵的力量却逐渐变强，支配了栖灵板的走向。

或许过了数分钟，也或许过了数小时，某种诡异的声响把她给吵醒。

那噼啪声有点类似长老大会的火把，但相较之下却覆盖了整个黑夜，而且——是由空中传来。

她转头看见亚阆仍在身边，松了口气。他似乎正在沉睡。虹光包覆着他，与刮起的雪浪交织、飘动。艾伊思塔正慢慢合上眼，头顶的某个景象却把她吓得瞪大了眼。

一道光拉开锯齿状的线条，横向扫过整片天空。

"亚阆！"艾伊思塔吓得坐起身，急忙呼喊，"快起来！亚阆——"又一束光点亮了左方地平线，急速划开云层，消失于右方天际。数秒后，巨响随之而来。艾伊思塔心头一震，仓皇地环视夜空。

亚阆拉下围巾，露出惺忪的双眼："别紧张，那只是'雷电'，一种自然现象。"

艾伊思塔却停住板子，赶紧站起。亚阆见状也让栖灵板停下。天空再度出现电光，点亮厚重的云层内部。艾伊思塔仰头时神色惶恐，目不转睛看着电光穿梭天际。"为什么……为什么它们都朝同一个方向去？"

亚阁仰着头,头一次无法回答她的问题。

"我们必须找地方……"艾伊思塔颤抖地喃喃自语,"必须挖雪窟……我们必须挖雪窟过夜……"

"呃,艾伊思塔,这没什么——"亚阁触碰她的肩膀。

"现在就在这里落脚!"艾伊思塔甩开他。昏眩的虹光点亮碧绿双眸,眼底深处满是恐慌。

盯着晃动的烛火,艾伊思塔心终于稳定下来。

临时挖凿的洞窟狭小粗糙,只容得下肩并肩的两人。风带着雪花吹了进来,飘落身上。他们将栖灵板铺在洞穴底部,亚阁已躺卧下来,裹着披风沉沉睡去。

艾伊思塔则抱着双腿,手心捧着小巧的蜡烛。她不确定为何夜空中的电光会令她恐慌成这样,仿佛身体所有神经都不由自主地颤动。这应该是她第一次见到"雷电"……

不对,在记忆中某个消失的角落,某种熟悉的恐惧被唤醒。她记不起来,只凝望着烛火,这令她想念起乔安……那蓬松的虬髯底下总是体贴的脸庞。还有蓝恩大妈,菜园的贝琪……

她突然非常、非常想念瓦伊特蒙。

艾伊思塔挪动身子,垂吊于手腕的铁锁链发出了声响。她一直将那里视为监狱。然而,就算奔灵者对她一直怀有敌意，居民们却对她非常好，大家都像一家人……

突来的懊悔让她有点儿想哭。为什么非得真的离开了，她才明白……或许瓦伊特蒙，确实是自己的归属？

她瞟了一眼亚阖沉睡的模样，心底的孤单加剧。在这趟旅程中，亚阖以自己独特的方式照顾着她。然而……她的心里却像缺了个口，比以前更空虚了。

艾伊思塔的思绪一片混乱，她甚至不明白自己为何如此浮躁，时常对亚阖发脾气。他总露出那烦人的笑容，但当艾伊思塔觉得寂寞，他却睡得跟什么一样！她想叫醒他，对他咆哮，赏他重重一巴掌。她再次瞪了亚阖一眼，想告诉他根本不晓得自己——

亚阖那双淡灰色眼眸，正回望着她。

艾伊思塔僵直了背，立刻沉下头盯着掌中的火焰。她听见亚阖慢慢起身。

他凑过来取走她手中蜡烛时，艾伊思塔并没有反抗。亚阖挺直身子贴近她，距离如此之近，胸膛就在她眼前。她几乎可以闻到他身上的气味。

艾伊思塔的心脏怦怦跳。亚阖轻轻吹熄烛火，将它摆在一旁。这时微弱的虹光点从两人下方浮现，将狭窄的雪窟染上一层昏暗的彩光。数秒过去，亚阖仍维持不变的动作，似乎在等待什么。艾伊思塔试探性地将目光上移，尴尬地发现亚阖也正看着她。他的神情充满温柔，甚至怀着一丝怜惜。

艾伊思塔的双手捂在胸前,不知该往哪儿摆。听见铁链晃动的声响,她才发现自己正紧张地颤抖。她抿起嘴唇,看见气泡般的光点在周围上浮,忽然她无法确定那是谁的雪灵。

亚阎将脸凑过来时,她本能地闭上眼睛。心跳不断冲击脑门,她听见亚阎的呼吸声,越来越近……

湿润的嘴唇,比她想象中还要温暖。

恍惚的意识边缘,艾伊思塔知道亚阎正在解开她的披风。然而她无法思考,只能跟着他的动作,摆脱靴子与皮裤,露出白皙的双腿。

突然亚阎一个利落的动作,将她的两层布衣一起向上掀。衣服盖住脸的瞬间,她才惊慌意识到自己的上身已暴露在他眼前。

待衣服褪去,艾伊思塔一阵慌乱,本能地拉起锁链,横阻对方意图。

"我长得那么像狩吗?"亚阎露出邪恶的迷人笑容,轻轻压住艾伊思塔的双手。如此温柔……几乎像是强迫。冰冷的铁链被压回胸前,埋入她雪白的肌肤,交叉挤压着艾伊思塔柔嫩而炽热的身躯。在锁链的禁锢下,她的乳房耸了起来。亚阎的目光如此强烈,令艾伊思塔的脸颊滚烫,不敢直视,却也无法挪开视线。她感觉自己要窒息了。

两人就这样双颊相依,听着对方的呼吸,感受彼此的气息。时间仿佛静止,直到亚阁的手触碰她的腰际,艾伊思塔本能地弓起身子,让他环抱住自己。亚阁更加激烈地亲吻她,艾伊思塔也有所回应。他们紧紧相拥,压抑许久的悸动终于宣泄。

长发凌乱掩盖着艾伊思塔的脸,她的呼吸紊乱,只能紧紧搂住亚阁。雪花飘落在两人身上,立即溶化开来与汗水交融。艾伊思塔吻着他的颈子,搂得更紧。迷幻的虹光盘绕着两人,像是无数道旋转的彩影——雪灵就像在相互嬉戏,随着他们的律动而游移,缓缓交织为一体,然后颜色逐渐转深,直到成为狂热的艳红——

亚阁突然停下了动作问道:"……这是什么?"

艾伊思塔急喘着气,神情恍惚地睁开眼。"什么……什么是什么?"

亚阁撩起她的翠绿色长发,从发丝间捧起艾伊思塔的项链。那是个小巧的水晶珠子,里头却闪现着一道道光波,如旋风般转动。

"你怎么会有这坠子?"亚阁以罕见的惊讶口吻说。

两人身体依然紧密相贴,全是汗水。艾伊思塔急于喘息,皮肤底下的敏感神经都已开启,完全会意不过来亚阁在说什么。"你在说……哪个坠子?"

"这个!"亚阁将它挪到艾伊思塔眼前,"这是谁给你的?"

艾伊思塔眨了眨眼,瞥见珠子内的光芒正不停变换色彩与方向。她拿开亚阁的手,想搂住他的腰。"抱我……"但亚阁却将那圆珠握紧,微微挺直了身子。"告诉我,你怎么会有这条项链?"

艾伊思塔这时才稍微清醒。她以手掌捂着脸,觉得喉间一阵干涩,必须花点力气才拾回脑中破碎的理智。"这是我……我从小就一直戴在身上的。"

"是所罗门的人给你的?"亚阁近乎迫切地问。艾伊思塔感到不对劲,她从未见过亚阁这副模样。

"我不知道……"艾伊思塔说了实话,"从懂事的时候,这项链就在我身上。"填满洞窟的雪灵此时减缓了动作,由全然的深红变回一片混杂色彩,再分开为两道虹光。

亚阁严肃地盯着水晶珠子,里头的光芒逐渐淡去。

艾伊思塔别过头,完全不敢相信刚才发生的事。那不过是条旧项链,亚阁竟然会因为它在这种时候停下来!——他甚至到现在都还压在她身上,却完全忽视她的存在。怒意使艾伊思塔噘起嘴,打算一把推开亚阁。

"这是'灵凛石'。"亚阁将水晶坠子摆回她的锁骨之间,泛着汗珠的胸前。

艾伊思塔不想听。她在心里呐喊:你疯了吗?你以为我在乎这石子叫什么?

"它会和雪灵起共鸣,捕捉一部分的精髓。有人举出过假设,透过某种方法,可以用灵凛石召唤成群的雪灵。"亚阁不经意挪动身子时,艾伊思塔禁不住地紧闭双眼,差点发出声音。"但我也只听过传闻,没有人知道是真是假。关于灵凛石的文献完全不存在……"

他再继续说下去,艾伊思塔打算这一刻就用铁链勒死他。

"从来没有人想过,原来所罗门能制造灵凛石……"亚阁陷入自己的思绪中,喃喃自语,"这是相当恐怖的发现。所罗门的奔灵者文明,竟然已经发展到这种地步……"

"你够了!"艾伊思塔推开他,一把抓来自己的衣服。

亚阁却捉住她的手臂。"啊,"他再度微笑,佯装吃惊的口吻说:"原来你还挺纤细的。我还以为总是挂着铁链的女孩,胳臂会跟狞一般粗。"

她再次推了他一把,想挣脱开。

但亚阁将她整个人搂了过来,"这位可爱的淑女,你真的很急躁。"他亲吻她的耳朵,轻声说:"我们并不赶时间,对吧?想要窝在这洞里整个星期也行……"

艾伊思塔深深喘息,闭上眼睛。亚阁环抱她的腰,轻易将她的身子翻转过来。

"嗯……"艾伊思塔发出了喘息,感受亚阁的胸膛紧贴上她的背，浑身传来阵阵体温。艾伊思塔用双手扶住冰墙，妩媚地回眸，绿宝石般的瞳仁中散发着渴望。

两人赤裸灼热的身躯依偎在白雪雕塑的洞窟里。

雪灵再度升起，交互缠绕，像是各种纠结的情感——喜悦、兴奋、忧虑、关怀、欲念、激愤，一次全盘释放，然后融合为一轮轮光环，飘动着红色的柔丝再次笼罩整个洞穴，成为漫漫长夜里不灭的光。

御 风

联合部队踏上安格拉岛的那一刻，所有人都感到一股不祥的气息。

那是个面积不大的岛屿，位于所罗门群岛的中央地带，不出一个小时就能从头跨越到尾。现在这岛屿的海岸线异常明显，因为周围被整圈浮冰环绕，与路凯两年前的印象完全不同。他们耗费许多精力才踏上深雪覆盖的陆地。

六人留意着四周，准备面对随时可能出现的袭击。等了好一阵子，却不见任何奔灵者的踪影，只看见绵延四方凹凸不平的雪地。无数丛灰色的树尖露了出来。远古时期，他们的脚下曾是片亚热带雨林。

路凯凭着记忆，领着联合部队前行。

他们刻意收起了武器，缓慢行动。路凯和俊在队伍最前方，接着是愈师攸吕、弓箭手埃欧朗，最后才是戈刺图与茄尔莫。

滑了好一段路，雪地里却一点儿动静也没有。"看样子，"戈剌图隔着防风镜扫视周围的树丛，"他们大概认为瓦伊特蒙带着复仇之意而来，全吓跑了。"

"集中精神，别松懈。"路凯说。

约莫半小时后，他们绕过一片洼地，埃欧朗朝前眺望。"有东西在前面。"

接近时，众人看见紧邻岸边的是一艘埋藏在雪堆里的巨型远古船只。不同于穿梭在瓦伊特蒙河道间的木船，它似乎是由坚硬的金属所打造，表面已结满黑褐色的铁锈。这艘船比他们这辈子见过的都要大上无数倍，目测可能和瓦伊特蒙的中央广场一样大，超过八十米长。它以歪斜的角度倾躺在雪地里。

"它是旧世界的遗物。"路凯说，"往这里走。"借由船的位置，他忆起所罗门要塞的方向。他们回首看见船身侧边残留着些文字，似乎是音轮语的前身。攸吕告诉他们，上面写着：世界的发现者。

许久以前所罗门奔灵者曾告诉过路凯，这艘船是在一个非常遥远的地方所建，一个名为"欧洲大陆"的地方。

五百年前，当时地表再无谜团，世界各处的人类可以简单找到彼此。然而所罗门的祖先陷入内战，而这艘"世界的发现者"前来时则因不详的原因搁浅，遗留此地。无论地貌如何改变，看见这艘远古船鉴，路凯就可以找到所罗门要塞的入口。

前行一阵子后,所有人都察觉到异样。整个岛上宁静得不太寻常。路凯甚至认为,若不是撞见刚才那艘旧世界的船,自己也会怀疑是否走错了岛屿。

"太安静了……"俊不安地说。

埃欧朗触摸挂在肩上的弓弦,神情紧绷。攸吕更是频频深呼吸。只有茄尔莫仍一脸轻松。

他们经过几个较为繁密的树林,感觉地势正在向下。每绕过一个弯、经过一道丘陵,众人都屏住呼吸,提防对方奔灵者的出现。但那从未发生。空气像股沉重下沉的力,四周安静得让人怀疑是否聋了。路凯察觉自己的呼吸变了调,紧张的气息渗透指尖每一处。他刚往前踏出一步,后面骤然传来声响——

所有人立刻转身,差点动起兵刃。但那只是攸吕绊了一跤,摔得浑身是雪。"抱……抱歉。"他在戈剌图的搀扶下起身。

从每个人的眼神当中,路凯知道他们已无法忽视这不寻常的现象。他凝望周围,考虑是否应该大声呼喊,宣布他们的到来。然而,直觉告诉他先别这么做……众人滑行的步调越来越缓慢,心理的抵抗正反应在每个动作上。才不久前,神秘的所罗门奔灵者在袭击众人之后消失不见,他必然已经告知了他的同伴。

那么，他们人在哪里？

"这一带有许多岛屿，"俊若有所思地说，"会不会所罗门他们已迁居到别座岛上？"

路凯不得不考虑这个可能性。就在他这么想的同时，众人离开树林边缘，来到一片洼地。这里曾是破碎的陆屿和混乱的洋流交会处，冷风刮过湿地产生低悬的雾气。他们滑上一道长坡，看见薄雾间有琐屑般的绿。仔细瞧才发现那是散布在雪地里的冰，但它们的颜色特异，路凯也只在所罗门见过。

"这方向没错，很近了。"路凯想起他第一次看见这些盈亮的绿冰时很是诧异。显然其他同伴也是，他们环顾四周，暂且忘记先前的不安。

所罗门的人曾向路凯解释过：如果长年沉积的冰会因为把多余的空气挤压出来，因密度升高而变蓝，那么绿冰的成因就是由于吸收了生命的能量。远古时期在所罗门各岛屿周围，藻类和微生植物充溢，后来冰雪降临，环太平洋地貌遽变，这些曾经与海共生的藻类被冰封，更在冰层慢慢结晶后散放出青碧的色彩。

他们缓缓移动在覆雪的绿冰之间不久，更惊人的景象出现在面前。

散去的雾气揭露出一座高耸而弯曲的丘陵，但当他们看清楚，立刻明白那根本不是丘陵……

路凯深吸口气。"就是那儿。我们到了。"

"等等……那该不会是……"滑行在最前方的戈刺图叹息。

看似弯曲的丘陵实际上是片状的冻冰，分好几层螺旋交叠——仿佛巨大的海底旋涡被时间冻结，又因地震被翻掀了起来，以倾斜的角度高挂于天。更惊异的是在那冰之旋涡里头是成群的远古建筑。旧世界人类用金属和钢骨建造的居处，被大自然的力量轻易扭曲。

攸吕震惊地问："那座旧世界的遗迹，是这几百年间被慢慢卷上去然后冰封？还是本来就冻结在旋涡里，地势变化才让它浮出海面？"

没人知道答案，或许连所罗门都不明白祖先的城市如何成为今天的模样。"别分心，接下来才是挑战。"路凯说完，战战兢兢领着联合远征部队迈向终点。

他们依循一道蜿蜒的雪坡，通过垂直的巨型旋涡——经过一层层破碎的螺旋冰纹，经过以诡异角度俯瞰他们的远古建筑，最后来到彼端一面高耸的岩壁。一身黑披风的联合部队成员站在岩壁中央的切口处。此时路凯静静开口："所罗门的大本营，就在这狭道的彼端。"

在他们眼前是条极度狭窄的天然通道，从当前的位置完全看不出里头究竟有多深。路凯依稀记得所罗门文明把要塞建立在前方的山麓里头。

戈剌图拉起防风镜，注视蜿蜒的纵谷，然后目光上移，扫视高耸的峭壁。"不太妙……这里是天然的埋伏之地。"

"一踏进去，说不定就再也出不来了。"茹尔莫沉沉地说。

路凯凝视着那道入口许久。"我们必须通过这里。"

众人刚准备滑进狭道，路凯却又停下。"等等。"他弯身举起栖灵板，夹在左臂下面。"不能让所罗门觉得我们有硬闯的意图，我们步行进去。而且记住，绝不能亮出兵器。"

其他人不安地交换了眼神，但也照着拎起栖灵板。六个奔灵者踩着雪，步入峡谷之中。

"所罗门那帮人的祖先还真聪明，把居处选在这儿，易于防守。"戈剌图四下张望。

"嗯，如果我所记得没错，这条路的尽头会通往一个开放的环形广场，"路凯轻声道，"要塞的入口就在那里。"当他们持续往前走，道路两旁的山壁变得越来越狭窄。除了众人的脚步声，四周一点儿声音也没有。

空气中弥漫着一股不祥的气味，冰冷、窒闷，闻起来像是恐惧。眼前的宁静狭道像一幅被时间冰冻的画，只有他们六人游走在中央。每踏一步，脚下雪地松动，声响模糊，路凯感觉自己的步伐逐渐轻飘，犹如走入梦境。或许那只是自己的脑子在作祟,神经过度紧绷的缘故。他听见自己急速的心跳,手套因汗水而湿润,但他想要设法冷静下来——

埃欧朗突然的动作惊动了所有人。戈剌图立刻不顾一切握住身后的长枪。

他们随埃欧朗的目光仰首望向峭壁的顶端……却只看见厚重的云层淤积上方,像股无形的压力笼罩所有人视线。

"你看见什么?"路凯紧迫地问。

埃欧朗的神情充满迷惘。"我以为……"他紧皱着眉头,"我以为上面有动静。"他们注视了许久,却什么也没发现。"……或许只是风雪。"

这里并没有风……路凯心想。

众人继续前行,路已窄得只够两个人并肩走过。戈剌图和俊在前方,路凯则殿后。他们战战兢兢地迈步,不断留意着上头。终于前方的路到了尽头,狭窄的出口外,似乎就是一片宽广之地。

"该死的!这狭道令人窒息!终于到头了!"戈剌图三步并作两步往前跑——

他们陆续走出,深深吸气。手持板子。环顾四周。披风飘摆。埃欧朗喘息。俊蹲了下来。

路凯却没看见任何奔灵者的踪影。他正感到迷惑,俊忽然开口:"这是什么?"他的声音牵动大家的注意力。他们聚集过来,看见俊从雪地里拿起一根东西。

慢慢地,当他们意识到那是什么,人人表情僵硬。愈师攸吕开口说:"那是……人的腿骨。"

俊将栖灵板笔直插入雪中,再猛然撬起,更多碎裂的骨骸向上喷溅出来。当中还包括两颗头骨,空洞的眼窝塞满白雪。众人极度震惊地盯着这些白骨。

"这是……是所罗门的奔灵者?"攸吕的声音颤抖。

"呵……哪可能是他们自己人?"茄尔莫的语气怀着恶意,窥视环状的山谷,"这些应该是……前来所罗门的人。"

路凯立刻转头,看见对面山壁一道明显的铜门。他快步向前走去。"所罗门!"他拉开嗓子喊,"我们是代表瓦伊特蒙的使者,带着和平的意图而来!请让我们见族长!"此时他才看见铜门表面结着厚实的冰——而且半敞开着。

其他人也迅速来到门前。所有人都诧异地看着几乎快掉下来的巨大铜门,上头冰丝缠绕。路凯心想,有事情非常不对劲。

六个人刚踏入门里的长廊,就看见更多尸体。紫色的皮肉粘着血衣。俊面前的一具尸体胸腔凹陷一个大洞,断裂的肋骨清晰可见。他蹲下,拿起一片骨头摆在众人面前:它的表面嵌着一块块已然暗淡的冰屑。

茹尔莫果断地抽出两柄匕首，诡异的目光直视黑暗的廊道。"路凯，现在不管你说什么，都无法阻止我拿武器。"

路凯严肃地点头，示意所有人抽出兵器。他们释放虹光，照亮阴暗通道。

六人急促地穿过一道道破裂的闸门，沿途看见越来越多尸首，全部支离破碎，表面结着雪霜。他们踩过结了一层薄雪的死尸，来到长廊的尽头。

这儿的温度异常冰冷。墙上爬满了触角般的冰痕。

他们又穿过几道回廊，惊讶地发现这一路至少经过了数百具尸体，其中不乏穿着白衣、佩挂铁锁链的战士。道路旁的地底河川已全部冻结。最后，路凯踹开某扇门，进入一个拱形房间。里头的景象使众人哑口无言。

"阳光啊，请庇佑我们……"攸吕虚弱地说。

数不清的死尸遍布地面，以各种姿势交叠，盖满了房间的路面与台阶。那些人的脸呈紫黑，狰狞的双眼映着死前的恐惧。有些人腹部被挖空，肠子流在对方身上。也有些人少了半边脸，或者肩膀被硬生生折开。眼前一切都铺上一层薄霜，让暴露的脏腑、脑浆反射着晶莹的微光。

"这里应该是他们的最后防线……"埃欧朗看向一旁。

众人分散开来，勘查这片墓地各个角落。路凯检视尸体的伤口，发现体内全是冰屑。但那些冰屑已失去光芒许久,无法判定究竟是何时遭受攻击。

"路凯,过来看看这个。"俊和戈刺图站在房间底端的高台上。当路凯踩着死尸踏上阶梯,"破荒蛮子"沉重地说:"看来我们的任务已经有结果了。"

整堆躯体的中央,躺着五具变形的死尸。他们都身披宽袍、头戴金属冠冕——是所罗门的五位族长。

路凯深吸一口气,难以相信眼前所见。"奔灵者不会抛下他们的族长不顾。这代表所罗门……已经毁灭了。"

拂 羽

"你太多虑了。"黑允长老投来轻蔑的眼光,"不管有多少狩,它们都无法闯入瓦伊特蒙。那些魔物只能在雪地里生存。"

"但是……以那样的规模往瓦伊特蒙来,很不寻常,一定会出什么事……"雨寒惶恐地回答母亲。窟室中,黑允长老和七八位奔灵者围绕着圆桌,似乎在讨论远征的事宜。

一位独眼的奔灵者开口:"孩子,你不该轻易听信那种人的话,"他是远征队的老将"冰眼"额尔巴,也是黑允的亲信之一。"叛逃者可以为了任何目的而撒谎。"

"我的团队刚从雪地归来,连一只狩也没撞见。"另一位奔灵者,绰号"红狐"的费奇努兹,口吻也满是鄙夷。他肩上戴着染成殷红的雪狐披肩。

雨寒急忙说:"那是因为狩群是从东边——"

"雨寒。"黑允长老语气中的冰冷让她立刻住嘴,"如果真是离我们不出几天的距离,那是守护使和探寻者的责任,让他们自己操心去吧。别忘了,你现在是远征队的一员。"

雨寒抿住唇低下头来。她差点忘记居民大会以后,三长老陷入冷战,关系比之前更加恶劣,几乎不再交谈。这直接影响到三支部的奔灵者。雨寒担心如果瓦伊特蒙即将面对危险,人们无法再团结一致,这该怎么办……

"好了,去做你该做的事。我们在开重要会议。"母亲挥了挥手,不容雨寒再提此事。

"是……长老……"她低声回应。

雨寒在小木艇的尾端缩着身子,心头一阵彷徨。船夫轻轻拍打水面,载她经过幽暗的河道。

他们抵达黑底斯洞,周围许多小船悠闲地漂荡。水面微光闪烁,反射岩顶的数百万颗萤火。雨寒跨出木艇,向船夫道谢后,踏上熟悉的道路。她心里沉重,感到无能为力。瓦伊特蒙依然持续着一天的活动,人们在岩道间你来我往。

咯咯的笑声从右方传来,雨寒转头看见一群年纪很小的孩子在钟乳石间相互追逐。他们父母亲的笑容,即使在幽暗的钟乳石底下也显而易见。

搬运石头的工匠推着车铿锵作响,从上方的天然回廊经过。

雨寒继续往前走,身旁岩壁的凹槽内有许多人影窝在一起。有个眉毛与胡子一样长的男人盘腿而坐,正在讲述故事。一群孩子兴奋地围着他聆听,频频发问。

"所以,瓦伊特蒙就在众圣兽的保护下,安然度过冰雪世纪直到现在……"男人的手中捧了个盆子,装着许多萤火虫。有些虫子爬到他身上,把他的衣服染上点点微光。

雨寒轻声叹息。一切看来如此安详……没有居民意识到即将来临的危机,认为只要待在瓦伊特蒙的庇护下,就永远都是安全的。

或许,是自己想太多了?可能事情并没有这么严重。

茉朗的呼喊让雨寒转过身来。"茉朗!"雨寒急着问,"有消息吗?"

她的导师摇了摇头,来到她身边。"我找了几个同伴巡视周边雪域,没发现任何狩的踪迹。"

"是吗?"

"话只要是从凡尔萨口中出来的,大家都不免怀疑。"茉朗说,"毕竟他……有十分糟糕的前科。万一最后一切都是谎言,他们铁定会找凡尔萨算账。"

"凡尔萨他没有骗人,我都明白!"雨寒说。

"雨寒……"茉朗踌躇了一阵后说,"或许你该清醒点儿了。到现在我们也还没弄清楚凡尔萨离开瓦伊特蒙那么远的距离，究竟是为了什么？问了他也从不回答，不是吗？我并不认为他有对我们说实话。"

雨寒别过头去，没再说话。

她或许握有旁人都不知道的事实，却无法用言语说清楚，无法让别人也相信。

"你确定吗？若属实，这事非同小可。"恩格烈沙长老说。他和雨寒两人在镜之洞的西边通道交谈。

"茉朗说她不想惊动您……她在附近侦查过，但没找到任何迹象。"雨寒低着头。

"那么你为什么会听信凡尔萨说的话？"

雨寒踌躇许久，吞吞吐吐地回答道："他身上的伤是真的。我用雪灵之力帮他疗愈时……我……"

"有可能他只被一两只攻击，面子挂不住，对你说谎呢？"

雨寒的双肩绷得更紧了，眼中尽是绝望。然而恩格烈沙长老打量她许久，又说："我在束灵仪式见证过你那特别的雪灵。或许你在治愈他时，感知到了什么难以形容的事。"雨寒闻言倏地抬头，惊讶长老一语中的。恩格烈沙似乎读懂了雨寒的反应，于是说："我会调派守护使支部，让更多人在外巡逻。"

"谢……谢谢！"雨寒弯身致谢。

她继续前往下一站。守护使支部毕竟管辖范围只有瓦伊特蒙的周边。要往更远处勘察,需要探寻者支部,必须由桑柯夫长老派遣。

她感到深深的罪恶。她无视母亲的警告,私自去找其他两长老帮忙。但也只有这个方法,才能一圈圈撬动三个支部往外去确认凡尔萨所看到的景象。远征队的人力最多,他们却都待在瓦伊特蒙里歇息,这是不对的——

"你上哪儿去?"

尖锐的声音让雨寒止步。黑允长老手持权杖,肩披雪羚,傲然地凝望她。在黑底斯洞的边缘,人群熙熙攘攘,她俩的身影则在钟乳石的阴影里。

"我……"雨寒犹豫了一下她心知母亲迟早会知道的。"我要去找桑柯夫长老……"

"所以你打算串通我的政敌,再次令我难堪?"黑允朝雨寒贴近,居高临下地盯着她。有些往来的居民留意到对峙的母女俩。

黑允的目光麻痹了雨寒全身的神经。过往的恐惧,天然的担忧,还有背叛母亲的内疚感,形成一股压倒性的力量。雨寒缩紧了脖子,这次却没有退后。她有好多,好多的话想告诉母亲,却从未开口说过。

"如果你们想要竞争……"她的声音文弱,"那就为了瓦伊特蒙这么做。派远征队员去找狩群的行踪。"

黑允的神情被点燃，突然抓住雨寒的下巴："你疯了吗你？"黑色指甲掐入脸颊。黑允愤怒地说："你是不是忘记了自己是谁？"

泪水从雨寒的眼角流出来，因为疼，还有因为悲伤。她的心脏急速跳动，响彻脑海像是难听的钟声。

黑允瞪大了眼："你可是我的女儿！你属于我统领的远征队！"

雨寒挣开母亲的手，向后退了一步。黑允不可思议地回望她。红润的双颊满是泪痕，雨寒轻声说："我是奔灵者。"她揉着眼，觉得双眼无比刺痛。"妈妈，对不起……"丢下这句话，雨寒朝黑底斯洞底下跑开。

或许她会被母亲从远征队踢出，也或许她再无资格待在任何支部，但那些都不重要了。

当初，她无法明确地向任何人解释……但当她的雪灵沉入凡尔萨体内，曾探知一股无法言喻的感受。她不知道凡尔萨在雪地里究竟看见了什么，但因而残留下来的恐惧却成了最深刻的烙印。雨寒触碰到了那烙印。

因此，她同时也触碰到……在凡尔萨心底徘徊的最真诚的关切和担忧。虽然有股强大的意志加之于表面，企图把它压抑在意识最深处，却从未成功抹灭。

雨寒知道他并没有说谎。瓦伊特蒙即将面临生死存亡。

她相信凡尔萨。

芬 澜

水弓屿是广袤无垠的冻原上，一片纯净的白色山脉。

"这就是'方舟'……"艾伊思塔感到莫名的震撼。群山就像深雪堆积而成的波浪，层层铺开于地平线。

经历了数周的旅行，她和亚阎终于来到世界另一端，这个无人涉足过的地方。她的心里仍觉得不可思议。迷雾低悬于山谷间，加深了这片土地的神秘与深邃。亚阎站在她身旁，头巾半遮着眼，难以解读他正在想些什么。

"'方舟'应该是指传说中为了避开洪水而建的巨船。"艾伊思塔问，"为什么这岛屿会有那种名称？文献上有说明吗？"

"你听过'原生种子'吗？"

艾伊思塔摇头。"那是什么？"

"旧世界的人类曾经运用各种魔法，擅自改变天地物种的本质，其中也包括他们所吃的粮食。"亚阎说，"但是天灾来临时，那些魔法的产物无一幸免。只有在地球历经数千万年进化产生的最纯粹的物种——也就是'原生种子',才有能力对抗大自然的威胁。"

"在一次遍及人类世界的战争发生后,水弓屿开始积累各类原生种子,储存于岛上一个名为'雾社'的地方。"亚阎淡淡地说,"那秘密'种子库'的每一代执掌者都致力于它的扩展,到最后,它拥有上千个粮食的物种,上万份原生种子。就连我们灰薰裔的祖先在亚细亚大陆一带最依赖的食物'水稻',那种子库也收藏了整个远古世界最多的种类。所以从某个方面想,这岛屿确实像是'方舟'般的存在。"

艾伊思塔吃惊地望着他。"你刚才说的这些,都写在那些资料里头吗?"

亚阎只露出浅浅的微笑。

艾伊思塔也沉默了一阵,然后说道:"如果真是那样,或许这正是旧世界的人类会选择在此埋放'恒光之剑'的理由。"她叹了口气,环视白雪堆积的山岭,"只是'方舟'的文明……到最后还是没有熬过冰雪世纪的降临。"

他们沿着山脉向北方推进。雾气模糊了视野,但他们设法将群山维持在右手边可见之处,以防路径偏离。

身旁丘陵的雪壁之间暴露出岩灰色的纹理。随风缥缈的迷雾间,还出现某个旧世界遗址,看似崩解的长桥,从雪地延伸出来并消失在前方的浓雾里。亚阁立刻跳到上头，艾伊思塔收起惊讶的表情，也跟上。

他们滑行在笔直的白洁轨道上，看见一群群疏落的残骸分散在底下两旁。

亚阁逆着风喊："帆梦的解读里提到，你要找的'恒光之剑'就在群山北方终止之处，'藏在城市遗迹的最高点'。"

艾伊思塔眯起眼促狭地回他："来到这里，连你这缺乏信仰的人也开始对'恒光之剑'感兴趣了？"视野中的天然雪坡时而朝更下方沉落，露出了支撑桥身的一排排基座。

亚阁笑着说："信仰不过是反映现实的结果。给那些明明过得很好，却依旧感到不安的人们的奢侈享受。"

"是吗？"艾伊思塔斜睨着他，与亚阁平行前进，她有预感他们又将开始争辩。但这样也好，只有在争论时，她才可以暂时摆脱那一夜温存后的尴尬。

"难道不是如此？若一个人向来全靠自己生存，哪儿来的奢侈时间去探讨信仰？人生的残酷并不会因此改变。"亚阁难得严肃地说。桥身没入前方一片雪丘里，他们则沿着斜坡往上滑。

然而，艾伊思塔不认同他的想法。"你错了，正是在没有任何东西可依靠之际，人们才会需要信仰！"他们越过雪丘顶端再俯冲到另一端桥面上。艾伊思塔调整姿势，义正词严地反驳："信仰会因人们相信而存在，因为它代表希望。"

亚阁瞥向她，意外地点头。"该相信什么，是每个人都必须面对的选择。"然而，他又问艾伊思塔："可是你也挺矛盾的。如果打从心底相信'阳光'，为什么还要千方百计去证明它的存在？如果你从未怀疑，为什么必须跑这么远找寻它的踪迹？"

艾伊思塔被问倒了，没有作声。

"能被证实的东西，是否还能称之为'信仰'？要是人们真可以亲眼见到'阳光'，它在他们心里的地位会不会改变？"亚阁提醒她："我们抵达目的地之前，你最好慎重考虑清楚。到时候无论是真的找到阳光，或者发现根本就不存在……对你说不定都会是种打击。"

艾伊思塔愣了片刻。她必须承认自己从未考虑到这些。但她更感到诧异，亚阁为何能如此理性地说出这些话？难道真的必须完全抛开对信仰的执念，才能像他这样针针见血地道出事实？

"我要找到'恒光之剑'。"她听见自己固执地说。

亚阁回望过来，盯着她水漾般碧绿的双眼，还有眼底不变的倔强。他突然笑出声，无奈地摇头。"也好。我就喜欢这样的你。"他把头巾拉低。"我会协助你找到它。"

长桥于前方中断,崩裂的石块堆积雪中。他们从桥身跃下,继续在雪地里行进。

经过好一段时间,天空略转暗。双子针显示已超过97.0度,艾伊思塔开始怀疑怎么过了这么久仍未抵达。

无数的灰色枝干岔出雪地,他们迅速摆动身子划出蛇形轨迹闪避。路径的地势越来越高,身旁的群山却明显矮了许多。云层在风中卷动,他们感受到愈渐强劲的风势,两人同时拉起围巾护脸。当他们越过一面遮掩视线的雪檐,逐渐进入眼帘的景象令艾伊思塔哑然。

依偎在环绕的丘陵之间,是座远古世界的城市遗迹。

她不自觉地屏息,停住栖灵板。这是她第一次亲眼看见这种规模的遗迹。数千……不,或许数万座建筑物横亘地面,表面覆盖着白色的硬壳。更令她惊讶的是,一股莫名的强风不停吹拂,在建筑物之间扬起带状飘雪,仿佛整座城市遭到永恒的白色洋流所洗劫。

她拉下兜帽,绿发被风带开。亚阁来到身旁,两人凝望着那座白城。

"目前奔灵者探索过的主要遗迹,上头都吹着这样不寻常的风。"亚阁告诉她。或许正因为那股永无止息的风势带走积雪,使遗迹得以保存五百多年前的大体模样,未被完全淹没。而他们要找的"城市遗迹最高点"显而易见

——那是幢巨大的建筑物，拥有节状的躯干，高过其他所有楼房。它清晰矗立在遗迹中央，永冻的冰雪让这座白色高塔表面隐隐闪烁青碧色的斑痕。

"它看上去就像柄剑。"艾伊思塔突发奇想地说。

"走吧，天就快要暗了。"亚阁朝底下动身。

他们逆风奔驰在结冻的远古建筑之间。艾伊思塔必须使尽所有意念才得以阻止想停下脚步欣赏遗迹的冲动。她终于意识到被长老们监禁在瓦伊特蒙是多么大的损失，这儿每个角落都比瓦伊特蒙更加壮丽。

"旧世界的人们怎么有办法创造出这样的地方……"艾伊思塔觉得自己的每次呼吸，都是吃惊的叹息。

亚阁微笑，很难得的什么都没说。

两人逐渐深入遗迹，仿佛进入一个庞大的迷阵。这里即使看似最小幢的建筑物，也比黑底斯洞里的钟乳石柱大上数倍。一旦迷失方向，他们只需设法登上任何楼房的顶端，便能再次看见目的地——那座高耸的巨塔在铅灰色天空下静静等待。更远处的群山被迷蒙的烟云磨去了边界。

他们穿梭在错综复杂的巷道里，白雪覆盖的建筑间。艾伊思塔抬头，看见寒冰固定了悬挂在各楼房之间的残破钢架。某些建筑物的雪衣脱落，露出褪了色的表面，让她看见各种难以辨识的远古符文。

她设想五百多年前这里会是什么样子,却发现自己的想象力无法与眼前的景象契合,感到一阵茫然。"在旧世界……生活在这里的那些人……你觉得他们都是什么样子?"

"难说。"亚阁回答,"不过我猜大概和瓦伊特蒙的居民差不了多少……会因为外头未知的世界而害怕,却仍得努力熬过每一刻,试着去理解他们必须生存的那个世界。"

艾伊思塔沉默了。她心想拥有阳光的世界,不可能差到哪儿去。

"你知道吗,亚阁……"她突然开口,"我从没想过自己会有机会来到这里……"

"是啊,直到你偷了研究院的东西。"

艾伊思塔白了他一眼。亚阁举起双手做投降状,示意她继续说下去。"你有过那种感觉吗?仿佛……仿佛你必须踏上这趟旅途。"她停顿了一下,轻声问道:"成为奔灵者后,你曾听过自己的雪灵在呼唤你吗?"

亚阁想了想。"没有吧。'呼唤'这个词太强烈。但在驾着栖灵板时,经常感觉意志被另一股力量所掌控,做出一些连自己都难以相信的动作。"

"嗯,但那不是我的意思,而是……该怎么说……"艾伊思塔踌躇了一会儿。"当时在瓦伊特蒙,我捧着蜡烛正要去研究院。经过家里时,却好像听见了雪灵的呼唤。"

她的声音几乎被风雪盖过。"不知道这么说对不对……但有个声音一直停留在我脑海里徘徊。又有一次,我原本可以在研究院放下蜡烛就走人,但不知为什么当时却选择留下。现在想想,或许正是被那声音给驱使了。由于那次机会,我无意间听到首席和路凯的谈话,说他们找到了'恒光之剑'的文献。"

亚阁思考了一下:"雪灵是不会对我们说话的,就算在意识深处也一样。"

"所以我不太确定……或许并非声音,而是某种感应吧……"

亚阁默默点头。

"啊,还有一次,就是居民大会的时候,黑允长老想把我送去所罗门。当时涌现的情绪,应该说是愤怒吧……但脑中又出现了相同的声音,推动我的脚步往研究院走去。这很难解释……"两人跨越一条空洞的渠道,很可能是远古时期的河川。两侧不断出现断裂的桥梁,冻结于雪地。

风吹得更加凛冽了。亚阁开口问:"你经过家里听见雪灵的呼唤时,身体并没接触到栖灵板?"

艾伊思塔摇摇头。"我把栖灵板收放在床下好几年了。"

亚阁若有所思地说:"我从没听过任何人能够如此,

在不触碰板子的情况下与雪灵产生强烈的相互感应。这很有可能是你雪灵的特殊能力,但也有可能……是受'灵凛石'的影响。"

艾伊思塔一惊,不自觉握住胸前的衣襟。两条重叠的桥梁出现在前方,他们从中央的狭道奔入,笔直滑行一阵后又看见几道类似的石桥闯入眼帘,横向崩塌在前方路径上。他们放低身子,从庞大而破碎的结构物间穿梭而过。不知何时,两人已凌驾在多数建筑物的高度之上,可以清楚看见整座遗迹的中心。

"好美……"艾伊思塔禁不住开口。桥梁开始转弯,循着一道弧形的轨迹倾斜。

身旁的建筑快速飞过,更远处的景象则缓慢移动,但背景那座雪白巨塔几乎毫无动静。栖灵板不停奔驰,给了艾伊思塔一种错觉,仿佛那座巨塔正处于圆心的位置,而整座遗迹像个圆盘,随它缓缓转动。

"啊,我就知道没这么简单。"亚阁活动了一下手指关节。

艾伊思塔正想问他什么意思,眼角已探见敌人的踪影——它们像扭曲的生物,从各建筑物后方出现,丑陋的形体与壮阔的遗迹极不相配,却又有种怪异的协调。

"我最后再问你一次。要回头吗?"亚阁瞥了她一眼。

说不害怕是骗人的。密密麻麻的暗白建物表面不断出现凸起,像迅速沸腾的水面,一团团化作魔物。她知道自己将要步入死亡之口,本能地想要退缩。

瓦伊特蒙幽暗、温暖的景象闪现脑中。她离开它,选择来到白色冰冷的世界。

当初想寻找"恒光之剑"只是借口,为的只是逃离瓦伊特蒙。然而现在她不同了,艾伊思塔真切地想找到"恒光之剑",带回给所有居民,那些在阴暗地底奋力生存的人们。打从许久前,就是他们给予她的力量。

"……因为我归属的地方,是瓦伊特蒙。"艾伊思塔低语。

"什么?"亚阎似乎听不清她的话。

艾伊思塔没再回答,横了心加速往前,双臂上的锁链已然松开备战。

有两只狩不知何时出现在后方,追击而来。亚阎在一声清脆的声响中抽出双剑,绽出虹光。突然他急停住栖灵板,猛然刺向后方,刀刃钉住魔物的双脚。往前冲的作用力扯断了它们各自一条腿,亚阎回旋砍死一只,洒出无数碎冰,又以双剑破开风声,垂直切开另一只。魔物立刻被飘荡在遗迹的雪浪给带走。

"它们全聚过来了!"艾伊思塔喊道。越来越多狩从四面八方涌现。

"真是场盛大的欢迎会啊。"亚阁旋转手中的双剑,"朝巨塔去吧!"

两人闯入细密的街道里,滑行在倾斜的墙道间,不断转向避开狩群。当魔物几乎塞满眼前每条道路,他们跃上崩塌的残骸与钢架,然后加速冲力,跳跃在整排建筑的顶端。

"看前面的广场,逃不了了。"亚阁紧握刀柄,以齿咬住手套拉紧。

"没必要逃!"艾伊思塔率先往前腾空,朝广场落下。十几只狩正在那儿等待她。但艾伊思塔大胆地在半空旋转,运用板子的重量旋腰,化为一阵旋风,落入狩群中央的一刻释放力量——锁链拉出两道致命的虹光,切开尚未反应过来的魔物身躯。她借着冲力在旋转中前进,突破包围,闯入另一条被深雪覆盖的巷道内。她听见身后传来一波魔物的嘶吼及雪地的沙沙声,知道亚阁也已赶来。

建筑物时而密集时而分散。艾伊思塔仰头,发现不知何时亚阁已在建筑物形成的窄缝间找到一条高悬的路径,飘雪模糊了他的身影。

"跟上来,别落后了!"亚阁对她喊道。道路两旁有许多被雪覆盖的隆起物,艾伊思塔选择那条路,腾跃在它们之间,听见脚下钢铁凹陷的吱嘎声。

某个形状特异的结构体出现在前方,夹于几幢崩塌的建筑物中央。她滑上一道台阶与亚阎会合，亚阎率先挥剑劈开淤积前方的雪块，然后硬冲上阶梯状的路径，来到一个平台上。头顶的铅灰天空给人强大的压迫感。

"啊——走这里！"亚阎再度奔跃，登上一条笔直而狭窄的轨道。

那轨道悬于半空，被两排楼层紧紧包夹，就这样笔直贯穿城市中央。底下雪地已充斥着魔物，它们不甘愿地咆哮着。两人摆动栖灵板飞快推进，看着建物从旁呼啸而过。

"亚阎，右边！"艾伊思塔指向一条看似无人的巷道。他们从轨道边跃下，坠入整片白雪之中，拐了个弯钻了进去。不出一阵子，两人闯入一片空旷之地；从周围建筑的形体看来，似乎是个圆环形的广场，雪里同样停着许多铁箱般的东西。"等等——"艾伊思塔喘着气，扶住某个铁箱歇息。

亚阎突然睁大双眼。"艾伊思塔！快离开那边——"

她转头看见身后的魔物缓缓挺起，在惊吓中反应不过来。魔物胸前的寒光绽放，整圈獠牙从她的头顶罩下。

亚阎已然赶到——他撞开艾伊思塔，双剑霍然朝上。有那么一瞬间，她看见亚阎半个身体没入狩的口中，令她惊叫出声。但魔物却随即炸开。

"亚阎！"艾伊思塔赶紧爬起身。

"——可爱的淑女,下次别这么大意啊。"亚阎露出笑容。

"你……不……你受伤了……"她慌张地说。亚阎肩上插着数道冰蓝色碎片,血液开始染红衣服。他的额头也埋了一根细小的冰屑,鲜血让他紧闭右眼。艾伊思塔知道那冰屑的硬度可比拟钢铁。

"小意思。"他拔下头上的细冰屑,鲜血喷溅在手上,"我们不能在这儿久留,狩随时会追上来。"

"这是……"

从白塔的正下方往上看,仿佛它的高度受到压缩,艾伊思塔却能感受到它的无比庞大。逐渐转暗的天空,云层静静挪动。遗迹四处传来狩的嘶鸣,穿透风声。"我们必须在天黑前爬到塔顶,否则可能要和那些狩睡一起了。"亚阎说。

"可是……我们该怎么上去?"艾伊思塔感到一股绝望。

"从那里上去。"他以剑刃指向塔底另一侧的弯曲铁架。

他们沿着铁架滑向一座与巨塔底层相连的建筑物。亚阎先往前,和艾伊思塔的距离拉开,然后转身,背贴着雪墙示意她行动。

艾伊思塔相当怀疑这点子的可行性,但仍往前奔,孤注一掷地将锁链甩向亚阎。铁链的前端缠绕住他的两柄剑，擦出金属声响。亚阎立即把双剑交叉为十字，锁住铁链。艾伊思塔全速奔驰，感觉雪灵与她的心跳同步；亚阎定住身子成为支点，让艾伊思塔凭借拉力划出一道轨迹，从一旁冲上雪墙。

她几乎是垂直地向上滑行。

亚阎将双剑打直时，锁链遭到释放，艾伊思塔飞跃于半空中，落在上方一座险峻的雪架上。她松了口气。

之后亚阎拉着她的锁链滑上来。接近塔身时，他以长剑劈砍，发现它表面尽是一格格中空的方洞，通往塔的内部。

塔内的景象相当阴森。他们放出雪灵的虹光，看见结冻的雪块扭曲了里头的一切，仿佛被融化的钟乳石丛。艾伊思塔无法判断这里原来究竟是什么模样，只怀着紧张的心情，想看看有没有旧世界人类所使用的物品。

"别东张西望，我们没时间了。"亚阎催促她，并在另一端找到又一个入口，有道通往上头的阶梯。

接下来的过程紧迫而骇人。一旦两人发现通路受阻，则必须劈开硬雪，由塔外向上攀爬。艾伊思塔很庆幸在这个高度风势不强，但她仍惊恐地回望。她的长发像一抹绿影飘动在白色巨塔的边缘。女孩看着下方的遗迹，与急速变暗的天空。

他们轮流成为彼此的支点，一人紧紧拉着铁链，另一人则让栖灵板放出彩光,凭着雪灵短暂的附着力,像钟摆一样在塔面滑出一道弧形轨迹,甩至更高的楼层,并以刀刃刺入冰雪撑住身子。

他们失败多次,险些跌落至底下呼啸的风雪中,亚阎的肩伤更让他几次差点松手。然而,两人之间似乎有某种难以言喻的默契。

他们就这样时而穿越塔内的阶梯,时而摆荡于冰雪外墙,一层层向上推进。

最后几层的攀登完全是在黑暗中进行。虹光微弱,两人急喘着气,知道雪灵的力量已濒临极限。当他们抵达塔顶,雪灵从艾伊思塔的感应中完全消失了。

他们站在一个窄小的盆状平台上。"你在这里等我。"亚阎说完,把散发着虚弱虹光的板子背在身后,伸手抓住冰冻的钢管梯子,攀上最后一段路——位于巨塔尖端的柱子。

艾伊思塔在黑暗中等候。感受不到芬澜的脉动令她有点儿心慌。

时间不知过了多久。每当心生担忧,她向上望去总会看见一抹微光——亚阎仍在攀爬。她深吸一口气,想让心情沉淀却控制不了激烈的心跳。五个世纪后,她与亚阎很可能是率先找回传说中"恒光之剑"的人。

会不会……他们真会是首次亲眼见证"阳光"的人类……

但亚阖若空手而回呢?万一他们找错了位置?艾伊思塔猛摇头,甩开这些念头。亚阖说他已熟读文献,知道那柄蕴藏阳光的剑就在这里。没错,他们长途跋涉来到这里,一定能找到——

脚步声在铁梯上回响,逐渐清晰。当她看见亚阖手中只有栖灵板,双肩倏地垮下。

最后,几阶亚阖跃了下来,在女孩开口前,从板子后方拿出一个物品。

艾伊思塔赶紧凑了过去。"与文献中的图一模一样!真的是'恒光之剑'!"她感觉心脏要从口里跳出来。

三根比匕首还长的玻璃管,并列插在一个奇特的底座上。管子里隐约可见里头缠绕着某种丝线,底座则刻着精细的纹路。翻过来,底盘下更是错综复杂的钢丝,仿佛远古工匠之手精巧编织的金属绣帷。在它的一侧有个锥形旋钮,另一侧则有个玻璃盖罩住的环状孔,打开时刚好可以伸进一根手指。

亚阖的雪灵已变得黯淡,残余的虹光微微照亮两人的脸庞。艾伊思塔许久无法收起震惊的神情。

这时,亚阖从袋子里取出了文献,翻到关于恒光之剑构造的那几页。他们的目光迅速扫描上头复杂的注释与手绘的草图，页边写满了潦草的音轮语。而在页角某处，有个以工整符文写出的几个字：生息的原力。

亚阁又翻过一页，检视一阵，终于找到了关键字。"是这一段，上面说要扭转一个'开关'……是这个没错。"他指着旋钮。

"你……你来吧。"艾伊思塔紧张得口干舌燥。她无法想象再过几秒之后，自己将看到"阳光"的真面目。

亚阁却忽然望向她问道："你确定要这么做吗？"

艾伊思塔沉默了。许久后，她坚定地点头。

"那么，"亚阁笑道，"是你的勇气带着我们找到它，该由你动手。"

艾伊思塔的眼神这才出现不确定，游移在"恒光之剑"与亚阁之间。她踌躇好几秒，定下决心，终于将指尖摆了上去。

旋转时，锥形按钮发出咔嗒声。他们盯着那三个玻璃管，却什么事也没发生。艾伊思塔皱眉，又转了几次。

依然毫无变化。

"怎么会——"艾伊思塔心急地将"恒光之剑"拿来，反复检视。她敲敲管子，手指伸入另一边的孔中摸索。到最后连亚阁也拿过去尝试。他的雪灵已逐渐消散，两人在余光下最后一次翻找文献，确认是否遗漏了什么。

"啊，过了五个世纪……想必已经损毁了。"亚阁下了结论。现在他们俩独处在伸手不见五指的黑暗中，周围的空气稀薄而寒冷。他们靠着背后的柱子而坐，双脚垂悬于半空。

"我们把它带回瓦伊特蒙，研究院应该可以修好它！"艾伊思塔仍不死心。

亚阁沉寂许久，突然话锋一转："放着吧。我们就把它留在这儿。"

"你在说什么！？它和文献画得一模一样！我们找到'恒光之剑'了！我们可以——"

"这是旧世界的产物。这里是它的归属地。"亚阁说完，艾伊思塔住了口。

她拼命忍住眼角的泪，在黑暗中憋住啜泣的冲动。

亚阁搂住她，声音淡然到近乎温柔："居民里有许多孩子听着'恒光之剑'的故事长大。"

艾伊思塔的身体因哽噎而颤抖。她以最后的力量说出几个字："我明白了。"在她手中是个陈旧的毁坏之物，他们没有必要把它带回去……剥夺人们心中仅存的希望。

御　风

联合部队离开已遭歼灭的所罗门大本营，才刚走出铜门，猛烈的攻势随即落在一行人头上。

数道冰钻射来，炸开于岩壁和门旁。俊和茄尔莫两人分别被击中，在哀号中跪下。攸吕急忙转向洞穴喊着所有人退回来。

"不行！"路凯阻止他们，声音压过在周围碎裂的冰钻声响。"这样正中它们下怀，到里头就是死路一条！"他把目光投向前方峭壁间的龟裂狭道，知道只能从原路硬闯回去。

然而，他们必须穿过的环形空地已充斥着狩的身影。上方悬崖更冒出几头庞大的魔物，手臂比一般的狩更长，肌理全是冰蓝结块。它们张开双臂就像个巨大的钳子，蓝光裂痕从胸口沿着手臂撕裂到掌尖。

它们将双手向后伸展——

"冲吧！"路凯大喝一声，众人驾上栖灵板同步动身。

崖上的魔物甩动身躯，射出数排冰钻，雪花在他们疾奔的身旁不时爆开。

当战士们与狩群开始了混战，埃欧朗拉开长弓向上瞄准。

"俊，掩护他！"路凯自己挥动长枪扑向成群的魔物。俊像道沉静的微风，滑动在狙击手身旁挡下狩群的攻势。埃欧朗的第一支箭撞上袭来的冰钻，完全偏离目标。有一头魔物从旁扑向他，但俊又急转滑来，一道利落的斩击诛杀它后，守住狙击手背后。埃欧朗的第二支光箭刺入一头崖上魔物的胸口，数道彩光绽开。它化为粉尘。

"啊啊啊——！""破荒蛮子"戈剌图英勇地冲向一头魔物，以长枪突刺击杀。

路凯划出斩击，击溃敌人为队友们开路。悬崖间的通道口越来越近，然而上方却仍有两头不断射出冰钻的狩。路凯以长枪指向顶上："埃欧朗！我们得在进入狭道口之前解决它们！"

狙击手已专注地扬起弓，丝毫没留意周围的混乱。他把自己的安危交给伙伴，俊也不负信赖，挡住涌现的敌军，白霜般的眸子杀意流窜。

路凯与戈剌图会合后首先杀出敌阵来到通道口。埃欧朗边滑行边放箭，击杀了第二个目标。崖边有些许雪块崩落。攸吕在茄尔莫的保护下也跟着进入通道。

路凯一转头，赫然发现戈刺图的背上多出数道爪痕，披风几乎全被扯掉；茄尔莫的手臂也全是血，沿着掌中的匕首滴落。然后路凯仰头，再度捏了把冷汗。他看见崖上最后一头魔物与狙击手彼此互击。若埃欧朗失败了，进入狭道后将丧失杀死它的可能性，他们将处于极度不利的位置——

一道冰钻击中埃欧朗的长弓，爆开的残冰削过他右掌，切开整片金属手套。埃欧朗忍痛没叫出声，但他的脸色惨白，满手是血。路凯看见他的手指呈异样的角度，恐怕已经断了。但埃欧朗没有挪开目光，锁死敌人，滑进狭道的前一瞬硬是放出一箭。箭的轨道过低，只击中悬崖边缘的雪堆，虹光却如触手般倾泻而出，刺穿狩的全身。它发出低吼挣扎片刻，随即炸开。

"动身吧，我们必须突破这里！"路凯立刻带着众人脱逃。俊在队伍最后殿后。

通道的前方也挤满魔物，它们有些甚至能垂直站在雪壁上，堵死所有空间，纷纷张开利爪。

虹光逐渐凝聚在路凯的栖灵板，愈趋强烈。他屏息一瞬，猛然转身。一道光波脱离了板子，像头怒吼的狮子朝前飞跃——带状虹光飘摆，有如刺眼闪烁的雄狮鬃毛，吞没了整个狭道里的魔物。路凯感受到雪灵之力剧减，但他知道不能停下脚步。

众人顺利闯出断崖，通过先前的巨型旋涡，看着螺旋冰层和远古建筑从身旁飞逝。他们回到绿冰充斥的雪坡，在低悬的薄雾之中寻找路径。路凯本以为这儿会和海域接壤，却发现他们切入一片密林当中。

危机尾随而来——结满白雪的枯萎枝干间，有骚动开始蔓延。那是极度骇人的画面，路凯仿佛看见白色魔物从树干分离出来。景物不断从眼角飞逝，他却无法区别哪些身影是树，哪些是魔物，仿佛整个森林都动了起来，朝着奔灵者迫近。

"这整座岛全被狩占领了！""破荒蛮子"大吼。众人的镀银武器挥洒虹光，对抗密集的冰蓝攻势。

"该往哪儿去？"攸吕也紧张地呼喊。

"海岸线！狩无法跨越碎冰带！"路凯急着找寻海岸的方向，却发现已迷失在树丛间。一片混乱中他连取出双子针的空闲也没有，拼命举枪劈砍、横扫，再劈砍——时间浓缩在这一刻的混乱之中。

鲜血随着奔灵板的轨迹染红雪地，奔灵者逐一负伤。攸吕得随时调动自己的位置，保持在团队中央，不断释放出游蛇状的光波到同伴身上，止住他们的伤势，唤回他们的体力。然而，无论攸吕的疗愈能力多强，依然比不上敌方排山倒海而来的攻势。

突然，在晃动的树影间，路凯看见了——海岸就在左前方！他本想转头呼唤同伴，却愣住片刻。在森林最右侧，飞逝而过的雪丘之间，他瞥见某个熟悉的身影。本能在瞬间驱使决定——他倏然拐弯，甩开其他人往前直奔，穿透树林。

队友与魔物持续交战的声音逐渐远离，前方却倏然传来金属声响。铁链朝路凯的脸上甩来，但他举枪缠住它，扭动手臂缠卷，不顾钢刺埋入肌理。

路凯撞上那名白袍奔灵者，单手架住对方的脖子，并压向雪堆里。

"放开我——"对方喉间发出紧缩的声音，是名女子。

伸手摘掉她的面罩时，路凯不禁一愣。深褐色肌肤，薄薄的嘴唇，双眸炯炯有神，却看来像个十来岁的孩子。她以口音浓厚且不标准的符文语喊："你们……恶魔！"

她白袍上的箭伤让路凯确定是之前袭击他们的奔灵者。"你的同伴在哪里？带我去见他们！"

"全死了……他们全死了！只有我活下来！"她几乎含泪咆哮，"都被瓦伊特蒙杀了！你们派恶魔来！"

"别傻了！"路凯对着她大吼，"看清楚，那些狩正在攻击我们！"他指向后方，厮杀声逐渐逼近。

"那我们无处可去。故乡已经毁灭，瓦伊特蒙很快也会毁灭！"女孩怀着悲愤的神情，泪水悬于眼角。"恶魔已经突破火焰，人类都要灭亡！"

路凯睁大眼望着她:"那是什么意思?"

"滚!"女孩说,"我……自己回地堡,它们不会进来!"

伙伴们的交战声越来越近。路凯忽然意识到女孩的话代表了什么:她知道另一个藏匿之处,是狩无法进入的地方。"带我们一起去。"路凯的声音急切。本能告诉他经过这么长的旅途来此,他不打算就这样回去,或许女孩躲藏的地方仍有未发现的重要线索。

当女孩抿嘴不语,路凯逼自己静下。如此急切的情况,他依然看着她的眼睛缓慢地说:"告诉我,你是怎么躲过狩群的?"

"路凯!"其他队友陆续聚集到他身旁。"它们马上会追来,现在该怎么——"看见身穿白袍手持铁链的女孩,他们全愣住了。尤其是戈刺图,眼神狰狞地望着她。

女孩的目光扫过这群人,最后回到路凯脸上。路凯点头对她说:"我们都是人类,是来帮所罗门的。你靠着自己活了下来,但现在我们必须团结。带我们去你所说的地方。"

女孩站起身。"跟我来。"她驾着那弯刀状的栖灵板,朝雪丘另一侧滑去。没人有时间质问,身旁的树干一波波爆开。更多长臂魔物出现在林中,朝他们射来冰钻。

身穿黑衣的六名奔灵者跟随白袍女孩滑过几个坡道,进入另一片丘陵底下的凹穴。那儿有扇铁门。

女孩扭动表面庞大的转盘,吃力地将它推开,他们才诧异地发现那铁门的厚度竟有整个手掌宽。待所有人到了里头,女孩立即扭转内部的转盘,拴上几道粗重的门闩。

里头的地面无雪,缓和了他们心头的压力。众人仍喘着气,手中栖灵板陆续发光。此时,路凯看见这陈旧空间出乎意料地全由钢铁制成,应该是某种旧世界遗迹。房间的一侧堆满了各种书籍和文献,杂乱不堪。

"攸吕——!"有人喊叫,路凯回过头。

愈师攸吕被戈剌图扶着,倒了下来。一块手掌大小的冰钻插在他胸口正中央。恶心的蓝光使溢出的血液更加明亮。

路凯跑过来蹲在他身边。攸吕的衣服已全染红,口中不断涌血。那双仿若失明的眸子恍惚地颤动。无人知道该如何处理,愈师的雪灵无法拯救自己。

"攸吕,试着深呼吸……"路凯听见自己的声音在颤抖。他强迫自己以坚定的眼神看着他。然而,当攸吕想吸气,胸口的血液却如泉涌。他剧烈咳嗽,口中喷发冒着泡沫的鲜血。路凯压住他的肩,自己却害怕得不敢呼吸。抬头望向其他同伴时,所有人都面无血色,没人知道该怎么办。

所罗门的女孩站在门边,透过一个玻璃孔朝外头瞧。"你们带来恶魔……而今它们全来了,"她以毫无感情,淡然的语气说:"我们会永远困在这里。"

攸吕抓住路凯,双手频颤。"我不想……被困在这世界……"痛苦扭曲了他的神情,一向稚嫩而平静的脸孔,如今浮现前所未有的恐惧。

路凯紧握他的手:"别说话,我们会想办法——"

"我……我死后……"攸吕满脸的血,开口时嘴里发出液体搅动的声响,泪水从眼角涌现,"你认为……灵魂会……会回到……有阳光的地方吗?"

路凯短促地吸了口气,喉头哽咽,说不出话。

"你的信仰非常虔诚,攸吕。""破荒蛮子"靠了过来,轻柔地对他说,"放心吧,你走后,阳光会来迎接你的灵魂。"

攸吕微微挪动脖子,望着壮汉许久。"都是谎言……"他缓缓闭上眼睛,声音转弱,"天空早已封闭……我们全被遗弃了……"

他的雪灵从板中飘出,但动作显得轻缓无力。光丝带着哀愁渐渐黯淡,最终完全消逝。

芬　澜

清晨，世界在一片迷蒙中苏醒。

艾伊思塔微微睁开眼，发现自己躺在亚阁腿上。他以暗白披风裹住两人的身体，淡淡的虹光从底下散发，保护他们度过寒夜。她起身揉了揉眼睛，想起他们仍在巨塔的顶端。

浓雾像一片绵柔的斗篷盖住整座遗迹，唯独这座高塔耸立于上。天色依旧阴灰。艾伊思塔望向一旁，周围群山像是白色的船帆，航行在低垂的云层与飘动的雾气之间。

既然旅程已然告终，两人只想静静坐在塔顶，望着空无一人的城市遗迹。天空开始下起薄薄的雪。接下来该去哪里？回去瓦伊特蒙？疑虑再次升起，她心想人们会不会原谅她？

还是下一站该前往她的出生之地，所罗门……

"能亲眼看到'方舟'的模样……也不错。"亚阁的声音打断她的思绪，"这趟旅行算值得了。"然而，艾伊思塔倚在他肩上，仍心有不甘。

接近正午时，遗迹四处再度卷起强风，吹走昨夜的积雪。这时底下的魔物身影才显露出来。它们充斥在巨塔周围，塞满街道，徘徊在一缕缕的飘雪间。

"我听过一个关于这儿的故事……"亚阎告诉她，"当'方舟'失陷，魔物横扫所有城市，剩余的人类始终顽强抵抗。他们聚集在恒光之剑下，一直作战到最后一刻。"他露出淡淡的笑容。"狩的躯体不断再生，而旧世界的武器对它们全然无效……"亚阎那神情专注的模样，犹如自己曾亲身经历五百年前的最终战役。"那些人逐一死去时……'恒光之剑'依旧在他们身后闪耀。"

亚阎的眼底浮现某种难以辨识的思绪。艾伊思塔只好低下头，手中翻转着那被称为"恒光之剑"、实则已毁坏不堪的仪器。

肚子咕噜叫了几声。许久没有食物下肚，饥饿感袭击艾伊思塔。她想起亚阎用烛火熏烧的肉，忽然很想再尝看看。然而，底下的魔物那么多，他们根本离开不了这座塔。"烛火需要乔安的蜡才能燃烧……制蜡需要魂木成炭……"艾伊思塔若有所思地说，"魂木又需要什么？"

亚阎看向她。

"等等……"艾伊思塔盯着仪器的管子，"会不会……需要某种燃料，它才能起作用？"

"确实有可能。"亚阎依然心不在焉,"在远古时期被称为'电'的魔法能源,旧世界的一切都依靠它。但到了冰雪世纪,人类已无法再重新制造出那种能源。"

艾伊思塔突然瞪大眼,脑中闪过某件事。"亚阎,把文献给我!"

亚阎露出疑惑的表情,从背包中拿出铁制的卷轴筒。艾伊思塔取出里头所有的资料,迅速翻找,停在关于剑的构造的那一页。她掀开角落的折页。"这里,这应该是帆梦的字迹,'Aqua——生息的原力'。"

"水?"亚阎皱了下眉头。

艾伊思塔从身边抓来满手白雪,塞入卷轴筒。紧接着她取出蜡烛,点燃火焰在下方烘烤。不出一阵子,筒里的雪溶化了。她凝望亚阎一眼,然后弹开仪器底座的玻璃盖,将水从小孔倒入。

亚阎会意般的什么也没说。

艾伊思塔小心翼翼地把它放置在雪堆上,然后伸手转动锥形旋钮。她的心跳加速。过了一阵子,恒光之剑依然静静躺在雪里——没有任何动静。

天空却出现了变化。

艾伊思塔惊讶地抬头。亚阎迟疑地用手指勾起头巾,也向上望。巨塔正上方,淤积的云层中间,出现一个微小的旋涡,在盘旋中卷动了更多铅灰色的云。艾伊思塔目不转睛地盯着，那旋涡逐渐扩张的动作如此柔和，仿佛像天空在呼吸。

然后……一道澄净的光芒降临。

在迷雾和群山之间，数万幢永恒沉寂的建筑前，那道光缓缓落下。周围的云层不再昏暗，阴郁的遗迹也明亮了些。光朝下延伸，笔直穿过飘雪，最后落在仪器的三根玻璃管的中央。风也淡去，仿佛世界轻轻叹息，光束成了一柄贯穿天地的剑。

艾伊思塔失了魂似的，一股莫名的情绪涌动胸口。这就是……阳光？

无数个世代，无数双眼睛，都在寻找它……人类在雪地悲愤死去，世间的生物相继灭亡……天空封闭、海水结冰，孩子们被教导要怀抱信仰的心……

看着这道澄澈的光，艾伊思塔的眼角渗出泪水。她意识到自己与亚阁不管怎么争辩，都离事实太远了……阳光悄然无息地回到世间，只要瞥见它一眼，所有理性的分析都再无意义。那是股最纯粹的力量。轻轻的一道光，足以温暖整个世间。艾伊思塔甚至无法说清楚阳光究竟是什么颜色，只知道当它降临，周遭一切都变得不再一样。

亚阁站在光束的另一头，紧绷着严肃的神情。或许是她自己的泪水模糊了视线，艾伊思塔似乎看见亚阁的眼角也反射出泪光。他起身，往平台的另一端走去。

艾伊思塔把视线上挪,望向深灰色的天空。"所以'恒光'指的……不是能储存在任何容器里的东西……"她想象自己的目光穿透封闭世界的灰墙,窥视它后方的景象。"而是在那片云层后面……永恒的存在?"

渐渐地,云层再度合上,阳光消失了。遗迹暗沉下来,回到过往的冰冷。世界再度归为一片苍白死寂。

"艾伊思塔。"亚阎的声音传来。

她抹了抹脸颊,走向亚阎。他凝重地说:"看那下面。"

交错的街道之间,先前为数众多的狩群似乎已撤离,仿佛想远离巨塔。似乎只剩几头走散的魔物漫游在雪地里。然而现在,遗迹所呈现的景象却令艾伊思塔的心跳停了一拍。

底下狂风驱逐了飞雪,地面却露出某种阴暗的纹理——它们看似破碎、干枯,但放眼望去,像是埋藏在地表的一片巨网,覆盖了整座遗迹。

PART III 希望回归

拂 羽

这阵子,瓦伊特蒙的气氛一直相当诡异。

从雨寒在雪地里发现昏迷的凡尔萨算起,已经过了一个月。各支部被告知凡尔萨亲眼看见大规模狩群的出现,均在长老的嘱咐下暂缓各自的任务,让奔灵者留守瓦伊特蒙。然而守护使在外全盘调查,归来后总说周边雪域没有异状,因此所有人都认为被凡尔萨耍了。

"哼,听说那家伙还被路凯用拳头狠狠教训过。"奔灵者之间流传着愤怒的言论,"看来那远远不够,应该打到他永远不敢对任何人开口!"

不断有守护使想找凡尔萨的碴。若非茉朗阻止他们,雨寒不敢想象会发生什么事。然而茉朗自己也很生气,把雨寒训了一顿。"你把事情搞得不可收拾,但现在呢?凡尔萨看见狩群的山岭离瓦伊特蒙不过两三天的距离,"茉朗当时责难道,"如果他所说属实,敌人早就踩遍我们头上的每寸雪地。但现在已经过了一个月,魔物在哪里?"

雨寒无法回答。

"你已经救了他一命，雨寒。我知道你认为自己有责任了解凡尔萨的情况。"茉朗叹了口气，温柔地触碰她的脸颊，"但他根本是胡言乱语！就连恩格烈沙长老也愤怒了。别再和他往来。"语毕，茉朗离去，回到她在东南边的守备岗位。

三长老之间早已形同陌路，相互猜忌，而现在连最后一丝信任也荡然无存。本来所有人把怒意指向了凡尔萨，支部间剑拔弩张的情况稍有缓和。但当狩军的到来被证明是谎言，各支部的奔灵者却更加决裂，因为他们先前踩遍了彼此的领域，相互越权，情况一团糟。而总队长亚煌由于身体需要休养，无法积极参与调解。

雨寒感到无比的愧疚。或许再没有解决的办法。她想起总队长把一切全压在路凯身上，或许联合部队是最后的希望。若他们可以顺利达成任务归来，三个支部间冰冻的关系还有修复的契机。否则裂痕只会持续加深。

可惜的是，早在数星期前就该归来的联合部队……现在却杳无音讯。

事情开始出现异变，是在几天前。

暴风雪席卷了瓦伊特蒙周边。有许多探寻者尚未返回，而就近巡逻的守护使也消失了踪影。起初这些迹象让人们起了警觉,开始留意雪地里是否真有狩的行踪。令人感到费解的是,安然回到居处的奔灵者依旧没报告有魔物,人们只好将问题归咎于肆虐数日的风暴。

他们认为这次与以往一样,走失的奔灵者迟早会回到瓦伊特蒙。

然而,情况并未好转。暴风雪日复一日越发凶猛,令守护使再无法驻守在外头的雪地。他们回到北环大道,将闸门紧紧关上。

所有计划中的远征任务遭到取消,探寻者也不再出巡了。偶有奔灵者从远方归来,在迷蒙的雪幔里找到瓦伊特蒙的入口。但这正是令雨寒不解的地方,那些平安归来的人完全没见到魔物的踪影,而失踪的奔灵者人数却不断攀升。这是怎么回事?

现在,她独自坐在房里,双唇紧抿,难以言喻的不祥预感盘绕于心。

人们不再相信凡尔萨的话,自己却又无能为力,这使雨寒非常沮丧。她没有任何证据可指出或许真有那么一群魔物,正以瓦伊特蒙为目标而来。三长老的分裂让一切合作成为泡影,打从居民大会,他们就——

居民大会。

一个突来的想法飘过脑中,雨寒坐直了身子。

对,或许是有方法找出证据……假使数量如此庞大的狩仍在附近徘徊，那么雪地里的一切都会受到威胁。或许有办法探知它们的位置……

她知道全瓦伊特蒙，只有一个人有那样的感应能力。

离　焱

"我告诉过你别再来找我！"凡尔萨的语气极不友善。

雨寒站在"深渊"入口处缩着肩膀，一脸无辜样。凡尔萨无法克制怒气地瞟了一眼她身后的河岸：一艘停泊的小船里有位船夫坐着等待。

由于自己的意外受伤而被雨寒和茉朗在雪地里搭救，已令凡尔萨难堪。现在好了，他再次回到全瓦伊特蒙的视野里，再次成为众人唾弃的对象。这全都是雨寒搞出来的，而她竟还有胆来找他！

"凡尔萨，我觉得有个方法，或许可以改变人们的想法——"

"你听好，我不在乎他们想什么，"凡尔萨朝她贴近大声吼道，他受够这一切了。"我不在乎瓦伊特蒙发生什么事，也别以为我欠你什么！"他不欠长老的女儿任何东西。如果瓦伊特蒙那些人不相信他，一旦出事，是他们罪有应得。"你快滚吧，别再过来！"

雨寒似乎被吓着了，话卡在嘴里，但她并未把目光挪开凡尔萨。

这一刻，凡尔萨不确定自己为何如此愤怒。或许光是看着黑允长老的女儿站在眼前，就足以挑起经年累月的恨意。但也或许……他的心中有一丝疑虑，一整个月过去，魔物并未出现。会不会它们的目标不是瓦伊特蒙？还是……他所看到的画面只是梦境？

"我知道……你是真的担心瓦伊特蒙的安危……"雨寒小声地说。

凡尔萨的怒意蕴蓄眉间，恶狠狠地盯着她。他恨因自己多事再次成为众矢之的，想逃避所有人群，痛恨自己为何总是如此愚蠢。

"我知道你说的是真的，那么多狩聚集在一起……"雨寒的声音越来越小，眼神却流露某种凡尔萨无法捉摸的固执。"这一定不是巧合。一定不是。"

他不知该惊讶还是尴尬，雨寒的话像一根细针，挑弄他残破不堪的自尊心。

几秒后，凡尔萨摇头。"不，你根本不了解。你们什么都不了解。"

"有个人可以……"雨寒小心翼翼地说出口，"陀文莎。"

缚灵师的名字让凡尔萨皱起眉头。确定他没有反驳，雨寒才接着说："陀文莎能探知所有雪灵的活动，不管是那些已被人类缚灵的，或是隐藏在雪地里的原生灵。"她道出自己的推断，"已经好久没有那么大规模的狩出现在瓦伊特蒙周围。它们如果还在附近，雪地的灵气会被搅乱……陀文莎一定知道些什么。"

当这可能性在脑中变得明朗，凡尔萨犹豫了。这女孩……

"但是陀文莎失踪了好一阵子。"雨寒的声音变得急切："……我们必须设法找到她。"

凡尔萨的嘴角如嘲讽似的勾起："说不定她也对瓦伊特蒙感到厌倦，早就离开了。"他感觉得到自己舌尖的酸意。

然而，雨寒却认真回他："不可能的，缚灵师无法拥有自己的雪灵，她不可能独自前往雪地。"

是啊，有多少人想走，却走不得，凡尔萨讽刺地想着。"你最后一次看到缚灵师是什么时候？"

雨寒缩着脖子，想了想。"是在我的束灵仪式上……后来，居民大会的时候，陀文莎就已不见了。到现在已经快两个月，所有仪式都被迫停摆。"

"居民大会？"凡尔萨眯起眼，开始感到有哪儿不对劲，"那是缚灵师绝对会出席的场合。"

"所以我当时也觉得很奇怪……"雨寒神色担忧，"我很确定她那次不在会场。"

凡尔萨盯着幽暗的岩地,半晌都没作声。然后他抬起头来。"会不会是有人希望缚灵师缺席?"

"……什么意思?"

他盯着女孩,感到不耐。"你一天到晚跟在黑允长老屁股后头跑,难道不清楚?召开居民大会的结果,会影响全瓦伊特蒙。牵扯的利益程度匪浅。"他吸了口长气,换个方法问雨寒:"缚灵师若是缺席,对谁有利?"

雨寒怀着不确定的表情,边思考边说:"居民大会是为了有争议的远征任务而召开。它的起因是这几年陀文莎一直对远征队的扩充完全倾斜,家母才派人前往各大遗迹……所以桑柯夫长老总抱怨陀文莎对新人的分配不公平……"她似乎慢慢领悟了什么。"啊!他一直认为探寻者支部的权力都被另外两支部给剥夺,长老们的权力结构完全失衡……"雨寒抬起头,目光焦虑。"会不会是桑柯夫长老其实很害怕,陀文莎也会支持让远征队和所罗门重建关系?缚灵师的话有时比三长老加起来都更有分量。假使她出席了居民大会,家母的立场就能毫不动摇。"

凡尔萨点头。他对长老之间的明争暗斗毫无兴趣,但他开始严肃地思考这件事。

"但这能代表什么?"雨寒问,"难道有人……刻意监禁缚灵师?"

"不无可能。"凡尔萨说。

雨寒以不可思议的神情回望着他。"缚灵师一向受所有奔灵者敬重,这是瓦伊特蒙不变的传统。"她猛摇头,"不可能的,桑柯夫是个长老,更不可能会做出这种事……"

凡尔萨几乎想当她的面放声大笑。他露出充满嘲讽的眼神:"我还以为长老之女对这种事早该司空见惯,看来你还太嫩了。"

"这不合理……已经两个月了,完全没有人看过缚灵师啊。茱朗有时被派驻巡逻东边的监狱,也从没看到过她……"

凡尔萨的目光飘向雨寒身后那艘小船。"或许我知道她在哪儿。"

雨寒命令船夫帮忙凡尔萨一起把小船抬过一片岩地,然后来到另一端的河道。他们乘船行进在无人的幽暗水面,船头仅吊着一盏荧光灯。木桨拨起水波,发出轻柔声响。

这里是"深渊"的某处,曾是瓦伊特蒙囚禁重刑犯之地,必须经由船只才能通过,连凡尔萨也许久没来。河道两旁的岩壁全是废弃的牢笼,一个个凹穴都嵌着生锈的铁架。

"你感觉到了吗?"凡尔萨的脸瞥向一旁。

雨寒回过头来:"什么?"

"微风,在瓦伊特蒙。"

小船来到河的底端，岸上一个空洞的隧道通往黑暗中。凡尔萨看见另一艘停泊的船，确信自己的猜测没错。他单手捧起栖灵板，走下船。"在这里等我们。"凡尔萨听见雨寒对船夫说。她拎起荧光灯，蹒跚地跟上。

两人走在阴冷的空气里，以微光照亮粗糙的岩壁。一旁的雨寒脚步踌躇，仿佛害怕前方的黑暗会跳出什么东西。她东张西望，似乎不自觉地伸手拉住凡尔萨的袖子一角。

"别碰我！"凡尔萨咆哮，往旁边踏出一大步。

"啊……对不起……"雨寒瑟缩着身子，却再度微微靠了过来，不敢离凡尔萨太远，"这里什么人也没有，我们是不是应该回头——"

"谁在那边？"前方声音传来，回荡在黑暗里。雨寒的身子僵住，凡尔萨却丝毫没动摇地向前走去。

一道生锈的铁门前站着三个人，从他们手中的双刃长枪看来，全是奔灵者。其中一个人举起荧光灯，朝着他们吼道："站住！这里禁止通行！"其他两位奔灵者也踏了上来，长枪架在肩上。凡尔萨仔细打量他们每一个人，后悔自己竟没带上巨剑。他将栖灵板握得更紧。

雨寒来到众人面前时，他们的神情转变，认出她是长老的女儿。而她似乎也认识领头的奔灵者，吸了口气说："蒙勒，是黑允长老派我们来的，请让我们通过。"雨寒的声音相当镇静，即使那是刻意佯装的。

看似柔弱的女孩能面不改色地说谎，这让凡尔萨些许诧异。但他旋即提醒自己别被她的外表和善意欺骗了。无论如何，她都是黑允的女儿。

三名奔灵者互望了一眼。名为蒙勒的男人拎着荧光灯，丰厚的嘴唇挂着数圈暗黄色骨环。凡尔萨认出他，正是之前与戈剌图一起挑衅自己的奔灵者之一。"很抱歉，桑柯夫长老有令，禁止任何人过去。"蒙勒的唇环发出坚硬的声响，神情一贯的轻蔑，伸手指向他俩。"尤其是黑允长老的人。"

凡尔萨斜眼瞄向雨寒。如果在那一刻她感到恐慌，那么她隐藏得相当好。"瓦伊特蒙境内全属'守护使'管辖，你们无权阻止任何人去任何地方。"雨寒似乎想让自己听来义正词严，却不经意透露出紧张的语气。

蒙勒目光近乎狰狞地盯着雨寒："那么就更不关远征队的事了，请回吧——"

凡尔萨手一甩，将对方的荧光灯往上拍。蒙勒本能地向上看的一瞬，凡尔萨的拳头已埋入他的腹部。他倒下呻吟，荧光灯砸碎一地，光点爬满玻璃碎片之间。

另一人挥来长枪，被栖灵板拨开，凡尔萨顺势转身，手肘重击对方胸口。那人睁着眼，一股气卡在胸腔，凡尔萨却毫不犹豫单手掐住他的喉咙，脚拐过他双腿，狠狠将他往地面压。那人的后脑撞击岩地,昏了过去。

"凡尔萨,小心!"雨寒呼喊。

凡尔萨瞥见第三人的长枪从背后刺来——虹光从栖灵板的后端释放,扑倒敌人。绚丽的彩光呈现出猎犬的形体,整排獠牙闪现在飘晃的光丝里。那人放掉手中的长枪屈服了。

凡尔萨缓缓站起身。他手中的栖灵板发出了光带,活像他跟前的两头虹光猎犬。彩光像沸腾的怒意,从猎犬船的空洞眼珠里释放出威胁,制止那两名仍有意识的奔灵者做出任何动作。而凡尔萨已从昏死的那人颈上摘下一串钥匙,交给雨寒。

雨寒赶紧打开铁门,正要跨过去,却似乎想起什么似的回过头,跑向那些奔灵者身边。"这个……你们带着。"她将自己的荧光灯给了他们。"快走吧,如果桑柯夫长老做了傻事,你们不需要与他一起承担后果。"

他们穿过铁门后,凡尔萨转向雨寒。"你是脑子有问题吗?为什么把最后那盏灯给他们?"

"因为你有栖灵板……"她望向依然以虹光点亮他们脚步的板子。

凡尔萨感到青筋浮上额头,那并非他的意思。"万一他们赶去找救兵呢?"

雨寒以手触碰下唇,仿佛恍然大悟般嘴张得老大。

"啧……"凡尔萨的心中一股不悦,不再理会雨寒经自往前走去。他感到难以置信。他才刚因女孩缜密的心思与胆量而诧异,却没想到她对这么简单的事缺乏谨慎。

他们在隧道最深处的牢笼,看到了缚灵师。

她仍穿着一身半透明的长袍,体态明显消瘦很多。灰色长发已失去原有的光泽,肩膀、手臂的肌肤肮脏不堪。即使如此,陀文莎的脸庞依然不失典雅。她盘坐于地,那姿态一点也不像个俘虏。

雨寒设法打开铁门,钥匙发出铿锵声响。看得出来有人定期打理残留的食物,但里头依然弥漫着某种腥臭味。雨寒开锁后,凡尔萨拉开铁门,刮出尖锐的金属声。

"它们来了。"他们尚未踏进去,缚灵师已开口。

小船急迫地掠过水面,朝着黑底斯洞而去。缚灵师坐在雨寒和凡尔萨中间,被他们保护着。船夫在船尾积极地划动木桨,告诉他们:"我们很快就会到达暝河。"

"请再快一点儿。"雨寒焦急地吩咐完,朝凡尔萨望过来,"接下来你打算怎么办?"

凡尔萨把栖灵板横摆在腿上,彩光笼罩着小船两侧。"见机行事。"缚灵师已告诉他们,桑柯夫威胁自己去说服其他长老,要改变支部间的分配与职权。当她断然拒绝,桑柯夫索性扣押她到现在。凡尔萨只希望在抵达目的地之前,别再碰上桑柯夫的人。

雨寒吸了口气问:"陀文莎,瓦伊特蒙……已经完全被狩包围了?"

肮脏的发丝垂在缚灵师的脸颊边。她静静回应:"是的。"

"但是狩只能在上头的雪地活动,无法进入地底。"雨寒挪动着身子。凡尔萨则盯着她。

"东南方的守备,已遭突破。"

此时雨寒不知为何瞪大了眼。她似乎想说什么,嘴唇却不住颤抖。小船进入暝河,头顶数万颗光点照亮黑底斯洞的轮廓。凡尔萨收回雪灵,前方出现较宽敞的河道,许多船只正悠然地四处漂动。

"在这里放我下来!"雨寒突然喊。船还未靠岸她就跨出边缘,以笨拙的动作跃下船。"请载他们到任何要去的地方!"对船夫说完后,她头也不回地跑开。

凡尔萨迟疑了一下,本想叫住她。最后他还是忍住没作声,因为无论情况多么紧急,自己还有最后该做的事。

"现在要往哪里去?"船夫问道。

"前面。"凡尔萨听见自己咽下一口唾沫的声音,"居民大会的广场。"

拂 羽

东南边——那是茉朗镇守的地方!

雨寒上气不接下气地奔跑在钟乳石间。一股不安的预感袭来。穿过几个隧道,雨寒撞上死角后又绕回了原路。她双肩下垮,沮丧地看着交叉蜿蜒的通道。这一刻,她多痛恨自己从未花时间了解整个地底洞穴的道路。

雨寒提着向人借来的荧光灯,到处询问居民有没有看见奔灵者的身影,但他们的回答只让她来回多绕了许多路,依然没找到茉朗。

她跑过东边的每条隧道。或者该说她认为自己找过了每一条,却没任何收获。正当雨寒就要放弃,眼睛却注意到某个之前没发现的东西:层叠的木架子,挡住了某个通道口。

她立刻意识到那是什么——守护使在几个月前封锁的通道!

雨寒从一旁的缝隙钻入,快步奔驰。不出多久,她已经感觉背上的汗毛直竖。前方阵阵寒气飘来，她只穿着宽松的露肩衫，浑身发紧。灯内的萤火虫疯狂闪烁着，仿佛它们也因温度遽降的空气而慌。

她开始缓下脚步，犹豫着该不该回头。我是长老的女儿……要勇敢……她在心里默念，逼自己往前走。

脚下突来的异样触感令雨寒停下动作，背脊发抖。她忽然意识到自己并非踩在岩地上。雨寒将光源往下挪。

地面结冰了。

她怀着不可思议的神情，提起荧光灯，缓缓晃过自己头上。微光不停闪烁，但她仍看清楚那骇人的景象。整个洞穴结冻了。不规则的冰痕爬满岩壁，上头结着水珠。雨寒觉得呼吸困难，像是有东西压在胸口，不安的预感泛滥。她逼迫自己吸了口冰冷的空气，小心翼翼地走在滑溜的冰上。

一步步前行，心中的恐惧却越来越严重，因为脚底下的地面已不仅是冰……竟开始出现雪屑。雨寒拐了个弯，差点昏过去，因为洞穴彼端已全然被白雪覆盖。有东西散布在雪里。

她再往前跨了几步想看清楚，却险些尖叫出声。眼前是半片破碎的栖灵板——上头依然连着一条人腿。

那条腿的皮肤与雪一般白，肌理却被爪子划开，暴露出一片殷红。

她的目光跟随血迹,看见数具尸体。板子和武器散布隧道,应该全是奔灵者。然而,令她感到神经麻痹的景象,是躺在通道一角的某人。

雨寒踏过血迹斑斑的雪地,接近墙边的身影。当她看见那淡绿色的短发时,一阵晕眩令她再也站不稳。

茉朗埋在雪里,少了右腿,腰部以下是鲜红的血肉。雨寒无法挪开目光,呆滞地盯着自己导师的样子。血肉模糊的肌理间,断裂的腿骨刺了出来,末端浸泡在以鲜红的雪泥中。而茉朗的胸口被巨大的爪子给划过,衣服残破不堪,一向白净柔软的身躯嵌了无数道细碎的青蓝冰片。

"雨……寒……"茉朗发出微弱的声音。

雨寒立刻来到导师身边,跪了下来。"茉朗……茉朗……"雨寒忘了呼吸,仿佛整个世界正向她压缩过来,令她严重窒息。"我去……我去拿栖灵板,拂羽可以治好你……"

"太迟了……"茉朗试着抬起头,脖子僵硬,脸上不停颤动,毫无血色的双唇在冷空气中吐出白雾。"我们……挡住了它们……可是它们一定会再……再回来……你快离开这儿……警告所有人……"

眼泪不停从雨寒的双颊流落,她想抱住茉朗,却踌躇着不知如何是好。"不要……茉朗,不要离开我……"雨寒忍不住啜泣,握住导师的手臂,触碰到她手腕上的手镯。那只装着暝河之水的手镯如此冰冷，与茉朗的体温却相差无几。

"别哭……"茉朗抬起颤抖的手，触摸雨寒的脸庞时，温柔依旧，"雨寒……你是……最令我骄傲……的学生……"她缓缓垂下手臂。"你是我最……"茉朗露出了浅浅的笑容，睁着双眼咽下最后一口气。

雨寒趴在茉朗的腿上放声痛哭。鲜血抹花了她的脸，血腥味在舌间散开，但雨寒毫不理会。她哭到喉咙干竭，咽下口中茉朗的血。

良久，冰冷的微风才唤回她的理智。

雨寒起身，感觉到风从黑暗里静静吹来。带着凝固在脸上的鲜血与泪痕，她恍惚地离去，在洞穴的雪地留下鲜红的脚印。

离 焱

凡尔萨带着陀文莎踏上暝河中央的小岛。居民们看着他们窃窃私语，几位奔灵者露出震惊的神情，望着失踪已久的缚灵师。即使衣衫褴褛，她高挑的体态仍散发出令人肃然起敬的气质。凡尔萨则无视旁人眼光，大步迈向中央广场。

他扫视整个地方，目光停在小岛边缘三座高大的钟乳石柱。它们是记录时间的水钟，也是黑底斯洞最显著的地标，有三十米高。

"在这里等我。"凡尔萨对缚灵师说完，走向其中一座。他沿着表面的螺旋状阶梯向上爬，快到顶端时，已望见那圈粗重的亚麻绳。它被铁架悬吊于半空，像遮住头顶荧光的一圈黑暗。

有个工匠在顶端拿着长竿，正在调整水钟的时辰。看见凡尔萨走上来，他问道："你想干什么？"

凡尔萨伸手触碰半空中的麻绳，上头的油块已不知干涸了多久。有生以来，他从未见过它被点燃，怀疑说不定功能早已失效。然而他知道别无选择。"点燃它。"凡尔萨对工匠说。

"你疯了!?"那工匠瞪大了眼，理直气壮地反驳，"这是用紧急号召全体居民的烽火环，只有三位长老共同下令才可以点啊!"

"你认为我会在乎吗?"凡尔萨的眼神充满危险，揪住工匠的衣领。工匠整个人悬空在石阶边缘，竿子脱手落至底下。"点燃它。"

工匠望了眼下面的广场，掉下去必死无疑。他摇头说:"恐吓我是没用的，要是没有三位长老的命令，这可是严重罪行——"凡尔萨准备松开手，"等——等等!"工匠慌张地抓住凡尔萨的手臂，牢牢握紧不放。"我点!我点!"

底下已有人好奇地抬头望向水钟上的身影。工匠点燃背包里的火把，挪往麻绳下方。有东西从绳子表面熔化，一些岔出的麻丝被烧得焦黑，传出噼啪声响。然后火苗爆发，往麻绳两旁烧去并在另一端汇集，成为整圈奔腾的火焰。

天顶的萤火虫不断闪烁，凡尔萨听见人群的骚动声，在黑底斯洞扩散。

"将所有居民集中到黑底斯洞。必须派遣奔灵者守住北环大道三个出口,以及东南方的通道。从现在起,所有奔灵者的栖灵板片刻不离身。"

人们像潮水般涌入暝河中央的小岛,奔灵者也逐一赶来。顶端的环状火焰依然炽热,像是某种不祥的预警。人们从未见过如此景象,表情像见到了噩梦成真。而在火圈正下方,陀文莎站在广场的正中央,对每一批到来的奔灵者重复说道:"必须彻底封锁所有通往雪地的出入口。把居民全从北环大道撤离,还有工坊洞穴、丘陵洞穴和镜之洞。"

凡尔萨站在水钟的底座旁,双手交叉于胸,盯着眼前拥挤的人群。恩格烈沙是最早来到广场的长老,他的眼中充满战意,已开始对奔灵者发号施令,急于分派守备位置。然而某些奔灵者带着犹豫的神情相互张望,凡尔萨猜测他们应该属于远征队或探寻者。支部间的权力斗争不干他的事,凡尔萨已完成了该做的,接下来发生的一切都与他无关。

"那些魔物是真的!"有个声音喊叫。人们让出一条路,某个居民跌跌撞撞来到恩格烈沙长老面前。"我看到了!那些白色的魔物——奔灵者阻挡不了它们,我们的防线被突破了!"他发疯似的呐喊,"它们已经闯进来——闯进瓦伊特蒙了!"

御　风

路凯从不晓得，饥饿超过极限会是这种感觉。

身体虚弱，思绪模糊，理智逐渐遭受侵蚀。他唤出虹光温暖身子，却发现雪灵的能量也已薄弱得缓慢飘摇，不再与意志的呼唤同步。随着每一天过去，所有人都知道希望越来越渺茫……

路凯不断翻阅手中一本以符文语撰写的书来提起精神。他的胃部已没了知觉，嗅觉却变得异常敏锐。任何吸入鼻腔的味道都触动着神经，令他产生精神上的幻觉。他们被困在这里已超过两个星期，所有能当食物的东西，与不该当食物的东西全都耗尽。

厚重的铁门上有个孔，可让他们看见外头雪地有上百只狞依然徘徊，仿佛当初消灭所罗门的魔物大军全都聚来这里。

他们第一次尝试开启铁门，是在逼不得已的情况下将攸吕已呈紫黑色的遗体抛出，因为狭小的空间开始弥漫着尸臭。偶尔他们必须冒险捞取外头的白雪做维生的水源。然而每次踏出去没几步,魔物立刻涌上来,几个人险些送命。所幸这个旧世界铁门的防备十分坚固,连狩也无法突破。

他们遇见的所罗门女孩——名叫玛洛娃的生还者,从书堆里找出一份陈旧的资料,翻给他们看:"在远古'太平洋战争',有部队自北方来,建立我们现在这座碉堡。"她并说数个世纪以来,所罗门的文明持续维护着岛上许多类似的碉堡,打造为不同用途的据点。

他们目前所在的要塞嵌建于岩壁里头,精巧而坚固。然而敌人进不来,奔灵者却也出不去……他们曾讨论,甚至争吵接下来该如何,却发现无论什么决定都没有意义,因为已无人能离开。即使在黑夜,那些冰蓝幽光依然不曾散去。而饥饿,粉碎了每个人原有的模样,令身体不听使唤。他们撑着憔悴的身心,连交谈都感到费力。有几次,路凯半夜听见戈剌图压抑的啜泣声。

然而,对路凯而言,肉体的折磨远远比不上内心的痛苦。他陷入极端自责,认为攸吕就是在自己的领导下才会丧命……其他人的伤势也因此从未好转,身体各处都有恶化迹象。戈剌图更是发烧不退,裹着攸吕的披风。最严重的是狙击手埃欧朗,右手有两根手指断裂,已无法复原。

"桑柯夫那家伙,还想派我来捣乱你们的任务。"某天，茄尔莫仿佛若无其事地说出口，"呵……看来什么都不用做了……那些魔物会把我们全收拾掉。"

他们听进耳里却没有任何反应。是否能活着离开已属未知数，没人有力气去思考。

某一天，路凯问起玛洛娃，为何所罗门的奔灵者似乎能在雪地里隐藏行踪，她给了路凯一片多角的透明石头，并以浓厚的口音生硬地回答："在大地，这只是障眼法。"

而在这段时间，他们翻遍了堆积在房间的书籍文献。它们当中许多半以音轮语撰写。攸吕不在了，茄尔莫却令众人吃了一惊，说自己能看懂。最初玛洛娃拒绝协助瓦伊特蒙的奔灵者翻译那些资料，但在路凯的劝说下她也妥协了。

撑着饥饿的身体，他们开始阅读这房间的文献。每本书、每份卷轴。仿佛研读这些从未见过的资料，已成为众人维生的力量。

日子一天天过去，当他们了解越来越多的旧世界文献以及所罗门的记录，疑问和恐惧却同时浮现……

"这根本没道理……"路凯不停翻阅手中资料，觉得体内麻痹许久的神经再度活跃起来。某些事非常不对劲。其他人怀着凝重的神情聚集过来，静静聆听玛洛娃与茄尔莫的解说。

有份所罗门内部的平面图，画出了相互连接的洞穴与地底河川。"这是什么？"俊指向所罗门学者特别圈出来的地方，潦草的笔迹写出了某些字。

"恶魔的起源。"玛洛娃翻译完后别过头去。她的深褐色肌肤有多处干裂，眼中早已失去光芒，那神情像一个不再相信希望的孩子。

这使众人回想起所罗门的惨状，战士和居民全遭屠杀，集体开膛剖肚的模样。路凯等人惨白不已的脸，这时更加面无人色。戈刺图发出干枯的喉音："他们是从那里入侵的？但这怎么可能，这图一定画错了……那地方可是……"

埃欧朗虚弱地说："要真如此，难怪他们毫无生还的机会。"

他们持续费力地阅读陈列在眼前的日记，所罗门学者在生前最后的字迹。

一股不安搅动着路凯的腹腔。他惊然发现，所罗门用生命换来的资讯存在重大信息，很可能推翻了人们一直以来所相信的一切。然而，里头许多地方依然模糊，或者少了关键的片段，组不起来符合逻辑的解释。他想或许有更多资料被封锁在其他要塞里。而玛洛娃除了就字面进行翻译外，对真正的含义也一知半解。

路凯忽然意识到有太多事是瓦伊特蒙从未知道的……说不定所罗门才刚窥探到某些难以置信的事实，就被消灭了……

接下来几天，他们继续用眼睛啃噬大量的文献。而腹中的饥饿就像在意识边缘的猛兽，不断侵蚀他们脆弱的理智。

某天夜里，茄尔莫不耐烦地大声说："你可以考虑去外面哭，说不定它们会可怜我们，放我们一条生路——"戈刺图起身扑向他，拳头不断砸在茄尔莫脸上，打得他满脸是血。当所有人把他拉开来，戈刺图以嘶哑的声音喊叫："你这叛徒！我们早知道你是桑柯夫派来的叛徒！"

路凯从未如此挣扎。裹着披风的身躯不停颤抖，虹光只带来微弱的暖意，内脏却被一波波的作呕感翻搅着。

"路凯？"俊将手搭在他肩上。

"我没事。"路凯挤出声音。他发现好友那一向澄净的霜白眼眸，现在也变得暗淡憔悴。而压力像是拍打在沿岸的浪潮，每分每秒都让路凯的脑袋抽痛。他是联合部队的队长，必须决定接下来该怎么办……

所有人已经好几个星期没吃东西。如果继续待在碉堡里，他们还能撑得了多久？或者他们应该设法突围。但以目前的情况，虚弱的身体根本无法作战，踏出去等于集体送死……他想起攸吕，不确定自己能否再承受其他同伴死去。现在他们唯一能做的就是继续忍耐，祈求阳光让外头的狩群早点离去。

当房间里的书籍全翻看完毕，魔物依然毫无撤离的迹象。路凯知道做决定的时刻到了。他们撕下最重要的数百页文献，堆叠在一起。

"如果这些片段的内容属实，所罗门或许已洞察出某些重大秘密……单靠我们几个人，无法明白它背后的意义。"路凯打开一个铁制的卷轴筒，把资料卷放进里头，牢牢锁住，"我们必须把讯息传达给研究院。"

"要突围吗？"埃欧朗轻声问。

路凯点头，将铁筒塞进另一个皮筒内，然后绑上背带……这感觉似曾相识，然后他想起亚煌大哥当初也是拼死都要把世界地图和恒光之剑的文献送回瓦伊特蒙。那次的旅程恍如隔世。

没人知道有多少奔灵者曾在白色大地面临这样的生死抉择，才有研究院今天的文献藏库。但找回人类的遗产，这才是远征队的使命。

"再耗下去……我们会连滑行的体力都会丧失，用仅剩的精力下赌注吧。"路凯说完，看见玛洛娃正盯着他。

路凯深呼吸一口气，清楚知道这个决定代表什么；他们之中……并不是每个人都能活着闯出所罗门。但他举起皮筒，知道他们能够明白。"不管发生什么事，瓦伊特蒙必须拿到这些资料。"

没有人说话，但联合部队的伙伴们陆续起身，开始做准备。

路凯看见埃欧朗用绷带捆紧断裂的手指，将其包得密不透风，然后硬是戴上破损的金属手套。"破荒蛮子"的模样也令人担忧；持续不退的高烧让他变得异常消瘦，目光失神。就算大伙儿能甩开狩的追击，或许也熬不过回程那片雪色大地……只有俊看起来依然不失从容，这让路凯感到稍许欣慰。

他转向茄尔莫。"这就交给你了。"路凯把装着文献的皮筒递过去。

其他人望过来，但最吃惊的是茄尔莫本人。"你相信我？"茄尔莫憔悴双颊上的伤疤像一道干裂的纹路。他眯起眼说："……不怕我背叛你们所有人？"

"那也无妨。你的雪灵速度最快，只需要顾着自己逃就行。我们的责任就是掩护你。"路凯的声音冷静而执着，"无论如何，你必须把东西交到长老手上。桑柯夫也行。"

茄尔莫犹豫了一下，最后接过皮筒，紧紧背在身上。

"……我明白了。"

玛洛娃已套上所罗门战士的白袍,站在门前紧盯着玻璃孔。"瓦伊特蒙……会接受我?"

"那里是人类最后的据点。"路凯回答她。

女孩戴起面罩遮住褐色肌肤,只露出一双眼睛。然后她松开手腕上带刺的铁链:"要往东边海岸线,我带你们走。"

当所有人做好行动准备,手中的栖灵板开始冒出幽光。路凯拉开每道粗重的门闩,仿佛能听见身后伙伴的心跳声。路凯回头望了他们一眼,本想说些什么,最后却选择沉默。

所有人屏住气。路凯拉开了铁门。

拂 羽

雨寒沿着北环大道往骚动声走去。许多人的呐喊回荡在远方的某处。她有些睁不开眼,或许是茉朗的血流入眼角所造成的痛楚。她不停搓揉着脸,蹒跚地往前走。

前面是个通往外头的隧道,墙上挂着几盏荧光灯,脚下的岩地也有些许结冰的痕迹。雨寒看见十几名奔灵者用木箱堵住崩裂的闸门,上了铁钉用木板封住。那些奔灵者的身上不乏伤口,但当他们看见雨寒走过时,全愣住了。除了惨白而恍惚的眼神,她的脸上整片血红。某个奔灵者想叫住她。

砰!——闸门鼓胀,碎木洒开。奔灵者惊讶地举起武器,捧着栖灵板在身旁。裂开的缝隙透出邪魅的冰蓝光芒。

又一阵巨响,整道闸门迸裂,连木箱一起向后弹,撞开整群奔灵者。强风带着飞雪灌注进来,猛然吹得雨寒撞上岩壁。睁开眼时她什么也看不清,只见一片朦胧。不出几秒,空气已冷得令人无法承受。雨寒抱着身子,不敢相信正在发生的事。

白雪充斥四周,地面在眼前迅速结冻。薄冰像是蔓延的触角,铺盖住她脚边、背后、头顶的岩地。狂风呼啸,卷着雪花涌入洞穴。

然后,迷蒙的白雾里,有群身影挪动进来。

雨寒惊吓得不敢起身。它们是巨大的魔物,利爪刮过结冰的墙壁,胸前是蠕动的蓝光。雨寒说不出来为什么,但这些狩与她所见过的种类不太一样。奔灵者释放出闪烁的虹光,顶着风雪与敌人交战。

雨寒赶紧起身,穿越战场。她逃离结冰的地面,再度踏上岩地,许多居民在身边奔跑,每人手中提着微弱的灯。她听见婴儿的哭声,以及人们的呐喊。"叫居民全去黑底斯洞!"有人大声喊道。

她转身想跟着逃难的人群走,却突然有人抓住她的手臂。"你是黑允长老的女儿?"对方是个奔灵者,浑身是血。雨寒盯着他瞧,隐约记得他叫尤里西恩,原本要加入路凯的团队,却在最后一刻被桑柯夫长老换掉。"我看见黑允长老……"他的伤势相当严重,手压着肩膀说,"她和一群奔灵者一起被冲散了……"

"她在哪里?我母亲在哪儿?"雨寒急着问。

尤里西恩指往另一个方向:"我最后看见他们,是在北环大道的中央——"

雨寒拔腿狂奔。她已经失去了茉朗，如果母亲再出意外，她就什么也不剩了。现在她手里没有栖灵板，没有任何武器，周围一片黑暗，而且地面结冻的情况越来越严重，好几次让她险些滑倒。雨寒只能依靠墙上零落的灯光引导，不出几步，她突然发现自己踩在深达脚踝的雪地里，整个北环大道刮着不祥的风，前方视野模糊。

她经过几具死尸，逼近通道出口。

前方战斗的声响越来越近。雨寒转了个弯，整排泛着彩光的箭矢从她眼前飞过，击中一群魔物的身躯。然而它们才刚消散，下一波敌人就踏了进来。"帕尔米斯！另一边有更多过来了！"某个弓箭手指向从两旁包夹过来的狩群。绿发奔灵者帕尔米斯坐镇一群弓箭手的中央，指挥他们分成两组，攻击不同方向。雨寒跑过他们身旁，转头时瞥见彼端的魔物，那身形非常怪异——它们拖着普通狩群没有的尾巴，上头长满冰刺。而且背脊隆起，撕裂的胸口里似乎有好几层口腔，一圈圈獠牙蠕动着，就像某种饥渴的野兽。虹光箭被魔物粗重的尾巴扫开，就算有箭陷入它们体内，却丝毫不见效果。奔灵者束手无策，看着敌人步步逼近。帕尔米斯对同伴呐喊："继续攻击！我们必须死守这个据点！"他一次抽出三支箭夹于指缝间，架上长弓瞄准——

雨寒奔进一条隧道里，箭矢的呼啸、魔物的低鸣在她身后混为一团。

她跑过几个通道,早已不确定自己在哪里,只知道瓦伊特蒙的外围几乎全被冰雪覆盖了。人们从旁侧的隧道不断涌进。不知何时,雨寒已夹在人群中,踩踏疏松的雪地。突然后方传来尖叫声——雨寒回头,看见死亡化为蓝光尾随而来,好几头魔物张开极长的双臂,向人群发射冰钻。许多居民接二连三倒下。充满恐惧的尖叫声、哭号声四起,隧道中一片混乱,许多人口吐鲜血在雪地攀爬。

"快点!别停下脚步!"前方有人咆哮。雨寒看见几个壮汉正在推动厚重的石门,打算封住隧道。她喘着气,设法不落于人后。又一波冰钻袭来,雨寒身边几名居民连叫喊都来不及便倒下了。

"快!快过去!"其中一位留着蓬松虬髯的男人大声喊。雨寒认出那是为母亲提供蜡烛的烛匠。石门已被推至剩下一道窄缝,然而后方的狩已逼近。雨寒身后一排居民遭冰钻打穿,哀号极为惨烈。那烛匠似乎认出了她,停下手中的动作对她喊:"别停!再一步就到了!"

他拉住雨寒,将她推过门缝。雨寒回头——看见石门骤然闭上。残酷的冲击声响起,鲜血不断从门缘榨出。

烛匠的血液洒在雨寒脸上,霎时间她睁着眼,脑中晕眩。她勉强转身继续跑。不出一会儿,她来到丘陵洞穴,那庞大的空间里是波浪般的岩丘,已经被白雪覆盖了一半。钟乳石阵与窟室间,虹光兵器对上了冰色獠牙,数群奔灵者与魔物展开激烈的游击战。后方一座地势较高的丘陵上,恩格烈沙长老正乘着栖灵板,手持长柄巨斧对众守护使发号施令,设法守住通往黑底斯洞的路径。"这里是瓦伊特蒙!人类的领土!"恩格烈沙长老的吼声传遍整个洞穴,"让那些怪物知道这是我们的地盘,把它们赶回去!"

雨寒的目光落在战场另一端,弯回北环大道的隧道口。她不顾心中的恐惧,再次起步奔跑,穿过被雪衣覆盖的钟乳石阵。某个奔灵者倒在她前方,半边脸被挖开,雨寒跳过他,险些撞上从面前滑过的几名奔灵者,看见他们扑入整群魔物之中。人类的呐喊哀号、刀剑的金属声响、魔物撞击钟乳石的沉重声响塞满她的耳里。雨寒朝通道口跑去——

有只粗壮的手臂捞过她的腰,将雨寒整个人抬起,滑向战场另一端。"你不该在这里,"恩格烈沙长老放下她,朝着居民逃离的方向点头,"跟着他们到黑底斯洞避难。"

"但我母亲她正在——"雨寒顿时住了口,看见先前那些形体骇人的魔物涌来。它们甩动长长的尾巴,胸前数轮利齿一层层突出,咬住奔灵者时的动作像是在吸吮,瞬间血肉模糊。恩格烈沙长老设法挥动双刃长斧挡住它们,更多守护使聚集到他身边。

"长老!"某个奔灵者喊叫,"这些魔物——它们并没有'核'!"

"雨寒,快离开这里!"恩格烈沙对她抛下这句话,随即陷入混战。雨寒呆望着愈演愈烈的战场和不断涌入的魔物。她已无法回到北环大道。

离 焱

凡尔萨乘在栖灵板上扭转身子，手中的双刃大剑拉开一道虹光将狩斩为两半。它迸裂成飞散的雪尘。这些都不足为惧……凡尔萨心想，真正恐怖的不是这些小喽啰，而是那些拥有好几圈利齿，甩动长尾的狩——它们无论怎么杀都杀不死。凡尔萨之前就是因为与它们交手，险些命丧外头的雪地。

洞穴中的积雪越来越厚，且迅速延伸，让狩能踏入的地区越来越广。这种情况对奔灵者唯一的好处，是他们已能放下栖灵板在隧道中滑行作战。然而魔物却像永无止境的洪流，倾泻进入瓦伊特蒙。

他听说北环大道的三个主要出口都已被狩堵死，瓦伊特蒙已遭全面封锁。

瓦伊特蒙有五千多位居民，多数应该都聚集在黑底斯洞，但仍有些稀疏的人影从凡尔萨的身边跑过。

"凡尔萨！"一名女子的声音让他回头。

看着雨寒跑来，凡尔萨诧异地盯着她鲜红的脸。

"茉朗……茉朗她死了！"雨寒的眼角含泪，紧抓着凡尔萨的手臂。她喘着气啜泣道："我母亲……他们说她被困在北环大道……"雨寒的目光扫过凡尔萨的栖灵板，再与他对视。"求求你去救她……求求你……"

凡尔萨怀疑自己是否听错了。然后他咬紧牙关，恨不得对她咆哮。当我的父亲被困在冰天雪地，你母亲又做了什么！？是啊……你母亲确实做了一件事，她阻止了救援的派遣！

"求求你……求求你……"雨寒抹着自己的眼睛，满脸的血痕。

"啧……"凡尔萨怒目瞋视着她。

早期的人类建立起瓦伊特蒙，就是以环状的防御系统为基础。越接近中心地带的黑底斯洞，通道的数量会递减，以易于守备。然而魔物数量多得令人难以想象，奔灵者节节败退，从一道关卡退往下一道关卡。

凡尔萨却与人群逆向，滑行到瓦伊特蒙的边陲地带。他所经过的每个洞穴几乎都有奔灵者与狩群交战的迹象。越往前推进，凡尔萨越难以相信这里的积雪竟如此之深；若没有栖灵板在脚下，或许白雪已淹至小腿。

他避开散布的尸体，搜遍北环大道。

途中凡尔萨曾数次挥剑挡开接近的狩,然而他从未恋战,设法避开敌人的追击。最后,他在储藏肉食的洞窟内,发现了黑允长老的踪影。

洞穴中叠满各种鱼类,包括占据了整个角落的鲸鱼肉块。凡尔萨看见地上躺着好几具死尸以及碎裂的栖灵板。到处都是冰蓝色碎屑。黑允长老在洞穴另一端,而在她面前,一头魔物的胸口发出低鸣,掌中利爪缓缓张开。

黑允长老被逼到角落,双眼失去了以往的锐利,透出恐慌。

凡尔萨正想前进,黑允长老似乎注意到了他的存在,与他四目相接。看着她那双黑色眼眸的瞬间,凡尔萨的本能再度启动,恨意贯穿每条神经。积压已久的怨念沿着血液燃烧,令他脑子灼热。

魔物往前踏出一步。"奔灵者!"黑允长老仓皇地说,"你在干什么!过来!"

凡尔萨在心中咒骂,但仍驾着栖灵板往前滑,双手抡起剑。

"快给我过来!"狩已来到黑允长老正前方,逼得她慌乱叫喊,"我是你的长老!奔灵者!用生命保护我是你的职责——"

这让凡尔萨停下了脚步。他盯着女长老,神情逐渐改变。然后他缓缓摇头。

黑允长老瞪大双眼，惊恐地想开口，魔物的利爪已刺进她的腹部。"啊！"黑允长老顿时发出骇人的惨叫，看着自己浓稠的鲜血沿着冰爪流下。狩大吼一声，将黑允长老整个人甩起。她歇斯底里地甩头，双脚在空中猛踢，像某种将死的动物。面部每条神经因痛苦而扭曲，但她看来却像在疯狂发笑。然后狩猛地甩开手臂，把她抛向一旁。黑允长老的头撞上整堆鱼肉，重重落下后以歪曲的姿态瘫在地面，再无动静。

凡尔萨冲上去，一剑划开魔物宽大的背，瞥见里头发散的蓝光。然后他挪动脚步、转身——如同想释放心中所有怒气般——将剑刃往前劈砍。

二十几名奔灵者镇守着蝠眼洞，对抗从前方数个隧道出现的白色魔物。总队长亚煌手持双剑，面对连绵不断的攻势。他双腿无法灵活行动，但他伫立在栖灵板上，单靠上身的动作挥舞两柄剑，几乎是一剑解决一头魔物。灰发的女奔灵者黎音守在他身旁。而在更后方，"红狐"费奇努兹不断扬开长弓，在敌人尚未走出隧道时便击杀它们。

在他们身后是一群负伤的居民和战士。凡尔萨经过时，看见雨寒站在他们当中。她已带来自己的栖灵板，正放出雪灵协助疗愈。凡尔萨来到她面前，放下黑允长老的躯体。周围的人望了过来，露出吃惊的神情。

"妈妈!"雨寒看见黑允长老腹部的伤口,倒吸了口气。总队长亚煌这时也靠过来,神情凝重地看着女长老。

凡尔萨对雨寒说:"她还活着,但需要能力更强的愈师。你救不了她。"

"总队长!"有人发出喊叫。更多魔物冒了出来,尾巴扫过奔灵者时,整排冰刺埋入他们的身躯。它们胸前的嘴巴一圈圈突出,在扭动时发出声响,像在寻找食物,模样恶心骇人。恐惧从凡尔萨的心底升起——那些魔物是杀不死的。

"别慌。"亚煌凝视所有镇守洞穴的战士们,"它们过不了这里。红狐!"他向费奇努兹点头示意,戴着暗红披肩的老将随即拉开长弓,似乎在寻找什么。然后,他放出一箭,射向隐身在整个狩群后方的某只魔物。奇怪的是那头狩身上并没有撕裂的嘴,身体各处却冒出螺旋般的冰锥,像无数巨刺。当箭沉入它体内,虹光迸发,让它瞬间爆散。下一秒,前面几只甩动尾巴的狩也迸裂成飘散的雪尘。

凡尔萨着实吃了一惊。原来如此……那些狩并没有"核",因为它们只是"分身"!

"海渥克、尼古拉尔斯,带黑允长老到黑底斯洞,首席愈师在那里设立了据点。"总队长亚煌说完,转身吩咐其他奔灵者,"我们必须帮狙击手争取时间,让他们找到敌人本体的位置。"他撑着身子向前挪动,彩光已从剑刃释放。

"没用的,再这样下去所有人都会死。"凡尔萨自言自语道。

然而,雨寒似乎听见了,吃惊地转头看他:"你刚刚……说什么?"她的目光飘动在母亲和凡尔萨之间。

某个想法在脑中不停盘旋,让凡尔萨立刻动身。"凡尔萨!等等——"雨寒在背后呼喊,但他不予理会,知道已经没有时间了。凡尔萨往"深渊"的方向直奔而去。

拂 羽

雨寒紧跟着前方的虹光,攀爬在黑暗的狭缝间。这里似乎是条隐秘的通道,扭曲的地形令人窒息。"凡尔萨——"她往前呼喊。

前方的人影停下。凡尔萨的目光穿透彩光望过来。"又是你?"

"这是哪里?你要上哪儿去?"雨寒抱着自己的栖灵板,喘着气问他。周围尖锐的岩石刮破她手臂,让她痛得眯起眼。

"狩已经占据所有通往外头的路径,瓦伊特蒙迟早会沦陷。"凡尔萨回答,"只有这条密道还没被它们发现,现在还有时间离开。"

你要逃走了吗?雨寒心想,她犹豫了片刻后说:"你要……你要出去干什么?"

凡尔萨沉默了一会儿。"我亲眼见过那些狩的数量。它们有上千只,现在进入瓦伊特蒙的说不定连十分之一都不到。"他的语气急迫,"奔灵者在洞穴里根本难以发挥实力。不管亚煌他们自以为有多英勇,绝对挡不了它们多久。再这样下去,魔物会突破所有防线,最后闯入黑底斯洞,展开彻底的屠杀。"

恐惧掐住雨寒的胸口。所以凡尔萨是想……

"但是亚煌他们发现一件很重要的事——某些狩的生命是相连的。"凡尔萨的语气带着某种决心,"或许有阻止它们的办法,但绝对不会是在瓦伊特蒙内部。我必须找到方法。"

雨寒愣了一下,才明白了他的意思。"你一个人去太危险了!"她恳求地说,"你需要同伴,我们去告诉其他奔灵者!"

凡尔萨望着她,眼底仿佛流露一股自怜的情绪。但不过一瞬间,他的口吻已凝结为顽强的坚定,告诉雨寒:"我没有同伴。我一直是单独对抗所有人。"

御 风

冰色碎片染着鲜血,飞洒在空气中。

五名瓦伊特蒙的黑衣奔灵者激起雪尘,在穿着白袍的玛洛娃带领下穿越永无止境的树林。狩从四面八方包围过来,他们挡开攻势,拼命滑行。白色森林里的追击战依旧持续。

路凯挥动长枪拨开魔物的爪子,侧身避开一棵树,扬起的雪尘却遮蔽了视线——突然又一棵巨木迎向视线,他挪动板子闪避时差点扑进一头狩的嘴里。瞬间的本能让路凯使劲下劈,枪刃沉入魔物口中——硬物碎裂的触感传至掌内,冰屑四处纷飞,却比先前更具抗性。

雪灵的力量削弱,从武器的触感便明显知道。缺乏雪灵加持的刀刃将逐渐不敌魔物,因为它们的"核"比钢铁还硬。路凯靠着意志力将雪灵之力撑了起来。

只有玛洛娃似乎习惯这种地形,灵敏地甩动手臂把铁链抛向林间,缠绕、击杀魔物。她运用切断它们身躯的劲道,使链子跳往下一个目标;铁链的尖端就像有生命般,不停夺取狩的性命。

很快地,路凯意识到情况远比他想象的严重太多。魔物越来越密集,如同已预测他们的行进方向,汇聚前方加以阻拦。

埃欧朗持着长弓,因右手负伤而无法精确瞄准,然而他灌注更强大的雪灵之力,无论箭矢击中哪里,发散的虹光均刺穿周边的敌人。狩的数量如此之多,埃欧朗不再需要选择目标,只是不断地拉弓、放箭。

"啊!""破荒蛮子"戈剌图撑着发烧的身体发出怒号,一举劈开狩的躯体。白发的俊拉开长枪击穿狩核,在身边炸开一团团雪尘,仿如翥翅的飞鸟。而茄尔莫背着文献皮筒,不断闪躲划开空气的冰爪,其他人掩护着他,在上百只魔物间寻缝突围。

突然一头直立于白树的狩以手臂击中茄尔莫。他在雪地里滚了数圈,所幸栖灵板仍稳稳连接靴子,他紧抱怀中的文献筒。

当茄尔莫抬起头,同伴们已赶上来——路凯滑向前方,劈开两头狩身。戈剌图砍死第三头时,带着虹光的箭矢飞过茄尔莫身旁,埋入又一头魔物的胸口。

"茄尔莫,快走!"路凯舞动长枪,面对另一波猛烈的攻势。他瞥见一条致命的蓝冰长鞭甩来——

"不用你说我也——"茄尔莫的话赫然停顿,然后整张脸变了形。鞭首的冰刺戳进他的后脑勺,击碎鼻梁穿了出来,他的脸部往前扭曲,开了血红的大洞。路凯看见这一幕,愣在原地。

"路凯!快拿卷轴筒!"俊的喊叫声让他回过神来,路凯立刻朝前滑去,这时才看见一头庞大的魔物隐身在树木后方,四肢爬行雪地,背上有条长鞭在晃动。俊已来到身边,守住他的左后方喊:"我来掩护你!"两人突破狩群包围,头也不回地杀出。

那头魔物再次挥动冰鞭,正要朝他们甩来。箭矢击中它的前胸绽放出网状虹光,使其发出震天怒吼。又一道彩光从头上掠过,这次击中一旁的树木,炸开强光烧灼魔物的脸。

路凯急停在茄尔莫的尸体旁,赶紧取下卷轴筒。俊正在身边和成群的魔物对抗,不料上方落来一道鞭子,像一抹蓝影朝路凯劈下——它被铁锁链卷住,硬生生扯断。白袍女孩绕过他们身旁时,更多箭矢飞过,一道道刺进那魔物胸口的裂缝,直到它爆裂为白霜粉末。

"跟我来!"玛洛娃喊。

他们越过矮丘顶端朝坡下滑,而路凯从余光看见伙伴们都已跟上。他不断加快栖灵板的速度——直到狩群的怒吼完全被风啸声盖过,他们仍不停止,朝下奔驰。

景色的改变过于突然。树林被远远抛在脑后,视野敞开为灰色天空。厚重的云层就像带着威胁的意图,铁壁似的压来。

戈剌图在后方,嘴唇已变得灰紫,频频颤抖。路凯见状对他咆哮:"撑下去,我们要活着离开这鬼地方!"他们回头又看见密密麻麻的狩群,像雪崩一般从森林倾巢而出。

前方是个崎岖的裂谷,隐约可见里头充斥着魔物。玛洛娃挑选一条较平缓的路径,众奔灵者再次唤出虹光包覆兵器,杀入前方的狩群。不断有冰钻从上方射来,在雪地里、狩群间炸开数滩雪花。俊旋转长枪排开冰钻,但戈剌图的背部遭击中,倒了下来。

"站起来!"路凯来到他身边,挡下又一波来自上方的冰钻。戈剌图吐了滩血水,咒骂着蹒跚起身。

眼前一大群狩的后方,竟出现更大的魔物身影,起码有人类的五六倍高。起初它的形体看似与普通的狩并无不同,但下一刻整排獠牙不仅从胸前冒出,也从双肩凸起,朝外延伸。尖牙像无数把镰刀,长得吓人,伸开来等待奔灵者前来送死。

埃欧朗不断放箭,在它身上炸出好几道虹光。

"从它脚下走!"玛洛娃旋转身子,带着钢刺的锁链扫开周边的敌人。他们逐渐逼近那头巨型魔物——它庞大的躯体挡住岩壁间的路径，只有双腿间的空隙露出一丝机会。

玛洛娃率先穿过。但当戈剌图来到它前方，巨狩突然弯腰，数道獠牙向下挥动。然而，虹光箭矢接连击中巨狩，它的身子颤动，獠牙接连刺入戈剌图身旁的雪地。紧接着，路凯、俊分别穿过它脚下，最后是埃欧朗。

路凯吸了口大气，准备加速奔驰。突然巨狩以不可能的角度扭转上半身，庞大的手臂扫过他们后方，抓住了狙击手。

"埃欧朗！"他们回头大喊。长弓掉落在雪里，撒了满地的箭，埃欧朗被抬到巨狩胸前。

獠牙像是突出的肋骨，缓缓挪动至他的面前。"你们快走！"埃欧朗大喊，看着镰刀般的冰刃对准了自己。

"我们必须救他！"路凯举起长枪，转身往回走，却被俊给拉住。白发的奔灵者硬是扣住他。一阵骇人的声响传来，十几柄獠牙交叉刺穿埃欧朗的身躯……他发出凄厉的哀号。

"不行！我们不能丢下他！"路凯咆哮着。那一刻，他忘了自己的使命，也忘了领导者的身份，屈从于远征战士的本能，直到玛洛娃来到面前，狠狠揪住他的头发。"瓦伊特蒙的傻子，看清楚！他没救了！"他们使劲拖着他离去，但路凯的双眼仍紧盯着埃欧朗。

狙击手已浑身是血，然而虹光从脚底的板子往上攀，聚集在金属手套上。埃欧朗以最后的意志，徒手挖开巨狩胸口，不顾另一排獠牙刺穿自己的双腿。雪沫喷溅、蓝光迸射，他似乎找到了魔物体内那坚实如冰晶的核。金属手套以野蛮的动作，将它层层剥开、压碎。巨狩发出震耳欲聋的低鸣，仿佛痛苦挣扎般，甩来更多肩上的冰刃，左右刺入埃欧朗的胸腔。他没有停下动作，粗暴地扯开魔物内脏。巨狩嘶吼着甩动最后一道冰刺，从埃欧朗的脑门贯穿到胯部。

在虹光消失前，巨狩化为大片崩散的雪尘。

当白雪散去，不知怎的，路凯感觉追兵的数量似乎变少了。他和俊、玛洛娃、戈剌图四人继续奔驰。此时，超过极限的虚弱感才回到体内，连滑行动作都变得困难。

一阵彷徨陷入路凯的胸口，转动栖灵板时他差点儿跌倒。俊不断往后瞟，确认敌人是否跟来。

究竟发生了什么事？到现在路凯仍不敢相信，联合部队已有一半成员丧命。或许突围的决定根本是错的……或许他们无人能逃离所罗门……他以为自己有勇气抛开性命，他以为自己有足够决心不计一切牺牲……

联合部队都是最优秀战士，他们的命运不该如此。

埃欧朗和茄尔莫死去的模样烙印在他脑中。路凯怀疑自己也胆怯了。或许他无法胜任队长的职责，也无法带所有人活着回去……他不经意地和俊四目相接。白发奔灵者的脸上满是疲惫,却依旧撑着身子跟在他身旁。路凯想起自己被任命为联合部队的队长时,两人无比兴奋……那仿佛是好久以前的事……

"前面裂谷有出口,很快就到海岸线!"玛洛娃逆风喊道。

或许因为地壳变动的关系,他们现在所经过的地方像是两片夹起的岩层。交错的树干横越上方,在落雪堆积下像是绵延整个峡谷的白网。路凯盯着上头不断闪过的枝干,以及在它们背后的铅灰色天空。忽然,他察觉自己瞥见了蓝光。"玛洛娃!上面那是——"

"趴下!"俊的声音让所有人停住栖灵板。整排冰钻从前方飞来,路凯的反应慢了一步,手臂、肩膀都被划出血痕。

两旁岩层的缝隙间冒出了整排长臂的魔物,堵住正前方的路。它们再度发射冰钻,奔灵者们趴在雪地里动弹不得。路凯看见戈刺图躲在一旁,离他们有段距离。"我们是不是该往回走,找别条路?"路凯急迫地问玛洛娃。

女孩尚未回答,一摊白雪却落在她身上。

路凯抬头一看——越来越多雪堆从顶上抖落,砸在四周。"有埋伏!"待他说出口却为时已晚,头顶的树干开始晃动,无数道蓝色幽光隐隐闪动。那些狩开始以垂直的姿态奔下两边岩壁。有树干砸落在路凯他们身旁，扬起大滩雪花。同时，整片峡谷活了过来，数不清的魔物以他们为中心迅速聚拢。

"这里应该有碉堡，可以掩护，但要先找到位置！"女孩对路凯说。

敌人已塞满了峡谷，他们只能起身作战。路凯和俊挥动长枪，背对着彼此划出环状轨迹，接连让几头魔物化为雪尘。然而顷刻间，他们已被大批魔物团团围住。玛洛娃的锁链缠住一头大狩，却被从旁杀出的魔物以利齿咬断。

敌人像潮水般冲散他们。不出一会儿，路凯发现自己已被孤立，看不见任何同伴。

他旋转栖灵板带动枪刃，横扫弧形的彩光。俊呢？玛洛娃？他们还活着吗？

"路凯——"戈剌图的声音从远方传来。路凯瞥见壮汉在整片混战的外围。戈剌图的表情似乎有种异样的狂热，以沙哑的声音喊叫："保护他们！你要活着回瓦伊特蒙！"当时，路凯并不知道那是戈剌图理智崩裂前的最后一句话。

"破荒蛮子"开始奔驰，整个身子被虹光吞噬，不停闪烁。

"戈剌图！"路凯想叫住他，却被狩完全围困。在数不尽的狩群后方，戈剌图的彩光疾速挪动，烧出一条光轨。

路凯意识到必须吸引敌人再朝自己集中,好为外缘的戈剌图争取足够的时间与空间。于是路凯孤注一掷,强行释放雪灵的力量——雄狮形体的彩影出现,吞没好几头魔物。但虹光并未支撑多久即告消失,路凯也气力散尽,连举起武器的精力都已耗光。

突然,他在密密麻麻的狩当中看见俊跪倒在雪地。路凯拿出最后的力气想杀过去,却发现眼前魔物像堵白墙,他再也看不到俊的身影。此时戈剌图的怒号从右方响起——他出现在坡道上,撑着满身的伤朝虹光的起始点而去,几乎要完成整圈轨迹。路凯的心底升起一丝希望,或许戈剌图能顺利——

不知从哪里出现十几头狩,张开长臂露出散发阴邪蓝光的冰钻。它们聚集在戈剌图正前方。

冰钻射出时,戈剌图旋转长枪挡下眼花缭乱的碎片。刀刃断裂,身体被割开无数血痕。然而他并未停止狂奔。

戈剌图抛开枪柄,加速冲向那些魔物。他连披风也没有,挺起胸膛怒吼:"来吧!有胆就杀了我!"整排冰钻再次扫过时,戈剌图已浑身爆出血花。路凯看见他弯下腰,将手掌平贴于栖灵板,说出了几个字句。然后他露出亢奋的表情,大声喝道:"你们这些没用的怪物才这点本事?看我宰了你们!"狩群开始猛烈发射冰钻,接连击中壮汉的身躯。他的手臂猛然撕裂,下巴、头颅、胸口和大腿全被扯开来,喷散出朦胧的血雾,虹光激烈燃烧。"通通去死!去死吧!"戈剌图咆哮着,一道冰钻击碎他的肩膀,另一道打穿他的腹部。路凯看见血红的肠子洒了出来,拖在栖灵板一侧。但戈剌图口中还是发出疯狂的笑声:"——都给我去死吧——"

近百道冰钻彻底摧毁他的躯体,然而栖灵板带着残留的血红肉块,撞入魔物之中。

彩光炸裂,席卷圆阵内外——光波扫过整个峡谷,刷过路凯的身躯。他紧闭起眼,狩群的吼声像被融化的雪水般逐渐消逝。

待路凯站起身,周围的魔物已消失无踪。所幸他看见俊和玛洛娃在不远处,依然活着。断木持续落在他们身旁,砸起重重雪花。

"在那里!跟我来!"女孩已扯掉白色面罩,指向邻近的避难所。它就在山壁的边缘。三名奔灵者划开轨迹,闪过不停砸落的木头。远方的狩正在逼近,他们得抢在敌人之前到达。

玛洛娃接连转动门上的三个铁轮圈。"从这里到海岸线不到三分钟!要先躲,让体力恢复!"

路凯环视身后,敌人已快赶上。他转头,看见俊的手压着胸口。"你怎么了?"路凯问道。

"不,没什么。"俊刚说完,铁门发出沉重的声响往里头敞开，露出一片黑暗。路凯正要催促玛洛娃进去，却蓦然停止动作。女孩的嘴角在淌血。

她低下头，看见自己的肩胛骨被一根冰刺戳穿。然后在所有人反应过来前——她被倏然拉起。

一只庞然大物的四肢平贴在峭壁表面，背上的长鞭把玛洛娃卷去，远离路凯所能触及的范围。好几只狩横站在雪壁上，爪子露出寒光朝她聚集。玛洛娃惊慌地叫喊。

路凯眼睁睁看女孩的身影被狩群埋没，一阵幽光闪动后，她的尖叫戛然而止。路凯无法反应，俊硬将他拉进黑暗中，在无数魔物到来前，关上铁门。

离 焱

凡尔萨趴在一座雪丘后方,难以相信眼前的景象。

上千只狩占据了大地,数量比一个多月前他在山谷中所见的还多。它们拥有各种形体,大小不一,背上突起形状各异的白色脊骨。他的猜测果然没错:成功入侵瓦伊特蒙的只占一小部分,其余的等于是外头的储备军。若打长期消耗战,它们赢定了。

凡尔萨环视着这群魔物大军。当中许多是没有"核"的狩,它们甩动长尾,突出的嘴找不着吸噬对象,在空气中胡乱扫动。这些狩才是敌方主力,也是最难缠的对手。接着,凡尔萨看见稀疏分布在众多魔物之间,是另一种外形怪异的狩,有螺旋巨刺从身体不同地方冒出,并且有奇特的共通点——它们身上没有任何裂口,看不见獠牙满布的口腔。凡尔萨仔细观察了一阵,发现这类型的狩不知怎的行动缓慢,站在雪地里几乎没什么动作。现在他已知道击杀一只这样的魔物,就能解决掉数只无核的小喽啰。然而它们为数起码上百只,他根本不可能在这种规模的敌军中斩杀所有目标。那么……该怎么办?

他突然注意到一件事——在整群狩当中,还有只更为庞大的魔物,圆形的躯体如虫般在雪地爬行。而当它抬起身子开口时,里头的冰牙隐约泛着紫光。它发出刺耳的吼声,扭动身躯像在催促前方的魔物。此时它身旁几只无嘴的狩才往前挪了几步,进而带动整批无核的狩群甩动尾巴饥渴地向前走。在更远处,凡尔萨看见又一头类似的圆虫形魔物口中发出紫光,朝其他的狩嘶吼。

凡尔萨从未见过狩体内的冰是紫色的。直觉告诉他,或许这才是关键。

凡尔萨将身子往前移,尝试计算大军中究竟有多少这样的魔物。这非常困难,因为所有魔物都是浑身苍白,只有在开口时才能察觉不同。他盯着于大地扩散开来的蓝色幽光,留意偶尔闪现的紫色光芒。最后,他计算出大约有十几头狩在这里。

然而它们分散得非常开,每一只都被更多体形较小的魔物围绕。闯入这样的大军里,能成功斩杀两头以上的概率非常渺小。凡尔萨犹豫了。

他有什么理由,要为瓦伊特蒙豁出自己的性命?那些人从未听信他的劝告,全都该死。如果现在他独自前往所罗门,生存概率反而比干这种傻事高上千万倍。他突然想起黑允长老那副可悲的模样,以及——雨寒其实也没有任何理由要救他。

"会选择救你,只因为你是人类,这是身为人类的本质。"不知为什么,茉朗的话在他脑海里响起。但雨寒说茉朗阵亡了……在瓦伊特蒙,也已经有许多人丧命……

凡尔萨握紧手中的兵器,逼自己在反悔前动身向下滑去。

虹光闪现,凝聚为两头猎犬般的形体奔驰在他左右。他仍想不明白自己对瓦伊特蒙的复杂情绪,不确定自己会不会再一次后悔。但如果所有的纠葛与恨意无法厘清,那就用行动来拆解一切。凡尔萨抡起巨剑,以飞快的速度闯入敌阵。

或许狩群没预料到人类会从外面突袭,一时没有防备,凡尔萨毫无阻拦地穿越在无数色泽惨白的躯体间,朝着早已锁定的目标前进。零星的魔物开始朝他攻击,均被猎犬般的彩光挡下。

他紧盯着那头更大的圆形躯体,它的口中怒放着紫光。两道彩影在凡尔萨身边旁奔跃,随他来到目标的正前方。巨剑划出虹光埋入它口中。

整排獠牙洒开,迸出紫光,魔物惊慌地往后爬。凡尔萨独自站在那硕大的身躯前,再次举剑笔直挥下,在它嘴边劈出一个更大的洞。众多喽啰般的狩从后方围上,一道尾巴甩中了凡尔萨，嵌了几道冰刺在他背上。肌肉迸裂的疼痛让他叫出声来，但凡尔萨没有回头，知道自己若想存活，全看接下来的赌注。

"看你的了！离焱！"

猎犬拉开绶带般的残影，扑入巨大魔物的体内。魔物狂吼，口中透出闪烁不定的紫光。不出一会儿，一道道虹光穿透白雪外壳，从各个伤口绽放出来。里头不断传来冰晶碎裂的声响，凡尔萨送了另一头猎犬进去。现在他自己已毫无防备，转过身准备面对死亡。涌来的狩群抓住他身体每一处——

身后传来爆裂声，无数紫色的冰屑飞散。下一秒，四周的无嘴魔物同时爆裂，接着引发整群无核长尾魔物的形体突然扭曲，在一瞬间四散。犹如向外扩散的涟漪，狩群崩裂后陆续消失。未几，凡尔萨已伫立在一片空地，身边只剩几只狩因为拥有独立的核，未受影响地站在白雾里。

情况并不乐观，他所解决的只是敌军的一小部分。凡尔萨立刻往下个目标滑去，再次冲进敌阵。他右侧的猎犬口中光波璀璨，咬断袭来的狩臂，另一只猎犬则贯穿敌人整个胸口。然而情况急转直下，一旦失去偷袭的优势，聚集的狩群犹如森严壁垒，再难突破。更糟糕的是凡尔萨急于应付敌人的猛攻，失去了目标魔物的行踪。

在狩群如铜墙铁壁的包围下，他再也看不见任何紫光。

嘶吼声笼罩他的听觉，整排带刺的尾巴朝他挥来。双刃巨剑在他头顶旋转，扬起一道旋风。厚重的剑刃切开魔物的躯干和手臂，大腿和尾巴。但它们迅速再生，令攻击毫无效果。这一刻，恐惧牢牢掐住凡尔萨胸口。他身在白色魔物的汪洋里，已逃离不了。

冲撞的声响出现在后方。

一道夺目的彩光横扫他面前，消灭数只魔物。凡尔萨正吃惊地转头，却看见又一道光波变换形体，击溃他身后的一批狩群。

这些奔灵者是披着虹光的战士，栖灵板扬起雪浪，以凶猛的气势杀入魔物大军。他们共有五六十人，带头的独眼老将额尔巴双手各持一柄长枪，以利落的动作每击必中狩体内的核。奔灵者冲散敌军，接连滑过凡尔萨面前。接着他看见在最后方的一名女子——

雨寒提着一柄巨大而沉重的弯刀，驼背吃力地踩着栖灵板，来到凡尔萨身边。她不停喘气，抬头以黑色双眸看着他。雨寒似乎刚想开口，就被滑过身旁的额尔巴给打断。

"看来我们错怪了你。"额尔巴的嗓音浑厚，直视凡尔萨时脸上带着一抹浅浅的笑。他的左眼是道垂直的旧伤疤，眼窝里嵌着冰色碎片。"不过现在没空废话，先活着打赢这一仗再说。"

凡尔萨一时不知该如何反应。等他望着额尔巴的背影，才忽然想起最重要的事，高声呐喊："口中发出紫光的那些狩……它们是关键！"额尔巴闻言回望他一眼，点头之后离去。

"你带他们从密道过来的？"凡尔萨瞪视雨寒。

雨寒马上低下头，似乎害怕受责难。

凡尔萨轻叹口气，不耐烦地说："你必须离开这里。几十名奔灵者对上数百头狩……胜算还是不高，顶多是帮瓦伊特蒙的守军拖延一点儿时间。"

雨寒摇头。"我可以帮忙做疗愈——"凡尔萨搂过她的肩膀，单臂甩动巨剑劈开一头扑来的魔物。他抱着雨寒旋转，另一端的剑刃击碎它体内的核。周围已有一波狩群涌来，逐渐将他们围困。

"太迟了，现在你想走也走不了。"凡尔萨冷冷地说。他假装没发现雨寒正送往他背部伤口的虹光，唤出两头猎犬拦截袭来的攻势。

战况十分危急。敌人似乎已发现奔灵者的意图，派遣许多无核的不死魔物，团团围住那些体内蕴含紫光的首脑。由上百只杀不死的魔物所组成的防守线几乎不可能突破，但众奔灵者抱持强烈的意志毫不退缩，因为他们明白若在此失败，瓦伊特蒙将被消灭。凡尔萨看见到处是飘散的彩影。有道虹光像是某种野兽的爪子，落在整群狩身上。更远处，椭圆形的光波炸开，横扫了战场一隅。

从狩群倏然消失的情况看来，有奔灵者成功灭杀了两三头紫光魔物。然而，敌方大军依然有七成以上不为所动，奔灵者们逐步遭到围困。某个战士被巨大的狩抓起，活生生扯开，温热的脏腑洒了一地。另一头，有人被长尾魔物吸吮一阵后吐出，上半身的皮肤已成肉泥，在雪地里发出虚弱的哀号。友军一个个牺牲，凡尔萨也自顾不暇，不断劈砍涌上来的敌人——突然女孩的尖叫让他转过头。

一只魔物架着雨寒上半身，另一只则抓住她的双腿和栖灵板。冰色的利爪刺入雨寒的肌肤，它们拉直她的身子准备往两旁扯。凡尔萨想扑过去，中间却隔了好几排狩。她就在虹光能及的范围外，凡尔萨只能疯狂地挥剑，敌人却不断涌入视线中。

女孩拼命叫喊，扭动着身体。有那么一瞬间，那两头狩的动作停了下来，时间仿佛静止——然后它们猛然向外移。

凡尔萨的心跳停了一拍。吼声四起，响遍整个战场。不知为什么，所有魔物开始朝同一个方向挪动。他举起巨剑，劈开前方敌人的侧腹，它却毫不在意地跑开。凡尔萨转头看见雨寒安然无恙地躺在雪地里，神情同样充满困惑。他们扫视周围，这才发现魔物的动作急促而慌乱。

凡尔萨瞥向一旁，一个奔灵者浑身是血，神情呆滞地望向某处。另一边几名奔灵者也以同样的表情伫立不动，凝视着同一个方向。凡尔萨随着所有人的视线望去。

他无法确定自己究竟看到了什么。

天空云层卷动，底下的狩群到处奔散——而在天与地之间，一道宁静的光芒，劈开了阴灰色云层，正朝他们接近。

拂　羽

雨寒不敢相信自己的眼睛。一阵微麻窜上脊椎，血液凝滞、脑中空白，就连呼吸都差点停止。

苍茫的灰白世界……仿佛只有那道光有颜色，将周围的空气染上一层金黄。但同时雨寒感觉到——自己正目睹某种无法言喻的永恒。心里似乎有个声音在说，她知道那是什么……然而，她脑海里想着这不可能，它已经消失了五百年之久。

看见凡尔萨往前移动，雨寒才跟着摆动栖灵板追上。蔓延大地的魔物现在正四处奔散；不过才一会儿，之前骇人的敌军已完全崩解。战士们发出呐喊，扬起虹光展开追击。

雨寒现在看见了，那道光的底下有名女子。风雪在她身旁卷动，碧绿色的长发飘扬，她的轮廓染上一层金光，令雨寒想起远古神话中拥有羽翼的天使。

慢慢接近后雨寒惊讶地发现，那竟是失踪已久的艾伊思塔。

她乘着栖灵板的动作轻盈而自然,手中捧着一个东西。接连有奔灵者聚集在那道光底下,其中不乏当初受命捉拿她的守护使;他们的表情既激动又惶恐,却无人敢开口。雨寒更是满脸不可思议,双眼紧盯着那道改变世界色彩的光芒。

"趁现在杀回瓦伊特蒙!内外夹击那些该死的入侵者!"远处传来独眼老将额尔巴的声音。洁白大地上的战况似乎已经逆转,处处可见奔灵者在驱散窜逃的狩群。

"雨寒,好久不见!"艾伊思塔来到她面前,面带笑容地问候。那双碧绿眼眸如此澄澈,光芒绚烂,令雨寒有些不知所措。雨寒尚未开口,一个人影从艾伊思塔的身后出现。他的头巾略遮双眼,耳链在风中摆荡。雨寒觉得他看上去相当面熟……

那男子的脸上挂着微笑,望了雨寒一眼,视线挪向凡尔萨手中的巨剑:"啊,两个月不见,你已经回归奔灵者的队伍了?"

雨寒偷偷往旁一瞥,发现凡尔萨似乎不太想搭理他,皱着眉头没回话。忽然间,光束消失了,艾伊思塔手中的仪器暗了下来。世界仿佛再度被阴影笼罩。

"糟糕!必须补充能源,不然狩群会再回来!"艾伊思塔将仪器小心地放在雪地,从怀里掏出一个玻璃杯

——地面开始震荡。

雨寒在栖灵板上差点站不稳。他们身旁的十几名奔灵者也相互张望。

艾伊思塔身后的雪地突然向上膨胀,像座逐渐升起的山丘。"亚阁!那是什么!?"艾伊思塔呼喊。男子也转过身。所有人面前,由硬雪压缩而成的手臂从雪地钻出,巨大如地底的两根石柱,表面慢慢露出冰蓝色爪子。

"不太妙。"亚阁拉低头巾,回过头说,"你们快离开这里。"

那对白色手臂越伸越长,竟然有好几个关节。然后,雪地里升起一对又一对——当那魔物起身,背上已有六只手臂,以不自然的角度向前弯。从众奔灵者惊愕的表情看来,他们从未见过如此庞大的魔物。粗壮的双腿支撑着如昆虫般弯曲的上身,三道狭长的蓝光于胸前撕裂,数排利齿向外翻掀。亚阁站在它面前,身影小得微不足道。

凡尔萨把巨剑扛在肩上,来到亚阁身边。

"看起来这玩意儿不好对付。"亚阁从腰间抽出两把剑。

那魔物有人类的十几倍高,吼声像暴风般袭来,吹倒了许多人,雨寒也往后跌坐在雪地里。然而,亚阁已动身向前,凡尔萨也转动巨剑往前滑。他们两人直面巨狩的嘶吼,相同的暗白色披风在身后激烈飘荡。其他战士也跟了上去，陆续唤出虹光。

巨狩背上的手臂摇晃，关节发出绞动声响，然后伸长般地往前甩出。奔灵者们分散避开，数道拳头带着冰刺埋入雪地，掀起大片迷蒙雪雾。又一对巨爪袭来，当场压死一名战士，迸出一摊鲜血。亚阎和凡尔萨加速朝它底下滑去。

艾伊思塔敲击打火石，神情担忧地回望战场。她沮丧地叹息，忽然一道视线扫了过来。"雨寒，帮我点燃这个！"她将玻璃杯和一个装满雪的铁筒交到雨寒手中，"我必须去帮他们！"

"我……我该怎么做？"

艾伊思塔将那特殊仪器摆在雨寒面前。"把雪融成水，从旁边的洞灌进去，再转动这个钮就行了。"她急着起身，双臂同时松开铁链。

雨寒赶紧拿起打火石敲打，视线却不断挪向战场。一道道虹光激放，在巨大魔物身上开出许多洞，然而它的复原速度极快，手臂扫开任何想接近的奔灵者。众战士并未放弃，像数道渺小的虹光点环绕着巨大的阴白身躯滑行，并不断施予攻击。

亚阎不知何时已跃上巨狩的背，穿梭在它的手臂间。艾伊思塔逐渐逼近，甩出两道锁链。

雨寒拼命敲打，火苗燃起却被迅速吹灭。她发现杯中的蜡烛所剩无几,完全无法撑起火焰。

艾伊思塔的铁链缠住巨狩其中一条腿,打乱它的重心。亚阁在另一侧,双刀交错于巨狩的某条手臂,深深嵌入成为支点,然后他脚下的栖灵板划过巨狩的背,带动自己扭转,瞬间截断那条手臂。凡尔萨在魔物底下,巨剑猛然往下挥,切开它的后腿。

其他奔灵者趁机飞跃到巨狩身上,各种形体的耀眼虹光不断迸发,重击其身躯。"找到它的'核'了!"某个奔灵者大喊,唤出炫丽的雪灵钻入巨狩体内——晶体的碎裂声响起,蓝光冰屑四散飞溅。巨狩全身颤动着,那名奔灵者发出胜利的呐喊。

但忽然两片巨掌倏地压合,分开时,那名奔灵者只剩下一摊鲜红的肉泥。巨狩身上的伤口急速恢复,就连被亚阁切开的断肢也往外伸展,一个个关节从背部浮出,前端再次冒出冰色利爪。

雨寒绝望地看着手中的蜡烛耗尽,心中满是不祥的预感。她再次抬头,正好看见艾伊思塔以单个铁链锁住魔物手臂,栖灵板滑开弧形轨迹,运用它甩动的力量整个人腾空。她抛出另一条锁链,捆住又一只巨大手臂,整个人停在半空。魔物的手猛然往外扯,铁链顿时断成好几截,艾伊思塔坠落在它背上。

忽然,巨狩将腹部往下压,把底下数名奔灵者吞入裂缝般的口中，以利齿搅动，捣烂他们的躯体。当巨狩再次挺起身子，底下的雪地散布着血肉模糊的躯干。雨寒看见有奔灵者的上半身仍被困在嘴里，双腿抽搐，直到身体被截为两段。

亚阎出现在它腰侧，从大腿垂直下滑，然后双剑反握刺入它的膝盖。"这只狩有三个'核'！必须同时毁掉，否则会不断再生！"他悬挂在巨狩的腿上大喊："攻击膝盖！两边的膝盖中各有一个，体内也有一颗！"凡尔萨这时已奔上它另一只脚，彩光化为两头猎犬，不断咬扯巨狩腿部。他旋转两圈，巨剑朝着膝盖劈砍——

雨寒焦急地左右张望，她无法让火焰升起。

庞大的魔物发出嘶吼，激烈晃动身躯，亚阎和凡尔萨都被甩落地面，只有艾伊思塔紧拉住残存的半截锁链，伫立在它背上。巨狩疯狂地展开攻势，六个拳头拉开好几道蓝光，挥向围绕身旁的奔灵者。有些战士被弹开，更多却不断地释放虹光，但全部无从造成致命伤。亚阎冲向巨狩，一个带着冰刺的巨掌从旁挥来，他提起双剑横砍——

雨寒转身站起，决定回黑底斯洞取暝河之水……这时雨寒愣了一下。暝河之水？她赶紧卷起袖子，目光落在自己的手腕上——她戴着茉朗的手镯。那是雨寒从死去的导师身上取下的，里头的水有气泡滚动。

雨寒拿下手镯，跪了下来，将它对准仪器侧边的洞孔。准备将它敲碎的前一瞬，雨寒忽然感到一丝不舍——这是茉朗的遗物。

不，茉朗是守护使，她会保护瓦伊特蒙！

雨寒击碎手镯，将里头的水流入仪器。然后，她转开旋钮——一道光束突破云层降临世间，落在雨寒手里。一股温暖扩散全身，她仿佛置身另一个世界。她完全不敢相信体内的感受。然而战斗的声音持续着，她将仪器捧在怀里，朝他们滑去。

魔物感受到威胁，开始放声嘶叫，笨重的躯体想往后退，却不及雨寒前来的速度。它发出骇人的吼声，索性往前奔，打算直接杀死雨寒。亚阁从一旁赶来，奔驰在它脚边，双剑酝酿着激烈的彩光。

"奔灵者！"亚阁对着所有人喊道，"——保护'阳光'！"

雨寒的胸口窒闷，全身颤抖，但雪灵似乎占据了她的意识，让速度丝毫不减。她的栖灵板掀起波浪往前滑。巨拳朝她挥来，但某个奔灵者替她挡下。凡尔萨出现在她身旁一瞬，巨剑斩开另一边的冰爪。地面震荡，雨寒差点松开手中的仪器，但有双手握住了她——艾伊思塔来到身边，与她平行前进，两个女孩紧抱着仪器。在她们四周的奔灵者呐喊着，虹光激绽，冰屑爆裂。突然前方整排利齿张开，向下袭来，雨寒闭起眼——

光束切过巨狩底部，将躯体分裂。金光扫过之处全化为四散的尘埃。

她们被扑来的雪浪覆盖,跌进整堆白雪中。

雨寒感觉全身一阵冰冷,但周围传来人们的叫声。她抬起头,甩开脸上的雪,不确定发生了什么事。她看见艾伊思塔坐在身旁,碧绿的双眼下是欣慰的笑容。狩群成为远方地平线上渺小的身影,而四面八方的人正朝她们奔来。雨寒已经听不见任何声音,因为奔灵者震天的欢呼声,盖过了一切。

御　风

　　路凯曾经想过，勇气和本能的区别是什么？

　　是有意识地对抗本能反应，毫不理会心底的恐惧？还是凭着一股冲动，不顾一切向前？

　　而阳光赋予每一个人的天命将由什么来决定？是遭遇的事件，还是与生俱来的性情？

　　在这狭窄的地方，理智不断遭受侵蚀。钢板围成的空间比瓦伊特蒙的任何一间窟室都要小。铁门阻隔了所有声音，他们却依然清晰感觉到魔物在外头徘徊，整个地方以不规则的频率振动。墙壁、地板不停摇晃。

　　路凯和俊只放出非常细微的彩光，裹着褴褛的黑披风。一旦脱离战场，饥饿和疲惫再次压倒性地袭击身体。路凯想歇一会儿，却发现感官紊乱，意识枯竭，让他连闭起眼都觉得难受。

　　"刚成为奔灵者时，也是像这样……"俊微弱的声音传来。

路凯缓缓抬头,好一阵子才反应过来。"你说……什么?"

"我们的第一个任务,南方山脉的遗迹。"白发奔灵者坐在墙边,将长枪靠在肩上。"记得吗?那时也剩我们两个被困在洞穴里,等待救援好几天。"俊的语气淡然,似乎忆起了悠远的过往。

"是啊……"路凯想起那次差点丧命的经验,露出苦笑,"你那时设立一个防守据点,说我们必须轮流守备。"

"不过你根本没听进去。"俊也勾起浅浅的笑容,"自己闯出去找救兵。"

"没别的法子,我警告过你别那么轻易倒下。"

"的确,"俊回答,"你当下的决定改变了一切。否则我们不会幸存下来,还有机会坐在这儿闲聊。"路凯勉强笑了笑。那不知是多久之前的事了。

多少年轻人知道自己即将成为奔灵者,都会兴奋地幻想驾驭栖灵板前往白色世界的未知角落。路凯也曾指着大面的地图说:"有天我一定要去这里,远古大陆'北美洲'!我要找到没有任何人见过的遗迹!"那是血气方刚、不知危险为何物的年代,每个人都怀抱着遥不可及的梦想。直到有一天,他们体会到离开居处几天便足以丧命。直到有一天,他们认识的人们一个个不再归来。

然而,当少年们轮流说出自己的梦想时,俊当时的答案令所有人吃了一惊。"我想去的地方……"他几乎是漫不经心地说出口,"……是'白岛'吧。"包括路凯,在场的所有人均目瞪口呆。

"白岛"是五百年前降临海洋中央的巨石。从未有人见过它真正的样貌,只有传说它掀起了云层和巨浪,摧毁了所有文明,开启了冰雪世纪。也有传说它是"狩"的大本营。一直到路凯和亚煌带回那幅旧世界的地图,人们才首次窥见它的模样:海洋中央一个微小的白点。

路凯想起俊以前说的话,疲倦地笑出嘶声:"你当时真是疯了,竟说自己想去白岛……脑子怎么想的?趴在栖灵板上划过整片汪洋?"

"所以束灵仪式前我还私下拜托陀文莎,请她指引我找到有跨海能力的雪灵。"

路凯惊讶地看着他:"你真的跑去找缚灵师?"

"是啊,当然她没理我。"俊触碰自己的栖灵板微笑,"但我没什么遗憾。'潾霜'确实是最适合我的雪灵,虽然离跨海还差得远。"

"得了吧。没有栖灵板是那样用的。"路凯环抱着双刃长枪,将头往后靠在铁板上,"……这次,不会再有援军出现了。"

两人在阴暗的空间,许久没有交谈。外头的低鸣从听觉边缘漫溢,时而扬起骇人的嘶吼。

路凯一直害怕这一刻的到来……但他知道别无选择，必须尽快说出口。

"这里的周围全是浮冰带。如果能顺利离开这岛屿，狩应该无法再追来……"他感觉喉间干涩。所罗门外围不是雪原，而是碎冰残雪和呼啸的海浪——全是狩不惯于活动的地带。残酷的事实是，他们虽然只离海岸线一小段距离，却在数百头狩的包围下无法逃脱……

俊一直没有回话。路凯相信他也已经意识到……他们之中，有个人必须留下。

若打开铁门，穿越外头的裂谷，有一片向上隆起的雪坡与左右包夹过来的岩壁汇集，三面组合成狭小的关口。如果其中一人在那儿阻挡魔物，或许另一人会有生存的机会。

"玛洛娃说过……闯出裂谷后，到海岸线只需要三分钟……"路凯打开身上的卷轴筒。他踌躇了一阵，然后从背袋里取出另一叠薄薄的文献，以及玛洛娃给他的多角透明石，全塞进筒子里。"这些……我原本想亲手交给艾伊思塔。可能与她的身世有关。帮我拿给她吧……"他把筒子锁紧，递给了俊。

"路凯。"俊的声音异常沉静，透明的眼眸凝视着某处，"你带资料走。我会帮你争取那三分钟。"

俊的想法并非在意料之外。路凯咽了口唾沫，摇头道:"'御风'的能力更适合这里的地势——"

"总队长选择了你。"俊直接打断他,神情严肃,"你难道不晓得这事关乎所有奔灵者的未来?"

路凯露出困惑的神情。

"我们联合部队只是第一步,是总队长孤注一掷的尝试。"俊冷静地说,"他需要你活着回去,协助他整合支部之间越来越分裂的状态。"此话让路凯愣住。他明白俊擅于以理服人,然而他更清楚这些话背后的目的。

"不……俊,"先前的紧张消退了。路凯直视战友双眼,以下达命令的口吻说,"我留下。"

白发奔灵者的眼眸微微睁大,似乎还无法理解路凯的决心。

此时,俊才缓缓掀开自己的披风。"让我待在这儿吧……我受了重伤,回不了瓦伊特蒙。"路凯倒抽了一口气——几道爪痕划开俊的胸口直至左肩,而肩侧的伤口深可见骨。

路凯盯着那道伤许久。"不对……"他摇头,"你的肩膀根本无法灵活施展长枪了。现在你唯一能做的,只有驾驭栖灵板。"

俊立刻反驳,语气急切起来:"让我尝试吧!我会挡下它们——"

"别开玩笑了!"路凯凶狠地盯着他,"狩的攻势你阻挡不了多久，到时我们都会被杀！"

有东西撞击铁门，一波微震刷过墙壁。房间回荡着嗡嗡的残音。压抑了许久的情绪慢慢浮现在路凯心底。他举起卷轴筒说："你明白这里头装的东西有多重要。它关系到瓦伊特蒙的存亡……如果没能即时通知研究院，无论奔灵者在未来阻止敌人的攻势多少次，最后还是注定灭亡。"他已下了决心。"我留下，这是成功概率最大的方法。东西绝对要交到长老们手中。"

"那就亲手交给他们！"俊失去了以往的冷静，露出难以克制慌张，"你是队长，路凯，你代表整个联合部队啊！"

不料这句话激起路凯的罪恶感，仿佛一股酸楚自胸腔挥发。他逼自己深吸口气，硬说出口："你很清楚……是我害死了所有人。"

"你在说什么？"俊不可思议地回望。

"……他们会死，全都是因为我。"路凯紧握拳头，强忍泪水，情绪濒临溃堤。雪灵也仿佛被忧伤感染，摆动着淡蓝色光波。"茄尔莫是对的，我们不该从正面进入。如果当时我不惧怕所罗门的反应……如果我们多勘察其他地方……或许就会发现整座岛早就被魔物占领……"

路凯忍住齿间的颤动，接着说："当时我们有机会顺利逃脱……每一个人！"他的声音破碎，泪水淤积，"海岸线就在眼前，可是我却带着所有人去玛洛娃躲藏的地方……只因为我不敢相信所罗门就这样灭亡了，只因为我无法接受任务就到此告终。我不想失败，我不想放弃，不想就此回瓦伊特蒙……"

白发奔灵者睁大了眼，盯着路凯。

"俊，是我叫所有人跟着我。"路凯强迫自己把每一个字说出来，把罪恶感狠狠刻在空气中，"攸吕，埃欧朗，还有戈剌图……我以为阳光总会赋予每个奔灵者天命，拼尽全力就可达成。但他们死了，为了什么？如果不是因为我——"

"别小看他们！不要小看你的战友！"俊愤怒地抓住路凯的领口。此时巨大的撞击声传来，身后的钢板不停震荡。魔物回应似的猛烈袭击碉堡。俊呐喊："别以为什么事都是你的责任！我们选择加入联合部队那一刻，就知道可能会丧命！他们完全了解要面临的危险——"

"他们相信我！"路凯怒吼，泪水从脸颊落下，"他们全都信任我的决定！"咆哮声压过了钢板的回音。外头又来一阵蛮横的声响，铁门弯曲了。路凯哽咽，硬生生咽下一口唾沫。"是我说服了所有人，但现在呢？如果我当时决定马上走，攸吕就不会死！其他同伴也不会死去！"

"你并不知道！我们没人知道！"俊激动地回道，"路凯，瓦伊特蒙需要你！"

路凯喘着气,紧闭起眼。低声开口时,却流露出怨恨:"你以为我能像凡尔萨那样,抛下死去的同伴,自己苟活?"路凯摇着头不停喘息。他知道自己做不到,也无法想象自己将承受那样的人生。"你认为我也是那种……会被恐惧击垮的'叛逃者'?"

俊诧异地想开口,却似乎不知该说什么。又一道震耳欲聋的撞击,铁门终于出现裂缝。冷风瞬间灌了进来,白色的薄雾间,可瞥见外头的冰蓝幽光。

房间的温度骤降。一股强烈的情绪令路凯觉得胸腔在收缩,眉间到脚底都麻痹。他逼迫自己呼吸,却发出一阵干咳。俊扶住他的肩膀,路凯感觉到两人都在颤抖。他终于无法否认心底最真实的感受——他在害怕,难以言喻的害怕。

对死亡的恐惧,对失败的恐惧……辜负三长老的期望,辜负亚煌大哥的信赖,辜负瓦伊特蒙的所有居民……恐惧像股暴风般撕裂他的理智。队友之死历历在目——是自己,毁了整个联合部队。

他终于明白,不是所有终结的生命都具备意义。

"俊,你必须活着回去……"路凯紧紧拉住战友的衣服,眼泪不停落下,"你一定要活着回去!"

泪水模糊了俊一向清澈的白色眼眸。

魔物的嘶吼就像肆虐的暴风,从门缝钻了进来;外头数百只狩正在等待。路凯颤抖的双手紧抓着俊。就算一切都失去意义，就算众人的死毫无道理，但至少在最后，路凯看清了自己的使命。"我必须知道……你会活着回到瓦伊特蒙。我必须知道东西会交到长老的手中……"路凯这辈子从未如此害怕。他跪了下来，在冰冷的地板无助啜泣着。"……否则……否则我做不到……"他断断续续地吸气，"告诉我！"

俊也剧烈喘息，咬着牙无法回话。狭小的空间里，冰痕开始爬满墙壁，地板逐渐冻结。入侵的飞雪朦胧了空气，好几道冰爪正试着扳开铁门。

恐惧射穿路凯每条神经，让他濒临崩溃。他扯住俊的衣服，设法撑住最后一丝理智："——告诉我！"

俊抹去眼泪，啜泣着抱紧卷轴筒，然后握紧长枪。"我拼死也会……把它带回瓦伊特蒙。"

房间的震动被狩的吼声完全压过，然而路凯的呼吸却缓和了。他听见心跳声打在耳膜，意识变得越渐清晰。然后他抬起头，看着俊那泛着泪水的透明眼眸。印象中，白发奔灵者总是在身后支持他。他们是无数次出生入死的战友，举世无双的伙伴……

但现在，诀别的时刻已到。

路凯抽出匕首，以迅速的动作切下枪柄的一部分交给俊。那是镀着银的一小片木头，纹路像是怒吼的银色狮子。俊会将它带回瓦伊特蒙，代表路凯已阵亡。"无论发生什么事，"路凯露出最后的笑容。"……我们曾经共有的一切，丝毫不会改变。"

白发的奔灵者低着头，泪水不停从双颊滴落。

封闭的天空，永远灰沉沉的一片。

终年降雪的云层不曾散去，世界一直是冰冷的死寂。或许攸吕说得没错，"阳光"永远不会再回来了……

路凯持着长枪伫立在雪坡顶端，守住左右岩壁汇集而来的窄道。周围的地上遍布着微亮的碎冰屑，是前一波攻势的残骸。更多魔物已从下方奔来。他眼前的裂谷像海浪般起伏，带来数不尽的大群魔物。

或许他从来就没有能力胜任队长，但他仍是瓦伊特蒙的战士。

脚下栖灵板旋动，长枪带开一股旋风。狩被劈开一道道裂口，接连化为雪沫。路凯已抛开领导者的心境，现在的他，只是个纯粹的奔灵者。以战斗沉淀思绪，遮蔽心中的恐惧；以本能主导身体，让雪灵带领动作。魔物纷纷炸裂身旁，路凯守住关口，没放过任何想通过的敌人。

他以意志告诉自己的雪灵，这是最后一战了。只要多守住一秒钟，瓦伊特蒙就有多一份机会存活。

数道虹光穿射出来，刷过眼前的狩群，凝聚为狮子形体吞蚀无数敌人。然而后方的魔物并没有却步。

在它们扑来前的短暂一刻,路凯闭起眼睛。

有记忆以来,俊一直掩护着自己的背后。他总守着路凯看不见的地方,让路凯能专心面对前方的挑战……这是有生以来第一次,也是最后一次,白发奔灵者背对着路凯远去。

路凯没有回望。因为他相信彼此都会完成自己的使命。

即使一切都告失败,路凯会挡下所有想去追击俊的魔物,挡下所有想威胁瓦伊特蒙的敌人。他相信只要自己成功挡下所有眼前的狩,俊就会实现承诺,跨越白色大地把那关键的文献带回长老身边。

就算"阳光"永不再归来……就算全世界已遭遗弃……那并不代表人类必须绝望——

路凯猛然睁开眼,嘶吼声覆盖过来——枪刃带起虹光扫荡,横扫魔物。他转动身躯,挥舞长枪,眼中却看见了瓦伊特蒙的所有人……他们追随祖先的轨迹,传承遥远的信念。就算要与全世界对抗,人类从未放弃希望。

人类已在被遗弃的世界生存了五个世纪,我们不需要阳光!路凯在心底怒吼——不论有没有你,我们都会活下去!我们会成为彼此的希望!

一道锐利的冰爪埋入路凯的左掌,砍入无名指与中指之间，然后仿佛慢动作般——切开皮肤与肌腱，削过骨骼直至手肘，将他整条手臂撕成两半，鲜红的血肉洒向四周。

路凯放声怒吼，单手甩动长枪，一举刺穿两头魔物。他唤出虹光扫荡包围上来的敌人，单臂继续挥斩，毫不停止；栖灵板与他融为一体，暴风般的动作越来越快。

一只巨大的狩从旁奔来，胸前庞大的嘴巴铲入雪地，直接吞没路凯的栖灵板。冰色獠牙咬住他的双腿，瞬间击碎膝骨。魔物把他整个人抬起，喷溅的血液染红了雪地——路凯猛然单手刺下，带着雪灵之力的长枪埋入狩的核中，却断裂为好几段。魔物散为雪沫后他也跌了下来，再无法站立。

路凯含着满口鲜血，颤抖的手拖过栖灵板，把它紧紧抱住。数只狩的爪子分别陷入他的身躯，剥开整个背部，地面一片黑红。但路凯连号叫也做不到了，只觉心脏快要爆裂，喉间满是稠浓的血泡。他骤然将手掌贴上板子中央的雪纹封印，最后一次呼唤雪灵真名：

"御风——"

在他周围，虹光暴烈闪现。几道缥缈虚幻的锥刺由地面升起，化为一头巨大雄狮的利齿，仿佛要吞下狭壁间的关口。路凯以生命灌注雪灵之力，激绽出燃烧的彩影。

狩群发出哀号团团炸开。虹光散裂放射，拉开成数百道光缎,旋风般扭转。狂风彩缎扫过之处,无数魔物瞬时爆散。底下的雪丘开始崩裂,整片大地都在震动,两旁岩壁持续落下庞大的雪块。远方的魔物涌来,跌入正在坍塌的地表。雪中的坑洞越来越广,露出仿佛无底的深渊。路凯感到身体正在下滑,意识却逐渐朦胧,他松开手中的栖灵板,跟着破碎的大地陷落。

数不清的魔物夹杂白雪翻滚在他身旁,连带下坠。路凯看见自己的雪灵往上飘,伸手想触摸。然后他看见铅灰色的天空——

时间仿佛静止。路凯盯着那片厚重的云层,世界的边界。

然后,他染血的面孔露出笑容,闭上双眼……

随黑暗隐去自己的意识。

终　幕

　　瓦伊特蒙的战役虽然已经结束，但人们却未平静下来。"恒光之剑"的消息传开，所有居民陷入惊愕状态。有人欣喜若狂，激动地称艾伊思塔为"引光使"或"阳光使者"，但也有少数人提出质疑。唯一确定的是，她每天被研究院的学者们包围。首席学者帆梦惊讶得差点跌破眼镜，积极记录她旅程中的点点滴滴。似乎再也无人追究她当初未经许可拿走文献的罪行。

　　这段时间，长期离开瓦伊特蒙的奔灵者陆续从远征的任务中归来，不可思议地发现瓦伊特蒙竟经历了如此重大的事件。北环大道开始了重建工作，冰封的通道必须清理，破碎的闸门急需巩固。

　　而现在，总队长亚煌躺在自己的窟室内，神情凝重。恩格烈沙长老站在墙边，正在等待他的决定。

　　率领奔灵者顽强抵挡入侵的狩军之后，亚煌好不容易愈合的腿伤如今变得更加严重。他身上全是绷带，双腿已没了知觉。床的一旁是座石桌，上头摆着一张记录着各项决策的殷纸。亚煌望向长老。恩格烈沙的脸上多了几道深深的伤疤，两束发辫绑着粗大的铁环落在雪羚披肩上，手臂肌肉强健，交抱胸前。

"黑允长老的情况呢？"总队长开口。

"性命是保住了。所有愈师都尽了全力，但她却陷入长期昏迷。"恩格烈沙长老说，"黑允的女儿一直陪在她身旁。我派蓝恩大妈去照料她俩的饮食起居。"

亚煌想起那柔弱的女孩，刚成为奔灵者不久便遇上突发的战役。"雨寒……这次多亏她当机立断，带着战士从后方夹击狩群。"

"额尔巴他们全对她赞赏有加。听说她还是个有潜力的愈师，或许之后我会招揽她来守护使支部。"恩格烈沙摸了摸粗犷的胡须，"不过现在，居民似乎把凡尔萨当成真正的救星。"

"凡尔萨？"亚煌抬起头，眉间微皱，左眼角的白藤刺青闪烁。

"是啊。他早先提出的警示还是起了作用，让我们召回许多战士留守瓦伊特蒙。所幸我们守住了，不然情况难以想象。"

"所以凡尔萨救了缚灵师，此事属实？"

"嗯，我向陀文莎确认过了。不仅如此，许多居民还看见凡尔萨独自奔回北环大道,营救黑允长老。"恩格烈沙长老露出浅浅的笑容,"当然,还有不少奔灵者对他怀有成见。但总之那家伙的事迹已传遍全瓦伊特蒙。"

"击退魔物军团的关键,应该是艾伊思塔带回来的'恒光之剑'。"总队长说。

"毫无疑问。"恩格烈沙离开墙边,走了几步来到亚煌的身旁,"她单独前往如此遥远的地方能活着归来,已是奇迹了。"

亚煌却露出怀疑的神情。"我总觉得哪儿不对劲……她怎么有能力自己找到恒光之剑?经验老到的远征队员也办不到,更不用说她长年缺乏奔灵的经验。"

恩格烈沙长老耸耸肩:"她说自己一个人去的。"

"那么……有桑柯夫长老的消息吗?"亚煌语毕,看见恩格烈沙摇头。

监禁缚灵师一事被曝光后,桑柯夫遭到所有居民的唾弃。他与拥护自己的一小群人隐藏在瓦伊特蒙的某处;三百多个洞窟,上千条隧道,总有他可躲藏的地方。

亚煌选择在此时回归正题,试图推动恩格烈沙的决定。"长老,若是如此,现在做决定似乎言之过早,"而他当然知道,这些话只是拖延时间的借口。"当务之急,该把精神集中在瓦伊特蒙的重建——"

"时间过于紧迫。"恩格烈沙打断他,"我们已经牺牲了许多奔灵者。如果这时候所罗门打过来，我们必须做好万全的准备。"

"没有联合部队的音讯，并不代表所罗门已对他们不利。"

"没错，但我们必须先采取措施。已经两个多月没有任何消息……这相当于宣判死亡，你自己很清楚。"恩格烈沙把手摆压在桌面的殷纸上，"亚煌，你必须批准。"

总队长盯着纸上的文字。长老们将立即组织新的任务团队，重新面对所罗门可能带来的威胁；但在此之前，必须先由统驭所有奔灵者的总队长结案。

亚煌知道恩格烈沙是对的。瓦伊特蒙才刚经历一场浩劫，他们必须准备好面对更多的挑战。他深吸一口气，以缠满绷带的手拿起墨笔，沉默了半晌。

然后，亚煌写下：由路凯率领的联合远征部队，以全面失败告终。

图书在版编目（CIP）数据

白凛世纪．1，恒光 ／ 余卓轩著．——北京：新星出版社，2021.7
ISBN 978-7-5133-4232-2

Ⅰ.①白… Ⅱ.①余… Ⅲ.①长篇小说-中国-当代 Ⅳ.① I247.5

中国版本图书馆 CIP 数据核字（2021）第 113258 号

幻象文库

白凛世纪．1，恒光

余卓轩 著

出版策划：黄　艳
责任编辑：杨　猛
责任印制：李珊珊
责任校对：刘　义

出版发行：新星出版社
出　版　人：马汝军
社　　址：北京市西城区车公庄大街丙3号楼　　100044
网　　址：www.newstarpress.com
电　　话：010-88310888
传　　真：010-65270449

读者服务：010-88310811　service@newstarpress.com
邮购地址：北京市西城区车公庄大街丙3号楼　　100044

印　　刷：北京盛通印刷股份有限公司
开　　本：780mm×1092mm　　1/32
印　　张：13.5
字　　数：200千字
版　　次：2021年7月第一版　　2021年7月第一次印刷
书　　号：ISBN 978-7-5133-4232-2
定　　价：42.00元

版权专有，侵权必究；如有质量问题，请与印刷厂联系调换。